阴翳礼赞

いんえいらいさん

[日] 谷崎润一郎 著
焦阳 译

本书译自

岩波书店 1985 年版《谷崎润一郎随笔集》

美，不在于物体之中，
而是在物与物所创造的阴翳波纹和明暗之中。
夜明珠在黑暗中会放出光芒，
宝石曝露在阳光下就失去魅力，
如果离开了阴翳的作用，也就没有美了。

——谷崎润一郎

导读

谷崎润一郎：呼唤阴翳世界的人

洒脱的生命力：谷崎的日常文学

谷崎润一郎的著作第一次被译介为中文，已是近百年前的事情。在这近百年里，谷崎的许多作品被译为中文，中国的读者们能够体会到的谷崎文学世界也越来越丰满。

这本谷崎润一郎的随笔集收录了十一篇谷崎的代表性随笔，包罗书评、文化评论、回忆录等。虽然谷崎的代表作多为小说，但是他的随笔中不乏《阴翳礼赞》《恋爱与情色》等为后世带来启发的佳作。

谷崎润一郎在日本文学史上的地位自不消说，他不仅被称为“大谷崎”[1]，也曾被数次推荐为诺贝尔文学奖候选人。当时的推荐

1 一说因五代目中村歌右卫门（屋号“成驹屋”）被尊称为“大成驹”，为表尊敬，亦将谷崎称为“大谷崎”；一说因为区分谷崎润一郎与弟弟谷崎精二。

人之一是另一位文豪三岛由纪夫，他在谷崎离世后曾感叹：

这样的作家离世，我认为国家可以挂起悼念的旗子，国民也应当为他默哀。

在三岛看来，谷崎的文学成就主要在于他的作品是平民文学的代表，且一以贯之，完全没有森鸥外等作家的“武士文学”的要素。文学评论家中村光夫则以当时的作家群体为背景，如此评价谷崎：

在大正时代辈出的小说家中，他是唯一一位至今仍保有洒脱的生命力的人。他没有丧失鲜活的感情，在创作每一部作品时赋予全新手法，毫不停滞地前进着。

在中村看来，大正时期的小说家有一个共通的特色，就是异常的早熟与早衰：

许多作家在二十多岁时获得声名，到了三十岁拥有个人特色，再到四十岁左右奠定在文坛上的地位。但是导致早衰的原因不是作家本身的老去，而是周围环境的剧烈变化给他们的艺术创作带来的危机。

当时的文学观念随着第二次世界大战的爆发而逐渐崩溃，使得不少作家身处窘境，这一点从谷崎的《细雪》遭受日本军部干涉、停止连载及被禁止出售中可窥一斑。《细雪》这部作品所表现的日常性与当时推崇的保家卫国的社会观念可谓完全相悖，谷崎却笔耕不辍，最终完成了这本代表作。

至于身处窘境却追寻时代变化的作家，也许可以将日本文学报国会视为典例。日本文学报国会的前身是由入伍作家组成的“笔部队”，并以“用职业报答政府”吸引不少作家从军。其中的一些作家又自行结成组织，最后便有了“按照国家要求，为彻底宣传、普及国策挺身而出，并以此协助国家政策的施行和实践”的日本文学报国会，佐藤春夫、菊池宽等作家均担任要职。此时，“为了国家的文学”这一概念迎来高潮，文学成为战争的一部分。虽然谷崎曾以名誉会员的身份加入小说分部，并且参与宣传，但是这些内容并没有反映在他的作品中。中村光夫认为：

> 谷崎之所以特别，正在于他是唯一一位将战争的危机转化为自己艺术的一部分的作家。

谷崎对战争的态度与日本文学报国会的成员完全不同，也许在后世看来，动荡时代的安稳是值得无比珍视的吧。

提到安稳，谷崎的随笔作品中不乏对战前的回忆，尤以幼年时代居多。本书中的《回忆儿时味道》和《关于故乡》都属于这一类。特别是《关于故乡》一篇，我们可以注意到谷崎在描述场景时均着眼于战争前后的状态，对于战争本身绝口不提。谷崎有写日记的习惯，他的《逃难日记》记载了从1944年1月1日到1945年8月25日的事情，即战争末期到战争结束的一年半。在这段时间内，谷崎频频搬迁，最终定居关西。至于定居关西的具体理由，从本书收录的《我眼中的大阪和大阪人》中可得知一二。

从日记来看，战争本身并不是他关心的事情，他关心的是自己的家庭，担心轰炸和给生活带来的不便。关于年少时代生活的东京日本桥一带因轰炸被烧毁一事，谷崎的评价也只是“虽然是无风无雨的一晚，但是如此受害，人们传言说如果以后有大型轰炸，那么东京也许会在一瞬间化为火海”。到了1945年3月10日，预言成真了。一百七十四架轰炸机在东京抛下大量烧夷弹，东京约有四分之一地区被夷为平地，上百万人无家可归，近二十万人负伤或死亡。因担心朋友的生死和中央公论社的状况，谷崎在3月12日和夫人一同赶到东京，并将完成一部分的《细雪》原稿交给中央公论社。在后来的空袭中，他甚至让家人躲进防空洞，自己一个人留在书房里，继续撰写《细雪》。

在1945年8月14日，谷崎招待永井荷风到自宅吃寿喜烧。第二天早上，荷风与他道别，直到下车后谷崎才得知日本战败的消息。与记下当晚开庆祝宴、酩酊大醉甚至不愿入眠的永井荷风相反，谷崎的记述多集中在家人身上：

（对于上午十二点前的、没有听清楚的战败宣言广播，）大家感到半信半疑，直到重听下午三点的广播才明白。……家人听到广播之后，哭得止不住。

可以看出，谷崎始终在自己的作品中将战争置之度外。其实，谷崎对于战争和国家的看法在一生中经历过不少变化。

刚刚进入文坛的谷崎曾醉心于西方文学和文明，在第一次世界大战的时候没有任何表态。后来，谷崎因美国排日移民一事，有了重新审视西方的倾向，直至再度关注日本，最终回归日本艺术和美学。此外，谷崎在中国的经历也为他对战争的想法带来不少变化。

纵观谷崎的创作历程，他所倾慕的终归是日本古典文学，而且他对于作品与现实生活之间有明确的区分。他甚至曾在文章中提及访中时曾有亲交的郭沫若：

将公私混同、为了引发共鸣而改变自己的志向虽不好，但是像他这样对东方古典文学有深深造诣的文学家……也许只有我擅自期待着他重新回到作为纯正东方诗人的原本境地。

不难看出，惜才的谷崎也在郭沫若身上寄托了对自己的期许。

阴翳礼赞:寻找光与影的知觉

提到回归东方或日本,《阴翳礼赞》正是谷崎的代表性评论文章。这篇文章在杂志《经济往来》1933 年 12 月至 1934 年 1 月刊上连载,此前他刚好创作了另一部代表作《春琴抄》。这正是谷崎开始回归古典的时期,也正如《阴翳礼赞》最后所说:

> 我希望可以唤回我们正在渐渐失去的阴翳世界,即便只在文学领域。我想将文学这座殿堂的房檐加深,让墙壁变暗,将过于显眼的事物关进黑暗,剥下无用的室内装饰。

这篇随笔通过建筑、照明、纸、餐具乃至能剧和歌舞伎的服装色彩等,着眼于日本自古以来的美感和美学,考察了"阴翳"的概念。

在战争结束后的 1955 年,这篇文章被翻译成英文,此后也被翻译为法语等。法国思想家米歇尔·福柯阅读友人赠送的《阴翳礼赞》时称赞道:

> 很少有讲述美的文章自身也这么美。美正是这篇文章所说的那样。而且这篇文章正有着美的形态本身,这美就像是射入混浊的水中的光线。

关于《阴翳礼赞》在现实生活中的体现，莫过于包围着我们的建筑。什么是和式建筑之美？这一印象究竟从何而来？在《阴翳礼赞》中，我们可以看到一些能够回答这些疑问的特征，例如重叠、纵深、展现阴影的素材、开放感、四季变化……这些特征融入当代对建筑与设计的思考，呼应了谷崎的期待。

例如由美国当代艺术家詹姆斯·特瑞尔在2000年设计的、位于新潟县十日町市的“光之馆”，这里的设计灵感正是来自《阴翳礼赞》。建筑设计正如《阴翳礼赞》中说的那样：

我们在建造住宅的时候，总是先将屋顶这把“伞”撑开，在大地上投出一片阴影，之后在微暗的阴翳中建造住宅。

而且这座建筑多采用间接照明，特瑞尔甚至为调光器设置了推荐的亮度。特瑞尔说：

我一直在探索“光的知觉”，于我而言，“光之馆”是昼与夜、西方与东方、传统与现代的对比和融合的一次尝试。

虽然特瑞尔的想法以对立为基础，但是他的成果并不完全与《阴翳礼赞》中提及的概念对应。日本建筑师矶崎新曾在《向着空间》一书中提到他对《阴翳礼赞》的看法，他的解读对理解“阴翳”这一概念或许有帮助。

虽然我不喜欢谷崎否定所有“闪闪发亮”的近代生活器具、意图唤起对日本传统建筑的思恋的做法，但是我必须向他对日本建筑空间的锐利洞察，且发掘出光与影制造出的美致以敬意。……《阴翳礼赞》将日本的建筑空间视为阴翳的分布，而且自始至终将影子视为避开黑暗的光的产物。也就是说，日本的建筑空间被完全浸渍在黑暗中，只在光闪烁时得以显现。光和影均消失在黑暗中，所以黑暗吞没了一切。……谷崎称之为“阴翳”的事物，不是投射光的时候造出的影子，而是光在避开黑暗时留下的全部。因此，光不再是绝对的，它总是一时的，是为了消逝而存在的事物。就这样，空间作为光的浓度而出现，这一浓度不断变化，最后变成黑暗。

矶崎新也讲述了他自己对日本的建筑空间和阴翳的看法：

也许我们可以将日本的建筑空间称为“黑暗的一元论”。通过一元论将其绝对化，再通过理论将其分解，使之无法操纵，便有理由认为日本虽有虚空，但是没有空间。但是我认为这种被绝对化的原型和其非实体的特征，应该被包含在空间这一概念之中。

也就是说，谷崎在《阴翳礼赞》中要表达的不是光与影的对立，而是将光和影（非实体的特征）视作原本黑暗的空间（被绝对化的原型）内部的两个维度，并由这不稳定的维度变化制造出空间。与此同时，人们的观感受各种材质和结构影响，例如文中提及的纸拉门和金箔等。

如此说来或许有些复杂。如果感觉难以理解，也许可以试试谷崎在文章最后提出的建议：

先试着关掉电灯吧。

至于《阴翳礼赞》和谷崎文学整体，或许日本作家兼法国文学研究者涩泽龙彦对谷崎润一郎的看法值得参考：

我认为，像谷崎这样一直想成为文豪，但是终生与形而上学和诗情无缘的作家实在少见。……他不是向着天空飞翔的作家，而是不断在地上探索的作家。

焦阳

2020年10月23日

目　录

阴翳礼赞

日式住宅

现如今，热衷于建筑设计的人若是想建造并居住在纯日式的家宅中，则需为如何规划电路、煤气管道和水管下一番苦功，要想方设法将这些设备与日式住宅统合起来。哪怕是没有亲自建造过住宅的人，如果身处宴会厅和旅馆的和室中，也常常能意识到这种倾向吧。

那些将科学文明的恩惠置之度外，在荒郊野岭的乡村中造幢茅草屋营生的、特立独行的风流之士等等则另当别论，凡是拥有大家族且居住在都市的人，无论如何追求日本风，仍不能强行拒绝近代生活所必需的暖气设备、照明和卫浴设施。

所以，固执的人甚至会为安一部电话而煞费苦心，尽可能地将它设置在楼梯下或走廊一角等等不碍眼的地方。而且，他们甚至将庭园的电线埋在地下，把房间中的开关藏在抽屉或者地柜里，将电源线藏在屏风后……

如此这般耗费心思的结果却是过度情绪化，有时反而惹人厌。

其实我们早已习惯看到电灯之类的物件，与其将它安装在不常见到的地方，不如用那种常见的乳白色玻璃做的短灯罩将它罩住，露出灯泡，如此设置才更有自然淳朴的感觉。在傍晚，我从火车车窗向外眺望乡村景色的时候，曾看到平民家茅屋的纸拉门背后，有如今已经过时的这种带灯罩的灯泡亮起一点微光，竟觉得颇有风情。可若是台式风扇等等物件，无论是它们的声音还是形态，都难以与日式住宅产生共鸣。一般家庭如果不想用即可以不用，但是在夏天用于接客的屋宅等等，则万万不可一味遵循主人的嗜好。

我的朋友、“偕乐园”的店主[1]是位对

1 指笹沼源之助，是谷崎的终生挚友。“偕乐园”是东京知名的中国菜馆。

建筑颇有追求的人，但是他因为厌恶风扇，有很长一段时间不在迎客厅安装它。故而每逢夏天便有客人向他抱怨，他因此终于妥协。其实就连我也如此，在前几年花大价钱建造与自己的身份不相称的宅邸时，曾有与此相似的经历，若是纠结于建筑材料和器具的细枝末节，便会遇到各种各样的困难。比如即便只是一扇推拉门，我出于嗜好，并不想为它镶上玻璃，若是反之只用纸糊，便会为采光和防盗等等带来困扰。因此我最后不得不在拉门内侧贴上纸，在外侧嵌上玻璃。为此需要在里外凿出两道沟槽，费用因此随之高涨。

我竟做到了此种地步，可是从屋外来看，它只是扇玻璃拉门；从屋内来看，它只不过是纸后有块玻璃，所以看上去终究不如真正的纸拉门一样柔韧，它只令人感到不快。有人对我说，既然如此还不如只用玻璃拉门，我听到这句话的时候终于感到后悔。虽说其他人觉得好笑，但是我却很难放弃做这种前所未有的事情。

最近市面上出现了不少与日式住宅相协调的灯具，比如行灯式的、提灯式的、八方式的和烛台式的等等，可是我仍不满意，便去旧货店寻购往昔的煤油灯、夜明灯和床头灯，在里面安上灯泡。

我在暖气设备的设计上最费心思，因为形态与日式住宅协调的取暖器一个都没有。而且瓦斯炉会发出“呼

呼”的燃烧声，再加上不安装烟囱便会立刻感到头痛，因此从这一点来说，最理想的设备是电暖炉，可是它的形态也没什么意思。虽说使用类似电车用的取暖器，将它放在地柜里也不失为一个办法，可是看不见红色的火苗就没有冬天应有的感觉，难以营造其乐融融的家庭气氛。我绞尽脑汁，最终砌了一座平民家中常有的大炉子，在其中安上电炭炉，它既能烧水，也能温暖房间，除去费用高昂这一点，在样式方面可谓成功。虽说我能够如此巧妙地设计出暖炉，可接下来的浴室和厕所令我感到头疼。

“偕乐园”的店主厌恶在浴槽和冲洗身子的地方贴瓷砖，所以客人用的浴场全部由木头制成。不言自明，从经济和实用的方面来看，瓷砖可是比它强不少。但是，如果天花板、柱子和装饰板用的都是上好的日本木材，其中一部分却贴着廉价的瓷砖，整体观感绝对糟糕。我家的建造时间不长，暂且尚可，可是等到经年累月后木板和柱子有了木制品的年代感，瓷砖却仍洁白光亮，这正是所谓“树上接竹子”啊。虽说设计浴室时可以为了嗜好而丧失几分实用性，但若是厕所，则有更棘手的问题。

厕所种种

每当我前往京都或奈良的寺院，被带去那些旧式风格的、微微昏暗却精心打扫过的厕所，便一次又一次地感受到日本建筑的可贵之处。

起居间且不消说，日本的厕所真是令人感到心平气和。这些厕所必定被设置在远离主屋、有绿叶和青苔的清香飘来的林荫之中。虽说去时要穿过走廊，但是蹲在那微暗的光线里，在拉门反射的淡光中专注于冥想，或眺望窗外庭园的景色，此时的心情无以言表。

漱石先生将每天早上去如厕视为一大乐事，虽说这更应被称为生理上的快感，可是不仅要享受快感，身处被清寂的墙壁和自然的木纹包围，且眼中能够映着蓝天和绿叶的日式厕所才是绝佳的体验。而且我在此重申，一定要有适当程度的微暗、彻底的洁净，以及连蚊子的嗡鸣都能听到的寂静。我喜欢在这样的厕所中听雨淅淅

沥沥落下的声音。特别是关东的厕所里，有紧挨着地板的狭长窗槽，供透气和打扫。因此可以更清楚地听到房檐和树叶上滴落的雨珠洗净石灯笼底座，润湿脚踏石上的青苔，再渗入土地的微微声响。无论是虫鸣鸟啭还是明月夜，厕所是最适合体味四季流转之物哀的地方，或许自古以来的俳人在此处得到了无数题材吧。因此在日本的建筑中最有风韵的地方，不得不说是厕所啊。

我们的祖先曾将一切事物诗化，他们将住宅中本应最为不洁的地方变成了雅致的地方，将它与花鸟风月相结合，并试图将其蕴藏于令人怀恋的回想之中。西洋人将厕所视为不洁之处，甚至避讳在大众面前提起它，而我们远比他们聪慧，真正地得到了风雅的精髓。如果强行说出它的缺点，那就是离主屋太远，在夜晚不便如厕，特别在冬季有染上风寒的担忧。

但是正如斋藤绿雨[1]所言“寒中成风韵”，此地与外侧一样寒冷才舒适。而宾馆的西洋式厕所中充斥着热气等，这甚是令人厌烦。但若是喜欢茶室风格风雅建筑的人，无论是谁都会认为这种日式厕所最为理想。

拥有像寺院一样广阔的家宅的人只不过是少数，若

1 斋藤绿雨（1867 — 1904），明治时代的小说家、评论家。

是家中有人清扫尚且不论，在普通住宅中很难一直保持如此这般的清洁。特别是铺装地板、安上榻榻米后的礼仪规矩甚为繁杂，即便常常擦拭仍难以消去显眼的污渍。因此贴上瓷砖、装上有水箱的冲水马桶、安上净化设备才卫生，且能省下不少麻烦，但这么做便与“风雅”和“花鸟风月”彻底无缘。在如此敞亮且四周尽是洁白墙壁的地方，真是无法充分享受漱石先生所说的生理快感。

是呀，因为连边边角角都是一片纯白，所以看上去确实干净，但这里是自己的身体排出污物的地方，所以说不必过度在意。如同无论是多么香娇玉嫩的美人，在他人面前露出臀部与腿仍是不合礼节的做法一般，如此光明敞亮实在是太不合规矩，凡是能看到的部分皆清洁光亮，便令人不由得联想看不到的地方。这种地方终归还是在微茫的昏暗光线中，看不清何处洁净何处肮脏，显得朦胧隐约才好。

唉，因此我在建造自己的住宅时虽然用了净化设备，却没有用瓷砖。我用楠木铺装地板，想营造出日式的氛围，但是在安装便器时却遇到了困扰。正如您所知，冲水式的设备皆由白瓷制成，还带着闪亮的金属把手等。

总体而言，我希望订制的男用和女用的便器皆为木制品，此乃上佳，若是涂蜡便更好了。不过，即便是未经处理的木头，随着经年累月渐渐染上些许黑色，它的木纹便显得有魅力，不可思议地令人气定神闲。尤其是在小便池中填入青翠的杉叶，不仅悦目，且排便时不会发出丝毫声响，可谓甚是理想。虽说我做不到如此阔绰，但我至少希望按照自己的嗜好制造器具，安上水洗设备。可若是因此订制，又要耗一番功夫与钱财，不得不作罢。

此时我不由得心想，无论是照明设备、暖气设备还是便器，我对引入这些文明之利器没有任何异议，但是我希望能够稍稍考虑我们的习惯和生活兴致，并且为此加以改良，仅此而已。

行灯式的电灯开始流行，是我们再度注目曾经忘却的纸所拥有的柔软与温度的结果，也是认为它比玻璃更适合日式住宅的证据，但是市面上至今没有形式上可以与日式住宅完美融合的便器和暖炉。我认为像我一样在炉子中安装电炭炉是最好的做法，但是居然没有其他人想要下这番简单的功夫（虽说有小小的电火炉[1]，但是不能靠它取暖，与普通的火盆相差无几），结果市面上出售的尽是些不搭调的西洋式暖炉。可是能够为这些琐碎的衣食住的嗜好费各种心思，已是一种富有。这世上有认为只要能挨过寒暑与饥饿，便对设计之类别无所求的人啊。

---

1 体积小，一般用来烧水，内有电热丝。

实际上无论如何忍耐，“下雪之日必有寒”，只要眼前有方便的器具，就没有闲暇思考它是否风雅，而只想充分享受它的恩惠，这是大势所趋。

虽然我将这一切看在眼里，但是我常常思考：如果东洋发展出完全不同于西洋的、独有的科学文明，那么我们的社会样态将会与如今有怎样的不同啊。假如我们有自己的物理学和化学，那么以此为基础的技术和工业将会实现属于自身的别样发展，也许符合我们的国民性的物品会被生产出来，无论是日常使用的各种机器、药品还是工艺品等。不，我想恐怕就连我们眼中物理和化学等学科的原理都会与西洋人不同，得知的光线、电、原子之类物质的本质与性质，也会展现出与现今不同的姿态。

但是我不懂这些学问的道理，所以只能模糊地任凭想象驰骋。只是，如果我们在实用发明上向着更有独创性的方向发展，那么衣食住的样态自不必说，就连我们的政治、宗教、艺术和实业等等的形态也将受到广泛的影响，可以轻易地推测出东洋人将会在东洋开创一片全新天地。

举一个身边的例子，我曾经在《文艺春秋》上发表过比较钢笔和毛笔的文章：假如钢笔这个东西是由过去的日本人或中国人发明的，那么笔尖肯定不是钢笔尖，

《元真集》局部，出自西本愿寺本《三十六人家集》
作者不详
平安时代后期

而是毛笔。且它的墨水不会是那种蓝色的，而会使用近似墨汁的液体，设计成墨水从笔管向毛笔头渗出吧。若是如此，那么西洋纸张也不便于使用，假如我们要批量生产制造，则最需要纸质类似和纸[1]或改良半纸[2]一样的纸

1 日本用传统手工漉制的纸张。

2 以结香纤维为原料、颜色较黄且脆的骏河半纸漂白后制成的纸张，自明治时代末期开始出售。半纸即是书法用纸，名称来自裁成两半的杉原纸（又名全纸），一般宽 25 厘米，长 35 厘米左右。

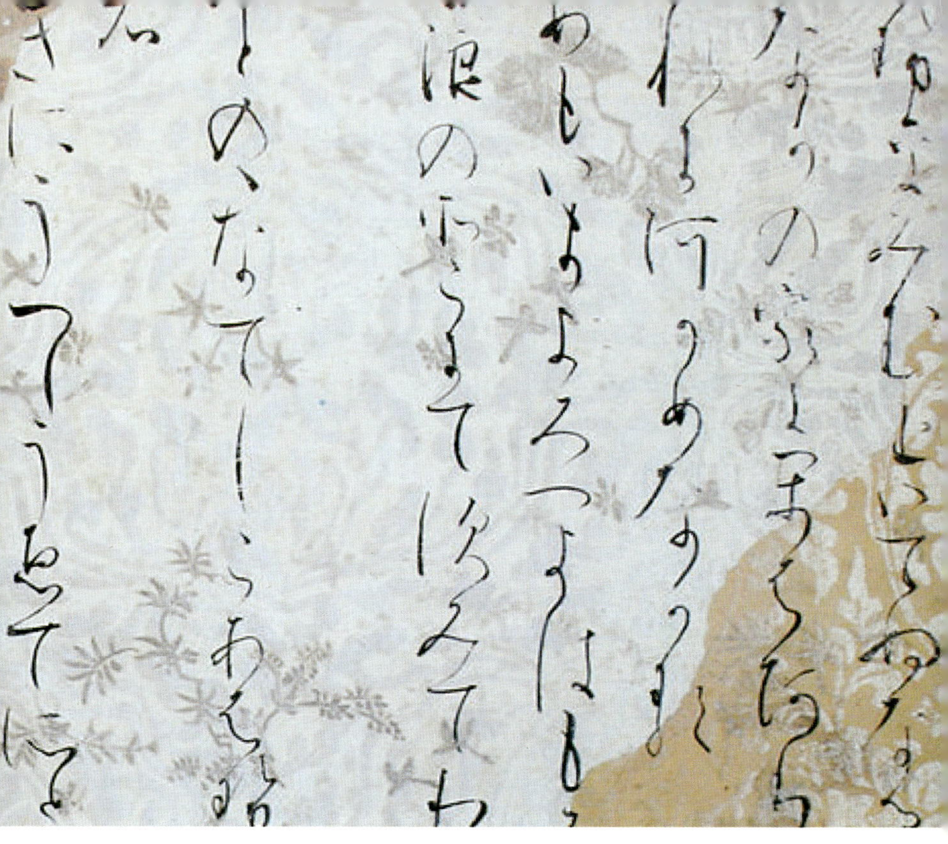

张吧。纸、墨汁和毛笔如果发展成这样，那么钢笔和墨水肯定不会像现在这般流行，罗马字论[1]等等也不会风行一时，人们会对汉字和假名更有自然而然的亲近感。

不，不仅如此，我们的思想和文学或许也不会像如今一般摹仿西洋，说不定会闯入一片独创的新天地。如此想来，虽然只是些琐碎的文房用品，它们带来的影响范围却无边无际。

---

1 起源于“汉字废止论”，最早在 1866 年由前岛密提出。其理由是汉字繁多，字形及读法难以学习，不适于印刷及打字，缺乏国际性，等等。

以上只不过是小说家的空想，时至今日当然不可能回到过去，一切重来。所以我的说法如今只是祈盼不可能实现的事情，只不过是发些牢骚。虽说是牢骚，但不妨想想我们与西洋人相比失去了多少。

一言以蔽之，西洋向着理所当然的方向发展才有了今天，而我们却遇到优秀的文明，并不得不吸纳它。因此，我们开始向着与过去数千年来发展至今的路途不同的方向迈出步伐，并因此遇到各种障碍与不便。假如我们没有接纳西洋文明，那么无论是五百年前还是现在，我们在物质方面或许并不会有进展。

若是现在去中国或印度的乡下，会发现那里的生活状况恐怕和释迦牟尼、孔子的时代相差不远。但是，他们仍坚持向着与自己本性相合的方向发展。虽然这过程缓慢，但是随着点滴不断地发展，说不定有一天会发明能够取代如今的电车、飞机和收音机的东西，且不是向其他文明借来的，而是真正属于并顺应自己文明的利器。

简单说来，看电影时会发现美国的电影与法国和德国的电影相比，其阴翳与色调的调性不同。且不论演技与角色，仅是在摄影这一层面，有不少体现出国民性差异的细节，即便使用同一种机器、显影液和胶片也会如此。所以我想，假如我们有自己的摄影技术，它会如何适应我们的皮肤、相貌和气候风土呢？即便是录音机和收音机，如果我们可以发明出这些，我们会制造更加符合我们的声音和音乐特长的东西吧。我们的音乐自古以来偏向内敛且注重情感，如果录成唱片，用扩音器大声播放，就会失去大半的魅力。

在语言表演方面，我们说话时声音小、话语少，而且最为注重“空间体感”[1]，若是录进机器，“空间体感”便会消失殆尽。我们为了迎合机械，反而歪曲了自身的艺术。对西洋人而言，机械本就是由他们发展起来的，当然顺应着他们的艺术需求。所以我认为在这一点上，我们实在是失去了太多。

1 原文为“間”，其释义繁多，可理解为节拍、时间、人与人之间的关系及空间距离等，结合本文主旨及后文，译为“空间体感”。

《芋头稻荷神社》1881
小林清亲（1847 – 1915）

《池之端的烟花》1881

小林清亲（1847 – 1915）

器中阴翳

据说纸由中国人发明，对于西洋纸，我们觉得不外乎只是实用品。可是当我们看到唐纸与和纸的肌理纹路时，会体味到其中蕴含着让人心情沉静的温暖。

虽然都是白纸，但是西洋纸的白色与奉书纸[1]或白唐纸[2]的白色不同。西洋纸的表面肌理虽有反光之殊趣，但是奉书纸和白唐纸的肌理却宛如柔和的初雪，轻柔地将光线吸入其中。而且它们的触感细腻，被折叠时不会发出声音，其手感宛如抚摸树叶的感觉一般，稳重且柔润。总之，我们看到闪闪发光的东西时难以静心。

西洋人使用由银、钢和镍制成的餐具等等，将其打

---

1 由藤构树纤维混入白土或白米粉制成的和纸，主要用于公文等。

2 其名称来源于该纸制作技术在平安时代由唐朝传入日本，唐纸常被用于建筑装修，如制成纸拉门等。

磨得锃亮；而我们却厌恶这类发光的东西。我们使用银制的水壶、酒杯和酒壶，但是不会如此研磨。反之，我们却喜欢表面的光亮消失，为它随着时光流逝被烧成黑色而感到喜悦。无知的女佣之流特意将起了黑锈的银器磨得光亮，却被主人斥责之事，在各处的家庭皆有发生。

最近，中国料理的餐具普遍用起了锡制品，也许中国人也喜欢它渐渐染上旧色的感觉。虽然全新的锡制品像铝，感觉十分不好，但若是中国人用了它，便会让它带上时代的印记，必定将其变为有风雅感觉的物品——在它的表面刻上诗句等等，随着表面变黑便显得愈来愈相称。

锡这种廉价且闪亮的轻金属凡是到了中国人的手上，就会变成像朱泥[1]一般深邃、沉静且厚重的物质。中国人也喜爱玉石，它仿佛巧妙地将微浊的、百年来的古雅清气凝结为一体，且其幽深之处潜藏着熠熠之光，也许只有我们东洋人才能感受到这种石块的魅力。既不是红宝石、祖母绿这些带着颜色的矿石，也不是金刚石那种闪耀的石头。我们也不甚明白，但是看到它那浑厚的表面，便不由得觉得它像是中国的石头。

---

1 指中国江苏省宜兴所产的朱泥胎土制成的器具，如朱泥壶等。

想到那浑厚浊云中堆积着中国文明的浓厚悠久的沉淀，中国人对这种色泽和物质的嗜好也就没有什么奇怪之处，是可以理解的了。

提及水晶，近来自智利大量进口，其与日本的水晶相比实在是太过清澈透亮。自古以来甲州地方生产水晶，但其全体的透明中带有微浊，更有沉重的感觉。至于发晶，其中虽然混着不透明的固体，但我们竟为之感到喜悦。

还有玻璃，中国人制造的套料玻璃简直不像玻璃，更接近玉石或玛瑙。虽然东洋人早就发明出制造玻璃的技术，但是其始终没有发展到西洋一般的程度。

制陶技术之所以得以发展，毫无疑问与我们的国民性关系密切。虽然我们不是嫌恶所有发光的东西，但是我们喜欢重厚沉浊甚于浅薄清透，无论是天然的石头还是人工制作的器物，都必定带有令人想起那个时代光泽的云翳。

我们常常听说“时代打磨出的光辉”，说实话这只是盘出来的油光。中国有“手泽”一词，日本有“惯”这种说法，这些词都指人们用手长时间抚摸某处、油脂自然渗入而打磨出的光亮，所以换句话说正是盘出来的光。如此看来，既然有“寒中成风韵”一语，那么“不洁成风韵”这句话应当也成立。总之，不可否认我们喜欢的“雅致”中带有几分不洁且非卫生的成分。与西洋人想要将脏污斩根除净相反，东洋人珍重地保存并美化它。虽有些强词夺理，但我们深爱着带有人们的体垢、油烟乃至风雨污痕的事物，甚至爱着能够联想到它们的色度与光泽。但凡住在这类建筑或器具之间，内心便不可思议地变得平和，且神经得以放松。

我总以为，既然是面向日本人的医院，墙壁、手术服和医疗器械之类，就不应当尽是闪亮且白花花的玩意儿，应当再暗一些，更有柔和的感觉。假如将医院的墙壁换成砂石壁之类，让患者躺在日式房间的榻榻米上接受治疗，那么患者的紧张不安一定会得到缓解。我们之所以讨厌看牙医，既是因为治疗时发出的“嘎啦”声响，更是因为玻璃和金属制的闪亮的东西太多了，令我们感到害怕。

我曾患上严重的神经衰弱，那时听说牙医从美国回来，他拥有最新的设备并引以为豪，我竟吓得寒毛直竖。因此当时我选择了位于小地方的繁华地段、在传统日式建筑中设置手术室的、落后于时代的牙医诊所。虽说如此，但陈旧的医疗设备仍会为我带来困扰。假如现代的医疗技术成长于日本，那么在设计为病人诊疗时用的设备和器械时，会将其设计为顺应日式建筑的样式吧。这也是我们因引入事物而导致损失的一个例子。

漆器之美

京都有家叫“草鞋屋”的著名料理店，此处的客室直到近来仍不用电灯，且因使用古风的烛台而独具特色。可是我在今年春天时隔很久前去拜访，发现这里不知何时开始用行灯形状的电灯了。

我问店家这是从什么时候开始的，店家回答说是从去年开始，因为有许多客人抱怨蜡烛的灯光实在太过昏暗，不得已而为之；但仍有客人喜欢以前的方式，店家会为他们设置烛台。我正是为了享受它才特意前来，所以让店家换成了烛台。那时我感受到，只有在这种朦胧且微明的环境中，日本漆器才能真正展现出它的美。

“草鞋屋”的客室只不过是面积四叠半的小房间，立柱和天花板都被漆成黑色的光面，因此即使用行灯式的电灯仍会感到昏暗。但是，如果用更昏暗的烛台，在摇曳闪烁的烛火中观察餐品和食具，便会发现漆器拥有如同沼泽般的深厚感，并展现出与以往完全不同的魅力。我正是因此意识到，我们的祖先发现漆这种涂料，并偏爱漆器的色泽，绝非偶然。据我的朋友萨巴瓦尔[1]说，印度至今仍嫌弃将陶器用作餐具，大多使用漆器。

可我们与之相反，若不是品茶和举办仪式等场合，除餐碗和汤碗外几乎全部使用陶器，并将漆器视为欠缺品味、缺乏风雅的东西，其缘由之一难道不是采光和照明设备带来的“光亮”吗？事实上可以说，如果没有“阴翳”这一条件，便无法思考漆器的美感。

现在虽有白漆这种东西，但是以前的漆器的颜色多是黑色、茶色和红色，这些是数层“阴翳”堆积而成的颜色，我认为它必然会从包围它的黑暗中出现。例如装饰着豪华的莳绘[2]等使用蜡色漆[3]的闪亮小箱子、习字

---

1 萨巴瓦尔，生于1893年的印度独立运动革命家，曾在日本担任英语教师，并将印度的小说翻译为日文。

2 利用漆的黏性，在漆器上以金、银、色粉等材料绘制纹样装饰，是日本的传统工艺。

3 使用高级生漆制作的、不含油分的漆，干燥后经过数次研磨，可以展现出光泽。常被用于制作刀鞘等。

用矮桌、柜子等等，皆有奢靡、不稳重的感觉，甚至令人感到艳俗，但是如果将包围这些器物的空白涂成纯黑色，用一点油灯或蜡烛的灯光取代太阳或电灯的光线照向它们，那么器物的奢靡感便会褪至深处，让它们变成沉稳的物件。

过去的工艺师们在为器物上漆、绘制莳绘时，必须身处阴暗的房间，在微弱的光线中探寻器物展现的效果。因此可以看出，他们在大量使用金色时，必定考虑过其在昏暗中浮现出的光亮和反射灯火的程度。也就是说，金莳绘在制作时并非是在光亮之处一览全体，而应在阴暗的地方一点点地观察其各个部位内部潜藏的光辉。豪华绚丽的图案大多潜藏在黑暗之中，却引发出难以言喻的韵味。如果将它那闪亮的肌理放在暗处，映出火苗的摇曳身姿，知晓安静的房间中其实不时有风来访，令人不由得引发无限遐想。

假如在阴暗的房间内没有漆器，那么蜡烛和油灯酝酿出的光怪陆离的梦一般的世界，还有灯光在摇曳时鼓动的夜晚的脉搏，它们的魅力将会被减损多少啊。这宛如在榻榻米上流淌的几丝细流汇入池中一般，纤细且幽深的一点灯火照亮各处，一点点地在夜晚的画布上织出莳绘的纹路。

如此说来，将陶器当作餐具并不差，但是陶器缺乏

漆器一般的阴翳，也没有深度。手捧陶器会感受到它既重又冷，而且因其导热太快，不适合盛放热食，还会发出“喀啦喀啦”的声响。但是漆器的手感轻柔，不会发出令人不快的声响。我十分喜欢将汤碗捧在手中时，手掌所感受到的汤的重量和鲜活的温热，简直就像将刚出生的粉嘟嘟的婴儿捧在手中。

因此至今仍然将漆器作为汤碗有它的理由，陶器做不到这些。首先，掀开盖子的时候会将陶器中的汤料和颜色一览无余。漆器做的汤碗的妙处在于看到这一瞬间的感受：先将盖子掀开，在捧起碗、送至口边的过程中可以看到幽暗深邃的底部的液体，与容器的颜色几乎无异；它不发出一点声响，静静地沉淀着。人们无法分辨碗中的阴暗包藏着什么，但可以在手上感受到汤汁的缓缓晃动；汤碗的边缘挂着细微的水滴，因此得知热气在缓缓升腾，让人在喝汤前吸入香气，不知不觉间预先得知它的口味。

将这一瞬间的心境与将汤盛放在白色浅盘中的西洋式做法带来的感受相比，实在是过于不同。我不得不说，这既是一种神秘，也是一种禅味。

汤碗放在我的面前时，可以听到汤碗发出渗入双耳深处的细微鸣响。我一边听着这宛如远处传来的虫鸣一般的声音，一边感受即将入口的食物的美味，总有被引入禅定的感觉。据说茶道家听到热水沸腾的声音时，可以联想到风吹过古老松林[1]的声音，进入无我之境，也许我的心境与此相似吧。

日本料理曾被评价为观赏之物，而非饮食品，但是在这种情况下，我平心静气时所见的事物远超平时眼前所见的事物。而且，这是在黑暗中闪烁的烛光与漆器合

1 原文为“尾上の松風”，“松風”一词可指吹过松林的风声，也可指水沸腾的声音。“尾上の松”则特指过去的歌人吟诵的诗句中提到的松树，可能指位于兵库县加古川市尾上神社的“尾上之松”或高砂市高砂神社的“高砂之松”。此处意译为“古老松林”。

奏出的无声的音乐带来的作用。

夏目漱石先生曾在《草枕》中称赞羊羹的色泽[1]，如此说来它的色泽等不也是平心静气所带来的吗？羊羹那宛如玉石一般半透明且混浊的肌理仿佛将日光吸入深处，饱含如梦一般的光泽。它的色泽之深邃、复杂，绝不可能在西洋的甜品中找到。与它相比，奶油之类是多么浅薄且单纯啊。因此若将羊羹盛入漆制的和果子器皿、放入难以分辨肌理色泽的阴暗中，其色泽便更有平心静气的感觉了。人们将这冰冷且顺滑的东西含入口中时，仿佛感到室内的黑暗凝聚成一个香甜的方块，并在舌尖融化，这甚至能够为不算美味的羊羹添加别样的风味。

话说，世界各国的料理配色均会考虑与餐具和室内的颜色是否协调，但是如果将日本料理放在明晃晃的地方，用白花花的器皿盛放，食欲确乎会减半吧。比如我们每天早上喝的赤味噌汤等等，想想便会明白，它们的色泽均形成于过去那昏暗的家屋中。

---

1 夏目如此称赞："……它的肌理顺滑且纤细，而且在光线的照耀下，半透明的它无论如何看来更像一件艺术品。"夏目漱石（1867 — 1916），日本小说家，本名夏目金之助，代表作有《我是猫》《少爷》《草枕》等。他是日本文学史上最具盛名的作家之一，作品被译介为多种语言，首次将其作品译为中文的翻译家是鲁迅。1984 年，他的肖像被用作一千日元纸币上的人物像。

我曾被邀请参加茶会，那时端上来的味噌汤虽说与平时喝的混浊的红土色汤汁别无二致，但是在忽明忽灭的烛光下观察沉淀在黑漆汤碗中的它，发现它其实有着深邃的、似乎十分美味的颜色。此外还有酱油之类，关西人常常在吃刺身、腌菜和渍菜的时候使用味道重的“溜酱油”[1]，这黏稠液体的光泽充满阴翳，与阴暗多么和谐啊。还有白味噌、豆腐、鱼糕、山芋味噌汤、白色鱼肉的刺身等等白色肌理的料理，如果四周的光线太亮，便不会凸显出它们的色泽。

首先从米饭谈起，如果将它盛在表面光亮的黑色饭桶中，放在阴暗的地方，可以显得它更有魅力，且刺激食欲。还有如果突然将刚蒸好的纯白米饭上的盖子掀起，便可以看到一股氤氲的蒸气从黑色的器皿中飘出。看到一粒粒如珍珠一般的米时，只要是日本人，便必定会感受到米饭的恩泽吧。如此想来即会明白，我们的料理总以阴翳为基调，与阴暗有斩不断的关联。

1 主要产于爱知县、岐阜县和三重县，其颜色浓重，在各类酱油中味道最鲜。

建筑中的阴翳之谜

关于建筑，我完全是个门外汉，只知道西洋的哥特式教堂建筑有又尖又高的屋顶，它的美在于其顶端直冲云霄。与其相反，日本在建造寺院时，会先在顶部铺上巨大的瓦片，再在其制造出的幽深广阔的荫庇下继续建造整体。

不仅寺院如此，宫殿和平民的住宅也一样，从外侧看去最为醒目的，就是瓦砌或茅草铺设的巨大屋顶和飘落于其下的浓厚阴暗。甚至偶尔在白天也可以看到屋檐下被洞窟似的阴暗包围，有时几乎连出入口、门、墙壁和柱子都看不到。关于这一点，无论知恩院[1]或者本愿寺[2]这类宏伟的建筑，还是深山老林中的农家都一样。

---

1 位于京都的寺院，是日本佛教净土宗总本山（可理解为该宗派的发源地），全称为“华顶山知恩教院大谷寺”。

2 在日本有数所名为本愿寺的寺院，在京都有东本愿寺与西本愿寺，“本愿寺”一般指西本愿寺，其为净土真宗本愿寺派的本山。

以往一般将建筑视为屋檐下和屋檐上的屋顶这两部分，与屋檐下相比，至少在我们的可见范围中，屋顶更厚重，更有堆积感，显得面积更大。因此，我们在建造住宅的时候，总是先将屋顶这把“伞”撑开，在大地上投出一片阴影，之后在微暗的阴翳中建造住宅。

当然，西洋的住宅并非没有屋顶，但是它的使用目的比起遮蔽日光更在于避雨，尽量不制造阴影，且让内部充满光亮，仅是看外形便可同意这一点。如果将日本的屋顶喻为伞，那么我只得将西洋的屋顶喻为帽子，而且像鸭舌帽一般尽可能缩小帽檐，以便内部充分沐浴在日光下。如此说来，日式房屋的屋檐之所以又大又长，与气候风土、建筑材料等有各种关联吧。

例如我们不使用红砖、玻璃和混凝土等，故此为了防止横向吹打而来的风雨，有必要将屋檐造得更深。对日本人而言，虽然明亮的房间确实比阴暗的房间方便，但仍不得已而为之。美感总在现实生活中发展而成，因此不得不住在阴暗房间中的祖先，不知何时发现了阴翳之美，最终以增添美感为目的而利用阴翳。

事实上，日式房屋的美完全依靠阴翳的浓淡而展现，除此无它。西洋人看到日式房屋时因其简朴感到惊讶，他们之所以感到这里尽是灰色的、没有装饰的墙壁，最重要的缘由正在于他们尚未解开阴翳之谜。

我们在阳光本就难以射入的房屋外侧建造檐廊与缘侧[1]，进一步避免日光；在房屋内侧利用纸拉门，让庭园反射的昏暗光线偷偷潜入内部。我们房屋的美感要素正在于这种间接且柔和的光线。我们为了这种无力、清淡、宛若转瞬即逝的光线，为了让它沉静平稳地渗入房间的墙壁中，故意将墙壁涂抹成颜色不鲜明的砂壁。虽然在涂抹土藏[2]、厨房、走廊等的墙壁时会使用有光泽的材质，但是和室采用的墙壁几乎都是砂壁，很少反光。如果它能够反光，那么昏暗光线的柔弱特质便会消失。无论在何处，我们都能够见到，看似即将消逝的日光，拼尽全力地附着在傍晚的墙壁上的光景，并欣赏它那轻柔细微的光亮。

对我们而言，在这墙壁上的光亮或阴暗胜于任何装饰物，沁人心脾，百看不厌。因此为了不扰乱映射在这些砂壁上的光线，我们理所应当地只用砂土原本的颜色将它涂遍。虽然每间和室的基础色多少有些不同，但是这差异多么细微啊。与其说是颜色差异，不如说它只不过是细微的浓淡差异，或者是观者的心境

1 日式建筑中位于室外的、围绕房间的边缘地带，通常由木头铺设而成。

2 日本传统建筑样式之一，采用在木结构的土质墙壁外刷上灰泥的建筑方式。常被用作建造仓库、店铺等。

不同。而且墙壁颜色的些许差异，会让不同房间的阴翳染上微微不同的色调。

而且我们的和室中设置有凹间[1]，其中装饰着挂轴和切花，但是与其将挂轴和花本身看作装饰品，不如说它们的主要作用在于为阴翳增添深意。我们在挂上一幅挂轴的时候，会将挂轴本身与凹间墙壁的协调性，即“映衬”视为重中之重。我们之所以将构成挂轴内容的书画与其装裱之巧拙等同视之，其缘由正在于此。若是“映衬”不佳，无论多么有名的书画和挂轴都会丧失价值。

有时会发生与之相反的情况——将一幅不算杰作的独立书画作品挂在凹间，它竟会与房间十分和谐，无论是挂轴还是和室，均会突然展现出韵味。要说这类书画本身为何与并无特别之处的挂轴相协调，其理由在于纸张、墨色及装裱用布帛的古韵，正是这份古韵让凹间与和室的阴暗保持适当的平衡。

我们在造访京都和奈良的古寺时，常常看到被寺院视为宝物的挂轴，被装饰在位于寺院深处的大书院[2]的凹间中，这些和室在白天也处于昏暗中，所以看不清图样等等，只得一边听导览人的说明，一边根据淡薄的墨

---

1 又称“床之间”，指和室房间一角凹进去的部分，其中常摆放有装饰品等。

2 以被用作书斋的和室为中心建造的建筑，其建筑样式被称为“书院造”。

色，想象它应当是张了不得的画。但是这模糊不清的古画与凹间的气氛甚是和谐，令人感到看不清图样已经不是问题，这种程度的阴暗反而正合适。也就是说，在这种情况下，这幅画只不过是为了保留微弱光线的、一张幽深典雅的“平面”，其作用与砂壁没有任何不同。我们之所以在选择挂轴的时候注重时代感和寂寥感，其理由正在于此。如果是水墨或淡彩的新画作，稍不小心便有可能将凹间的阴翳毁灭殆尽。

空间的光与影

如果将日式建筑喻为一张水墨画，那么纸拉门是颜色最淡的部分，凹间是颜色最深的部分。每当我看到设计精巧的日式建筑的和室，便会感叹日本人是多么理解阴翳的秘密，多么巧妙地运用着光与暗。

若问为何，并非因为其有特别的空间设计，关键只在于用纯粹的木材和纯粹的墙壁构成一个向内凹陷的空间，并让被引入其中的光线在这内凹的各处生成朦胧的阴暗。但是，我们在望向落悬[1]背后、花瓶四周、不同的架子下面的暗处时，虽明白这只是阴暗，却能够感受到这片黑暗自身拥有截然不同的、亘古不变的寂寥氛围。

1 指凹间正面上部的横木，与门楣类似。

如此想来，西洋人口中的“东洋的神秘”，正是这含有阴暗的未知静寂。当我们还是少年的时候，可能凝视过不见天日的客厅或者书院的凹间，并感受到未知的恐怖和寒意。可是解开这秘密的关键在哪里呢？若是暴露它的根本，它终究只是阴翳的魔法，如果扫去在各处制造的阴暗，和室便会在一瞬回归成一片空白。

我们祖先的天才之处在于，他们在虚无的空间中自由自在地遮蔽并显现出阴翳的世界，而且为它赋予超越任何壁画与装饰等的幽玄之意。这技巧看似简单，其实相当困难。不难推断出当设计凹间旁柜子下的窗户、落悬的深度、凹间地板的高度等等的时候，皆耗费了我们看不见的苦心。尤其是我站在书院的纸屏风前，在它透出的白色微光中，不由得忘记了时间的流逝。

原本书院这个地方与它的名字一样是看书的地方，而且为此设置了这种窗户，但是不知何时它的作用变成了为凹间提供光亮。在绝大多数情况下，它的作用不是照明，而是用纸屏风过滤从侧面照来的光亮，将光线减弱至合适的亮度。这在纸屏风的内部透射出的逆光，它的光亮是多么寒冷、多么寂寥啊。

庭园中的阳光绕过屋檐、经过走廊终于到达这里，可是它已经丧失了显照出物品的能力，仿佛已经丧失生命力，它仅能照出拉门的纸有多么白。我经常站在这种

纸拉门前，凝视着虽说光亮却毫不刺眼的纸面。

但是在规模巨大的寺院建筑中，因为凹间与庭园的距离远，光线被一层层削弱，所以无论春夏秋冬，阴天晴天，清晨、正午或傍晚，这微微的白色光亮几乎不会产生变化。而且纵长的网状拉门上的木栏构成的一块块阴暗宛如积尘，我不由得怀疑它是否永远地渗进纸中，一动不动。

每当此时，我总因这如梦般的光亮惊讶得直眨眼。眼前仿佛有一片模糊不清的海市蜃楼，想要弱化我的视力。这是因为纸透出的微光的力量不足以将凹间的浓厚阴暗扫尽，它反而被黑暗反射，渐渐显现出无法区别明暗的混浊世界。

各位在进入这类房屋的时候，是否曾意识到这房间中飘浮的光线与普通的光线不一样，甚至心怀肃然起敬的感情？或者在这房间中忘却了时间的流逝，不知不觉间度过年年岁岁，等迈出房间时不知会不会变成白发苍苍的老人，各位是否曾对这种“悠久”产生畏惧呢？

阴翳之光

不知各位是否曾经前往巨大建筑的最远最深处的房间，观察摆放在外界光亮完全无法到达的阴暗中的金箔拉门和屏风，并发现它捕捉且反射着最后一缕来自距离甚远的庭园的光线，宛如恍惚的梦。这反射宛如夕阳西下时的地平线，为四周的黑暗投下微弱的金色亮光。

我从未见过这番光景，黄金居然能够展现出如此沉痛的美。我曾经数次经过这里并反复观察，发现随着我从正面走向一旁，金制的纸面会缓慢地由内而外散发出光芒。此时绝不能移开目光、频频眨眼，各位将发现它像神明的脸色变化一般，在一瞬间闪耀，归于沉寂后过好一阵儿才再度绽露光芒。有时走向一侧，会发现刚才似乎还在沉睡的梨皮纹[1]的黄金突然变得如燃烧般闪耀，

1 用金属表面加工技法做出的纹路，像梨的表面一样微微粗粝。

不由得为如此阴暗的地方如何聚积如此大量的光线感到惊讶。

此时我终于明白，为什么古人要将黄金覆在佛像上，为什么地位高的人的起居室四壁张贴着黄金。而现代人住在光亮的住宅中，不知道黄金有如此的美感。住在阴暗住宅中的古人并非一味被这美丽的色彩吸引，其实他们知道它也有实用价值吧。要说为何，它毫无疑问在缺乏光线的室内起到了反射的作用。也就是说，他们不单是为了豪华才使用金箔或金砂，还用它补充光亮。

如此看来，银和其他的金属会很快丧失光泽，反而只有黄金可以长时间保持光芒，照耀室内的阴暗，因此我们可以理解黄金被特别重视的理由。

我在上文中提及，制作莳绘的前提是在暗处观赏它，如此看来不仅是莳绘，过去的布帛等等为何在制作时耗费大量金银丝线，其理由与之相同。僧侣们身着的金缕袈裟等等不正是最好的例子吗？现在城市中的不少寺院为了一般民众将本堂照得光亮，虽然这种地方尽是

豪华感，但即使是德高望重的高僧穿上金缕袈裟，在这种境况下仍难以感受到其价值。若是前往历史悠久的寺院，按照古来的传统参与佛事，便会明白老僧那遍布皱纹的皮肤、闪烁的佛前明灯与金缕袈裟的质地是多么协调，使庄严感倍增。

如此说来，金缕袈裟与莳绘一样，绝大多数豪华的复杂纹路被藏在黑暗中，只有金银丝线偶尔闪烁微光。而且不知是否只有我一个人有如此感觉，一般而言，没有比能剧剧服更衬日本人肤色的服装了。

无须多言，这类服装大多辉煌绚烂，大量使用金银色；穿着它登场的能剧演员，虽不像歌舞伎演员一样涂白粉，但是每当我去观赏能剧时便会感慨：没有比此时更能发挥出日本人特有的泛红的褐色皮肤或发黄的象牙色皮肤本色魅力的时刻了。金银的编织和刺绣与袿衣之类相称，与深绿色或柿子色的素袍[1]、水干[2]、狩衣[3]之类，甚至与白色布料的小袖[4]、大口[5]等等也很相称。

常常看到由美少年担任的能剧演员的皮肤因此显得更细腻，双颊更有年轻羞涩的感觉，简直令人误以为是女性的肌肤，我终于明白过去的大名[6]耽于少年美色的理由正在于此。

---

1 日本传统男性服饰，又称素袄。在室町时代曾是平民服装，到江户时代演变为武士的礼服。

2 确立于平安时代的男性服饰，为朝廷贵族的便服。

3 平安时代之后使用的朝廷贵族的便服。

4 穿在和服里面的内衣。

5 裤腿宽阔的裤子，贵族将其作为朝服下的衬裤。

6 拥有大量领土和家臣的高级武士。

歌舞伎的历史剧和舞蹈剧的服装之华美，并不劣于能剧；一般人认为歌舞伎的性魅力远超能剧，但是关于这一点，如果常常观赏这两种戏剧，便会注意到其实与之相反。偶尔观赏的时候会觉得歌舞伎更有情色韵味，更华丽，这一点不容否认。但是不论在过去的舞台，还是在当今使用西洋式照明设备的舞台上，这些繁杂的色彩会变得有些恶俗，容易看腻。服装如此，妆容更是如此，虽是为了美才如此化妆，但是这脸无论从何种角度观赏仍十分做作，从这一点来看，它没有如同布料之美的真实感。

然而能剧演员在演出时不会为脸、脖子和手化妆，容貌的自然感均是本身所具有的，丝毫没有欺骗我们的眼睛。因此看到扮演女性或年轻男性的能剧演员的本来面貌时，观众从不会感到扫兴。我们能感受到的，只有拥有相同肤色的他们，在身着乍看上去不相称的武士时代的华丽服装时，面庞竟被服装映衬得如此出众。

我曾经在观赏能剧《皇帝》时看到扮演杨贵妃的金刚岩[1]先生，从袖口间窥视他露出的手，美得令我难以忘怀。我看着他的手，不由得开始思考放在膝上的自己

---

1 指初代金刚岩（1886 — 1951），能乐师，在 1937 年继承金刚流宗家，成为第二十四世金刚流家系主宰。

的手。他的手看上去如此美，也许在于手腕到手指尖那精妙的手掌动作和拥有独特技巧的手指动作吧。可是，他的肤色自内而外散发出明亮光泽，我不知道这光芒从何而来，甚是惊讶。这只是普通的日本人的手，和我放在膝盖上的手的肤色没有任何区别。我再三对比舞台上金刚岩先生的手与我的手，怎么看都是一样的。但是不可思议的是，这相同的手在舞台上美得妖艳，而放在膝盖上的自己的手仍只是普通的手。

这类事情不仅发生在金刚岩先生身上。在能剧中，演员露在服装外面的肉体仅有一小部分，最多只是脸、脖子和手腕到手指的部分。金刚岩先生扮演杨贵妃的时候戴上能面，此时连脸庞都藏住了。即便如此，这微微露出的部分的光泽却为我带来了不同寻常的印象。

虽然金刚岩先生的情况突出，但是大多数演员的手，也是平平无奇的日本人的手，能够展现出穿现代服装时我们不会注意到的魅力，并让我们惊奇地睁大眼睛。我在此强调，这情况不限于美少年或美男子的演员。例如在日常中，我们绝不会被普通男性的嘴唇吸引，但是在能剧的舞台上，演员那暗红且水润的嘴唇，比抹了口红的女性更有性的吸引力。也许这是因为演员为了演唱谣曲，需要不停地用唾液濡湿嘴唇，但我认为不仅如此。还有儿童演员的双颊泛出潮红，这红色看上去无比鲜艳。

在我的经验中，绿色系底色的服装最能衬出这一点。皮肤白皙的儿童演员自不必说，实际上肤色偏黑的儿童演员反而更能体现出红色的特质。要说为何，这是因为白皮肤的孩子身上白与红的对比太过鲜明，导致它看上去比能剧服装的深沉色彩略为显眼。但是在皮肤黑的孩子的暗褐色脸颊上，红色并不十分明显，因此服装与脸庞得以互相映衬。暗绿色与暗茶色，这两种中间色的映衬使得黄色人种的皮肤更有韵味，更引人注目。

我不知道其他领域是否也有颜色的调和展现出的美感，如果能剧也像歌舞伎一样使用现代照明设备，那么它的美感可能会在强烈的光线下散失殆尽吧。因此能剧舞台保持原先的阴暗，是因为要遵从必然规律。而且建筑等等越古旧越好，地板要带有自然的光泽，柱子和镜板[1]等等必须黑亮，舞台上从横梁到屋檐的阴暗部分，要像一座巨大的吊钟一般低低地遮在演员的头顶上，这样的地方最适合演出。

从这一点来说，近来能剧开始在朝日会馆和公会堂上演虽毫无疑问是件好事，但是我认为这使得它真正的意趣丧失大半。

---

1 能剧舞台正面后方的墙壁，绘有松树。

舞台上的阴翳世界

围绕着能剧的阴暗和它所产生的美，现如今是只能在舞台上看到的别样阴翳世界，但是在过去，它与现实生活的距离并不遥远。要问为何，这是因为能剧舞台的阴暗正是当时住宅建筑的阴暗，能剧服装的图案和颜色搭配虽然比实际生活中的服装更花哨一些，但是与当时的贵族和大名的服装一样。

我曾想到这一点，便开始想象过去的日本人，特别是战国和桃山时代身着豪华服装的武士等等，他们与我们相比看上去有多么美，并沉浸在这思绪中。能剧真正地以最高潮的形式展示出我们男性同胞的美，战场上的古代武士在风雨中驰骋，颧骨高耸、面庞黑中带红与身着上文提及的本色和带光泽的素袍、大纹[1]和裃[2]的身姿，

---

1 日本传统男性礼服，带有家徽。

2 和服正装的一种，由同种颜色和素材的无袖上衣和裤子组合而成，内里穿小袖。

是多么飒爽和威严啊！

如此想来，爱好观赏能剧的人都多少以沉浸在这种联想中为享受，想到舞台上的色彩世界曾经原原本本地存在于现实中，便有了观赏演技之外的怀古之趣。与此相反，歌舞伎的世界尽是虚伪的，与我们原有的美没有关联。关于男性美不需多言，在女性美的方面，无法相信过去的女性正是现在在舞台上展现的模样。虽然能剧中的女性角色戴着面具，与现实相去甚远，但是看到歌舞伎中的女装演员时不会产生现实感，这正是因为歌舞伎的舞台太过明亮。

在没有现代照明设备的时代，也就是靠蜡烛或油灯提供微微光亮的时代，那时歌舞伎中的女装演员可能更接近现实吧。而且，虽说现在的歌舞伎中，不再有以往那么有女性魅力的女装演员，这不一定是因为演员的素质和容貌。如果让过去的女装演员像现在一样站在明晃晃的舞台上，必然使男性的棱角显得显眼，而在过去，阴暗将其巧妙地遮蔽了。我曾经观看过梅幸[1]在晚年扮演的阿轻，痛切地感受到了这一点。我认为让歌舞伎之美消亡的，正是无用且多余的照明。

据大阪的行内人说，即便到了明治时代，文乐的人偶净琉璃在演出时仍坚持继续使用油灯，那时的韵味远比当今丰富。我至今仍感觉人偶比歌舞伎的女装演员更有真实感，是啊，因为在微暗的灯光下人偶特有的僵硬线条会消失，闪亮的白粉光泽也变得模糊，显得多么柔美。我幻想着那时美妙绝伦的舞台，不由得感到一阵寒意。

---

1 应当指六代目尾上梅幸（1870 — 1934），本名为寺岛荣之助，是昭和初期最具代表性的女装演员之一。

包裹在阴翳中的女性

众所周知，在文乐的演出中，女性人偶只有脸和手，身体乃至脚尖被包裹在长衣摆的服装下，操纵人偶的演员只需将自己的手放进去做动作。我认为这种演出最接近实际，因为过去推崇的女性形象只露出领子上和袖口前的部分，其他部位全部隐藏在黑暗之中。那时，中流阶级之上的女性极少外出，即便外出也须藏在轿子的深处，不可将身姿曝露在街头。如此看来，可以说她们被不分昼夜地束缚在阴暗的房间里，并将身体埋藏在黑暗之中，只靠脸庞显示自身存在。

至于服装之类，男性服装远比现代豪华，女性却并非如此。幕府时代的平民商户家的女儿和妻子等等朴素得令人惊讶，其关键在于服装是黑暗的一部分，只不过用于连接脸庞与黑暗。女性之所以使用染黑齿之类的化妆手法，其目的在于将脸以外的空隙全部填满阴暗，就连口腔中也须噙满黑色。

《莫田河的夜晚》1881
小林清亲（1847–1915）绘

如今如果不去岛原的角屋[1]之类的特殊场所，便无法亲眼见到这种妇人之美。我回忆小时候，想起母亲在位于日本桥的家宅深处，依靠庭园的微光做针线活的身姿，便可以多少想象出以前的女性是什么感觉。

1 位于京都，指花柳街中的高级店铺。

那是明治二十年代，当时位于东京的平民住宅全都建得微微昏暗，我的母亲、伯母和亲戚等等年长的女性几乎全部染过黑齿。我不记得她们平时穿什么衣服，但是记得在外出时，常穿一身图案细碎的鼠灰色小纹和服。我的母亲身高很矮，甚至不及五尺[1]，不过不仅是我母亲，那时的女性普遍如此。不，说得极端一些，可以说她们几乎没有肉体。除母亲的脸和手之外，我只模糊地记得脚的样子，没有关于身体的记忆。

如此想来，中宫寺[2]观世音像的身体，岂不正是过去日本女性的典型裸体像吗？像木板一样平坦的胸部上贴着纸一样薄的乳房，还有比胸部细一圈的腹部，没有凹凸的、笔直的后背和腰臀线，这些身体部位与脸和手脚相比细瘦得不相称，而且没有厚度。与其说这是肉体，不如说是圆柱形的棒子。

整体而言，过去女性的身体不正是这样吗？现在仍有些守旧家庭的老夫人和艺伎等拥有这种身材。我看到这种身材，会想起人偶体内的主轴。事实上，这些身体只是穿着衣服的棒子，此外什么都不是。构成她们身体的是数件缠绕着的服装和棉花，如果把衣服脱下来，便

1 约 1.5 米。

2 位于奈良县生驹郡的尼寺。

只剩人偶一般畸形的主轴。但是在过去这就很好了，因为对于住在黑暗中的女性而言，只要有一张微微发白的脸，便不需要身体了。如此想来，讴歌活泼的近代女性肉体美的人，应当很难想象那种有股幽灵般感觉的女性之美。

也许有人会说，靠阴暗光线遮蔽的美不是真正的美吧。可是我在之前提到，我们东洋人在什么都没有的地方生出阴翳，并创造出美。古歌云，“四处收集茅草结一所草庵，待到散落时便回归原野”，我们的思维方式正是这种感觉。美，不在于物体之中，而是在物与物所创造的阴翳波纹和明暗之中。夜明珠在黑暗中会放出光芒，宝石曝露在阳光下就失去魅力，如果离开了阴翳的作用，也就没有美了。

也就是说，我们的祖先将女性看作与莳绘和螺钿一样，她们难以从黑暗中剥离，尽可能将全身浸在阴暗之中，用长袖长摆将手脚包进不起眼的地方，只将一个部位，也就是头部显露出来。与西洋女人相比，那不匀称的平坦肉体很丑陋吧。但是我们从不思考看不见的东西。看不见的东西即不存在。如果有人非要看看这丑陋，那他的做法与用几百根烛光一般的灯泡照耀茶室的凹间一样，亲自将其中的美赶走了。

《四谷的大门》

小林清亲（1847－1915）绘

在幽暗中寻求美

可是，为什么只有东洋人才有积极地在幽暗中寻求美的倾向呢？西洋人虽然也经历过没有电灯、煤气和石油的时代，但是孤陋寡闻的我不知道他们是否有喜欢阴暗的癖好。过去日本的幽灵没有脚，但据说西洋的幽灵虽有脚，却全身透明。从这些细枝末节便可以看出，我们的幻想中总有漆黑的阴暗，而他们竟将幽灵都变得像玻璃一般光亮。

关于其他各类日用工艺品，如果说我们喜欢的颜色由阴暗堆积而成，那么他们喜欢的颜色是由阳光堆积而成的吧。无论银器还是铜器，我们喜欢锈斑，他们却认为这不干净、不卫生，并将其研磨得闪闪发亮。他们尽量不在房间中制造阴影，将天花板和四周的墙壁刷成白色。建造庭园时，我们种植一片茂密的树林，他们却铺上平整的草地。

这种嗜好的不同究竟依何而生？我想，我们东洋人喜好在自身境遇中寻求满足、耽于现状，不会对阴暗感到不满，并将其视为无可奈何的事物，若光线不足便随着这不足潜入阴暗，并且在其中发现属于自身的美。然而进取的西洋人总是追求更好的状态，他们把蜡烛换成油灯，再将油灯换成瓦斯灯，又把瓦斯灯换成电灯。他们追求明亮从不停息，即便是微小的阴影仍要费心思扫尽。

也许我们在这种气质上有不同，但是我想从肤色差异的角度思考一番。虽然我们自古以来认为白皮肤比黑皮肤高贵，并以其为美，但是我们的白与白色人种的白有些不一样。如果靠近各人观察，会发现有比西洋人白皙的日本人，也有比日本人黑的西洋人，但是这白和黑的状态不一样。

虽然是我的经验之谈，我以前住在横滨的山手町，曾不分昼夜地与住在租界的外国人玩乐。我去他们常出入的宴会厅和舞池的时候，在他们身边时不觉得白皙，但是从远处却能一眼看出他们与日本人的区别。虽然日本人身着不逊于西洋人的晚礼服，也有女性的皮肤比他们更白，但是只要有一位这样的女性进入西洋人群之中，从远处眺望时便可以立刻发现她。这是因为无论日本人有多白，他们的白中有微弱的阴翳。

因此这类女性为了不输给西洋人，为后背到上臂乃至腋下，所有露出的肉体部分涂上厚重的白粉。可是这么做，仍不能消除沉淀在皮肤深处的阴暗。仿佛清冽的水底有一层污物一般，从高处俯瞰则一目了然。特别是她们的指缝间、鼻翼旁、脖子和后背，总有像尘埃聚积般的黑色阴影。西洋人的表面看上去污浊，内部却明亮通透，身体中无论何处都没有这种微有些脏污的阴影。他们从头到脚没有一丝混浊，只有透彻的白。

故而若是有一个日本人混进他们的集会，就像白纸上沾了一滴薄墨渍一般，在我们看来甚是碍眼，令人不悦。如此看来，便可以理解过去白人排斥有色人种的心理了。对于敏感的白人而言，即便社交场合仅有一点暗渍、一两个有色人种，仍不能不以为意。

如此说来，不知现在的情况如何，在他们迫害黑人最猛烈的南北战争时期，他们厌恶和轻视的对象不仅是黑人，甚至还有黑人与白人的混血儿、混血儿之间的混血儿、混血儿和白人的混血儿等等。他们有二分之一、四分之一、八分之一、十六分之一、三十二分之一混血儿这些说法，只要有一丝黑人的血脉，便追查并迫害到底。有的混血儿看上去与纯正血统的白人没有差异，只是两三代前的祖先里有一人是黑人，但是他们执着的眼光不会放过纯白皮肤中潜藏的一丁点色素。

如此看来便可明白，我们黄色人种与阴翳的关联有多深。没有人愿意让自己处于丑恶的境地，因此我们理所当然地在衣食住中用暗色调的物品，意图让我们沉浸在阴暗的气氛中。我们的祖先并非明白自己的皮肤中有阴翳才这么做，他们也不知道世上有皮肤更白的人种，只是他们对色彩的感觉使得他们自然而然地生出这种嗜好。

《月下秋草图》屏风

柴田是真（1807－1891）绘

被光照耀的阴暗

也许，我们的祖先在明亮的大地上划出了一块上下四方的阴翳世界，将女性束缚在阴暗的深处，并且将她们视为世上最白皙的人吧。如果白皙的皮肤是至高无上的女性之美不可或缺的条件，那么我们除此之外别无他法，这么做也没问题。白人的发色明亮，我们的发色黑暗，这是自然教会我们的阴暗的道理，古人在不知不觉中遵循着这种法则，让黄色的脸庞显得白皙。

我曾在上文提及染黑齿，过去的女人剃光眉毛，不正是使脸庞更突出的手段吗？而且最令我感到佩服的，是闪烁着昆虫翅膀般光泽的青绿色口红[1]。现在就连祇园的艺伎都很少用它了，但是只有将这种红色想象成微暗

---

1 以产生于江户时期的小町红为代表，用润湿的笔沾湿它的青绿色表面，便会在瞬间变成鲜艳的红色，可以用作口红。艺伎常用此点缀下唇。

且闪烁的烛光，才能明白它的魅力。古人故意将女性的红唇涂成青黑色，再为它赋予螺钿一般的光彩。丰厚明艳的嘴唇将脸上的血色全部夺走。在华美的灯笼下、闪烁的黑暗中有一位年轻的女性，她那鬼火般的青色嘴唇不时微笑并露出黑漆般光亮的牙齿，我想不到比这更白的脸庞了。至少在我脑海中的幻想世界里，这比任何白人女性的白色更白。

白人的白是透明的、理所当然且平凡的白；而前者却是一种超脱人类的白。说不定这种白根本不存在。也许那只是光影制造的恶作剧，只存在于那种场景。但是我们认为这已经足够好，不再奢求。

我想象着这种脸庞的白，在此想要讲讲包围它的阴暗。我曾在数年前带着从东京来的客人去岛原的角屋游玩，并看到了难以忘怀的一种阴暗。那正是后来在火灾中烧尽的“松之间”这处大演艺场，只被几盏烛台照耀的大房间的黑暗与小房间的黑暗相比，其浓度不同。在我潜入房间的时候，正巧有一位剃去眉毛、染着黑齿的年长女招待在巨大屏风前摆放烛台。只有屏风前的一两叠世界是光亮的，在屏风的后侧垂挂着仿佛要从天花板上落下的高大浓厚、仅有一种颜色的黑暗，摇晃的烛火无法穿透它的厚度，仿佛撞向黑色的墙壁一般被弹开。

各位见过这种“被光照耀的阴暗”的颜色吗？它的

物质构成与夜路的黑暗等等不同，看上去像是一粒粒散发着彩虹光芒、充满细灰般微粒的物体。我心想这黑暗会不会侵入双目，不由得眨了眨眼。现在流行建造面积小的演艺场，只建十叠、八叠、六叠之类的小房间，即便点上蜡烛也看不到那种黑暗。但是过去的大殿和妓院等地有高高的天花板和宽阔的走廊，经常规划出几十叠的大房间，也许这种房间总是被这种雾一般的黑暗笼罩，身份高贵的人们全身心浸在阴暗的浮沫中吧。

我曾在《倚松庵随笔》[1]中提到，现代人早已习惯了电灯的光亮，忘记曾有这类黑暗了。特别是房间内的“眼中可见的黑暗”中仿佛有闪烁的、海市蜃楼般的东西，容易唤起幻觉，有时比室外的黑暗更可怖。

如此想来，魑魅和妖怪等应是在这种黑暗中横行，那些被高垂的帐帘、屏风和拉门层层包围的女人，难道不是魑魅之类的亲族吗？黑暗将这些女人们包裹十层乃至二十层，将衣领、袖口和衣服下的所有空隙全部填满。不，说不定这黑暗是从她们的身体、从那张染了黑齿的嘴或者黑发的发梢，像妖怪土蜘蛛[2]吐蛛丝一般形成的吧。

---

1 出版于昭和七年的随笔集。倚松庵是谷崎的旧居，庵号来自夫人松子。在这里创作的代表作是《细雪》。

2 传说中出身于京都的妖怪，有鬼脸、虎身、蜘蛛的肢体。

《筑地明石町》1927

镝木清方（1878－1972）绘

《春之夜》1926

高桥松亭（1871－1945）绘

消逝的阴翳

数年前，武林无想庵[1]从巴黎归来，据他说东京和大阪的夜晚比欧洲都市明亮得多。巴黎的香榭丽舍大道正当中，还有些人家点油灯，在日本，不去偏僻的山里连一户这种人家都找不到。恐怕世界上最大量地使用电灯的国家就是美国和日本了吧，日本想模仿美国的一切。

无想庵说这番话的时候是在四五年前，那时霓虹灯招牌还没有开始流行，等他下次回来时发现城市越来越亮，一定会感到十分惊讶。接下来的故事是我听《改造》杂志的山本社长说的，据说他曾经陪爱因斯坦前往关西游玩，途中火车经过石山[2]附近时，眺望窗外景色

1 武林无想庵（1880 — 1962）：日本小说家、翻译家。本名武林磐雄，后改名为武林盛一。

2 位于滋贺县大津市，在大阪的东北方向。

的爱因斯坦说："啊，那里有相当浪费的东西！" 山本社长便询问是什么，爱因斯坦指了指那里的电线杆，上面的电灯居然在白天亮着。"因为爱因斯坦是犹太人，所以这么仔细吧。" 山本先生如此解释。

不论美国，与欧洲人相比，日本人在用电灯时更不节约这一点似乎是事实。说到石山我又想起一件趣事，我思考今年秋天究竟去哪里赏月好，一番思索后终于决定去石山寺。可是在八月十五夜的前一晚，我看到新闻说石山寺为了让明晚观赏月亮的客人更有兴致，将在山林间安装扩音器，播放唱片《月光奏鸣曲》。我读了这篇报道，立刻取消了去石山的计划。

扩音器固然令人苦恼，但是按这种思路，我想那座山上一定被挂满电灯和霓虹灯，让它看上去热闹非凡吧。我曾因此毁过一场赏月之行，那是在某年的八月十五夜，我想去须磨寺的池塘上泛舟，我约好朋友，带上节庆料理，去那里一看，发现那片池塘的四周装饰着一圈豪华的五彩电灯，与它相比，月亮甚至失去了光辉。

我思考再三，发现近来我们对电灯感到麻木，居然对过度照明带来的不便没有感觉。赏月暂且不提，但是宴席、料理店、旅馆、酒店等地实在是太滥用电灯了。虽然为了招揽客人，有必要装些电灯，但是在夏天天色尚明的时候点灯，不仅浪费，且更热了。我在夏天无论前往何地，均会因此丧失气力。外面明明凉快，房屋中却热得过分，这绝对是电力过强或电灯过多的原因，如果试着关掉一些灯，便会立刻凉爽起来，可是客人和主人从不会意识到这一点，这令我感到不可思议。

原本室内的灯火应当在冬季调亮些，在夏季调暗些，这样可以带来凉爽之气，至少不会招引虫子飞来。可是点亮多余的电灯，说它太热再开开电风扇，只是想想便觉得厌烦。特别是日式房屋的热气可以从四周散去，还算可以忍受，但是酒店的西洋式房间不仅通风不好，地板、墙壁和天花板还会吸收热量，再反射到各处，真是受不了。

姑且容我举个例子，在夏日夜晚去过京都的都酒店大堂的人，应该会与我有相同的感受。酒店坐落于朝北的丘陵上，可以将比叡山、如意岳、黑谷的塔和森林等等东山一带的翠绿山峦尽收眼底，景色令人神清气爽，因此更使我感到惋惜了。

在夏季的一个傍晚，我想沉浸在山清水秀的爽快气氛中，因其满楼清凉之风慕名特意前往，结果到了之后，发现白色的天花板上嵌满了巨大的乳白色玻璃，令人难以忍受的灯泡仿佛在其中呼啦啦地燃烧。近年来，洋楼的天花板造得低，因此就像头顶上飘着火球一般，用热来形容还不足够。越靠近天花板的身体部位越烫，从头到后颈再到后背，我有种被炙烤的感觉。而且这里的面积明明只用一个“火球”就足矣，但是天花板上居然安了三四个，此外沿着墙壁和柱子还设置着几个小“火球”，可是它们的作用除了消除角落的阴影之外，什么都没有。眼见之处有白色墙壁、红色的粗柱子、豪华的马赛克图案地板，这些东西像刚印好的石版画一样映入眼中，这也令我感到酷热。从走廊进入大堂时，可以立刻感受到温度变化。即便是凉爽的夜风吹进这种地方，也只会立刻变成一股热风。

我以前不时来这家酒店住宿，对这里有感情，所以友善地提出了忠告。这儿可以眺望胜景，最适合夏日乘凉，若是被电灯破坏，着实太可惜。当然了，对于日本人而言，无论口中说西洋人多么喜欢明亮，在那种酷热下必定闭口不言。他们只需关灯试试，便能立刻感受到效果并理解吧。

虽然这只不过是举一个例子，但是这事情不仅在这家酒店发生。使用间接照明的帝国酒店还算可以，而且我认为夏天还可以再暗一点。问题在于当今的室内照明已经不将读书、写字、缝针之类视为问题，只专门用于消除角落的阴影，这想法与日式住宅的美学观念无法共存。私人住宅为了经济而节约用电，反而做得巧妙。但是在做买卖的房屋中，走廊、楼梯、玄关、庭园和大门等处总是设置过多光源，导致房屋和庭园变得缺乏深意。

虽然冬天这样更温暖，有些好处，但是夏季的夜晚无论逃去多么幽远深邃的避暑地，只要是去旅馆，大致都会遇到与都酒店一样的悲哀。因此我认为，将自己家四周的窗户敞开，在纯粹的黑暗中挂上蚊帐，慵懒地躺着，才是最适合纳凉的方法。

先试着关掉电灯吧

我最近不知在什么杂志还是新闻上看到英国的大妈们发牢骚的文章，说她们自己明明在年轻时敬重老人，现在的年轻人却总不理会她们，说到老人便觉得像是个脏东西，不愿接近，感慨过去和现在的年轻人的气质真是大不相同。

无论哪个国家的老人都会说一样的话，令我感叹，随着人们年纪越来越大，似乎会认为所有的事情都是以前的比现在的好。百年前的老人向往两百年前，两百年前的老人向往三百年前，无论哪个时代的人都不满足于现状。但是最近文化的发展急速向前，我们国家又有特殊的情况，明治维新以来的变化可以赶上以前三五百年的变化了。

我说这些话有些奇怪，像是自己已经到了老人家的年纪，但是我认为现代的文化设施只为吸引年轻人，时代潮流无可置疑地渐渐向着疏离老人的方向发展。举一个例子，如果在十字路口要靠信号才能过街，那么老人便不可能安心地出门。暂且不论乘着汽车来往的有身份的人，就连我偶尔去大阪时，虽只不过是从马路一侧走到另一侧，全身的神经却紧紧绷住。十字路口正中间摆放的“走”“停”的信号灯容易辨识，但是没想到身边的天空中竟挂着闪烁的绿色和红色的灯，这实在是太难发现了；在宽阔的十字路口，甚至可能将侧边的信号灯与面前的信号灯看错。

我曾经深思熟虑，若是京都设置交警就完了，如今只有去西宫、堺、和歌山、福山这种程度的都市，才能体会到纯正日本风格的平民街区。

连食物也如此，很难在大都市找到符合老人家口味的料理。前阵子有新闻记者采访我，让我讲讲奇特的美味料理，于是我为他讲了住在吉野[1]山间僻壤的人吃的柿叶寿司的做法，在此也讲一遍。

首先按照一升米配一合酒的比例蒸米饭，等到锅开始冒气的时候加酒。接下来等到饭蒸好之后，将它完全放至冷却，然后在手上抹上盐，紧紧地握住它。此时手上不可沾一丁点儿水。诀窍在于只用盐捏寿司。之后将

---

1 位于奈良县南部一带。

盐渍鲑鱼切薄片，放在米饭上，再将柿子树叶的正面贴住它，将它包好。无论是柿子树叶还是鲑鱼，均要事先用干布完全擦干水分。等包好之后将它放进内部完全干燥的寿司桶或者米饭桶，沿着内壁将寿司填塞紧实，之后盖上盖子，压上做腌菜时用的重石头。如果今晚开始腌渍它，那么到第二天早上就可以吃了，这一天内最为美味，可以放两三天。吃它的时候要用蓼叶沾少许醋，洒在上面。

去吉野游玩的朋友因为它太美味便学来做法，再教会我，只要有柿子树和腌渍鲑鱼，在哪里都可以做，千万不要忘记完全擦干水汽和等到米饭彻底放凉。我在家试着做了一份，发现真是美味。鲑鱼的油脂和盐分恰到好处地渗进米饭中，鲑鱼变得像生鱼片一般柔软，状态绝佳。它的味道与东京的手握寿司不同，我更偏向它的口味，因此今年夏天吃个不停。

我佩服物资贫乏的山里人居然想出了这种盐渍鲑鱼的吃法，在得知各种各样此类乡土料理之后，发现乡下人的味觉远比城里人的敏锐，某种意义上豪华得令我们无法想象。因此老人渐渐离开都市，去乡村隐居，可是乡村中也安上了铃兰状路灯，一年比一年变得像京都，所以无法令我安心。

有人说如果现在的文明继续发展，交通工具会转移到空中或者地下，平民街的路面将回归往昔的平静，可是我明白，到那时肯定会出现对老年人不友好的新设施。最后，老年人会被呵斥“让开”，缩在自家，晚酌时一边吃自制小菜，一边听广播，愈发失去在外界的栖身地。

我想是否只有老人才会发这种牢骚，似乎并非如此。最近《大阪朝日新闻》的“天声人语”专栏评论员，嘲讽政府官员为了在箕面公园造车道，滥伐森林、推平山丘。我读到这篇文章，更有了些自信。他们竟将深山老林下的阴暗夺走，这太无情了。如此发展下去，恐怕奈良和京都、大阪郊外能称得上是名胜的地方会愈发大众化，渐渐变成这种光秃秃的地方。这也只是一番牢骚，我深知当今的时代发展甚是难得。

若问我现在要说什么，既然日本已经沿着西洋文化发展的路线迈出步伐，那么只能抛下老人等等，勇往直前。可是一定要做好心理准备，只要我们的肤色没有变，我们就必须永远承受只有我们遭受过的损失。

最关键的是，我之所以写下这篇文章，正是希望为一些方面，例如为文学艺术留下弥补损失的方法。我希望可以唤回我们正在渐渐失去的阴翳世界，即便只在文学领域。我想将文学这座殿堂的房檐加深，让墙壁变暗，将过于显眼的事物关进黑暗，剥下无用的室内装饰。我不期待家家如此，只要有一家便足矣。要说这会变成怎样的状态，先试着关掉电灯吧。

评《门》

夏目漱石（1867 – 1916）

芳菲看渐饶，
韶景荡诗情。
却愧丹青枝，
春风描不成。
——夏目漱石

在荒芜的现实中幸福地活下去

我认为夏目漱石是拥有首屈一指的智慧与技术的当代作家。虽然他有不少缺点，也遭受了许多批评，但是我坚信他仍是其他人难以轻易企及的作家。无论提起尾崎红叶[1]、樋口一叶[2]还是二叶亭四迷[3]，目前我仍毫不动摇

1 尾崎红叶（1867 — 1903），日本小说家，本名尾崎德太郎，代表作有《金色夜叉》等。他是明治时期日本文坛的重要作家，与幸田露伴齐名，明治二十年代被称为“红露时代”。他在二十多岁时已拥有众多门生，泉镜花、德田秋声、小栗风叶与柳川春叶被称为“红叶门下四天王”。

2 樋口一叶（1872 — 1896），日本女性小说家，本名夏子，在二十四岁时因肺结核病逝，代表作有《青梅竹马》《十三夜》等。她是日本近代以来第一位职业女作家，她在短暂的生涯中创作了日本近代文学史上的名作。自 2004 年始，她的肖像被用作五千日元纸币上的人物像。

3 二叶亭四迷（1864 — 1909），日本小说家，本名长谷川辰之助，（转下页）

地认为老师是文坛第一人，而且以往人们对他的评价包含着不符合他的实力的恨意。因此，我有许多关于夏目漱石的事情想讨论。如果我不先写下这些论断，我便无法安心地执笔写下对《门》的评价。

《后来的事》是一部讲述代助和三千代的不贞行为的小说；《门》是讲述不贞的夫妇宗助和阿米的小说。从各种方面可以看出，这两部作品有不能分开阅读的理由。当然，老师是因为想写关于《后来的事》中的代助和三千代的故事才创作了《门》吧。因此我想在此一边与《后来的事》相比较，一边写下自己的思考。

我记得有人说过“漱石接近自然主义”。假如有人在读了《门》之后还说这种话，那我必须说他犯了一个大错误。《门》中描写的谎言比《后来的事》更露骨、更多。这谎言既是在作者心中高尚却与我们无缘的理想，也是他的老奸巨猾的技巧。接下来，我想一一指出其中的谎言。

宗助与阿米因不贞而成为夫妇。

每当宗助回想起当时的事情，便不由得心想：假如自

（接上页）代表作有《浮云》《面影》等。《浮云》是日本近代文学史上第一部使用“言文一致体”（即口语与文章的一致化）创作的小说。

然的发展在此停止前进，自己和阿米突然变成石头，就再也不会受苦了。事情始于冬末春初，终于樱花散尽、长出新芽的时节。这都是生死交替的战争，痛苦得像将青竹的油分烤尽。大风突然吹倒了毫无准备的两个人，待他们起身时，四周已被沙子覆盖殆尽。两人发现身上沾满沙子，可是不知道自己在何时被吹倒。

如果仔细阅读这段，会发现他们在不知不觉间犯了道义上决不允许的大罪。

作者在此想要说明两人犯下的罪，就是在恋情这一阵大风——自然带来的不可抗力驱使下的结果，绝不是因身体和欲望带来的。如果读过《后来的事》就会十分理解。就这样，两人理所当然地遭到制裁，被社会孤立，过上孤寂的家庭生活。惩罚以各种形式逼迫两人，首先是贫穷，其后是疾病侵袭阿米羸弱的身体。

接下来是街头占卜师的预言说中了："我感受到你对人做过难以原谅的事情。因为你被罪过惩罚，所以肯定不会有孩子。"阿米曾经三次怀上孩子，却全部悄悄堕了胎。[1] 这对夫妇在前后六年间，"在这世上无法曝露

1 此处谷崎原文如此。但是在《门》的故事中，阿米三次怀孕，第一个孩子流产，第二个孩子夭折，第三个孩子死产。

于光天化日之下的两人，宛如一边忍受寒冷，一边抱在一起取暖一样，依靠着对方生活下去”。

婶母曾对叔父说过：“阿宗真是变了个人啊。”叔父随即回答道：“是呀。果然，只要有那种事情，就会永远影响以后啊。”可见因果令人害怕。

宗助甚至过着被人说风凉话的惨淡日子。并非“他们每天过着一样的生活，不知疲倦地度过漫长岁月，并非因为他们对日常社会失去兴趣”，而是“社会将他们两个人排除在外，留下冷酷背影的结果”。但是，现在的社会拥有对像这两人一般的罪人处以严肃制裁的敏锐良心吗？世间的因果报应，其实是更宽松、没什么规矩的东西吧。至少不是夺取财富、夺取健康，甚至残酷到连三个孩子都夺走吧？我禁不住对这一点产生疑问。世间应该充满更为复杂、更讽刺的事实才对。虽然十分不谦虚，但是老师真的认为世间是这样，那么必须说这看法太天真了。读者不时认为老师的作品无法为内心带来感同身受的共鸣，也许正是因此。

更加值得思考的是这种状态下夫妇之间的爱情。

他们在六年间不向世间求索泛泛之交，反而用这六年时间探清了对方的心意。他们的命运已在不知不觉间渗入对方的深处。……支撑两人精神的神经系统，乃至神经末梢，已经紧密地缠绕在一起。

两人的紧密结合中既有在普通夫妇间难以见到的亲切与圆满，也有随之而来的疲倦。可是他们唯独没有忘记在这疲倦的感觉支配下评价自己的幸福。

他们曾与自然为他们带来的可怖报复战斗并屈服。与此同时，他们不忘为这报复带来的两人的幸福点燃献给爱神的一炷香。他们在鞭笞下走向死亡，但是他们意识到，鞭子的梢上附有能够治愈一切的甜蜜。

由此看来，不得不说宗助和阿米过着当下难得的浪漫主义式生活。他们像接受过新式教育的代助在《后来的事》中一样地恋爱，是没办法的事情。无论接触过新思潮的宗助经历了多大的牺牲才拥有恋情，这个有歇斯底里的病妻、没有孩子也没有钱的清贫家庭，在六年间一直未从青年时代的甜蜜恋爱之梦中醒来的事实，有些令人难以接受。如果让《棉被》的作者[1]来评价，也许会说这是彻头彻尾的“仿制品”吧。宗助的境遇和性格虽不是不可能有，但是就像老师自己在评价国木田独

1 田山花袋（1872 — 1930），日本小说家。代表作有《棉被》《乡村教师》等。他曾是尾崎红叶门生，作品以自然主义著称。

步[1]的《酒中日记》时说过的："这是千万人中的一个人身上才可能发生的事实。"

从《门》是《后来的事》的续篇这一点来看，性格怪异的代助的恋爱，若是像《门》中描写的一样发展，这是否自然呢？我们有必要从这一点开始思考。从代助的道德感来看，也许如此发展才是正当的。代助的道德感教导代助"应有永远不变的爱情"。但是有不少现实中的爱情与之相悖吧。因此，代助的固执性格不让自己变得虚伪，他选择牺牲一切，想要在真正的恋爱中活下去。如果他怀拥没有恋爱情感的女人，想必会再次回到过去的状态，或者陷入更绝望的两难境地吧。此时两个通奸的人才应该遭受真正的报复。如果《后来的事》按照《门》一样的情节发展，那么不得不说这对作者和代助而言都是顺水推舟。

这就是贯穿故事全篇构架的弥天大谎。老师的作品为什么与自然主义作家的作品不同，想必上文已经说得很清楚了。老师没有表现出"恋爱如此"，而是告诉我们"恋爱应当如此"。老师教给我们的恋爱，比我想象

---

1 国木田独步（1871 — 1908），日本小说家、诗人，曾任教师、记者及编辑。自然主义文学作家，著有诗集《独步吟》、散文集《武藏野》、小说集《独步集》等。

中的更认真、更高贵。

我刚才提到宗助和阿米过着浪漫主义式的生活。可是两个人之间的恋爱，绝不像出现在戏剧或者净琉璃中的恋情那样，既浅薄又华丽，它被描写为扎根在生命土壤的严肃的、朴实的事物。没有信仰的对象，也没有道德的根底，让如今住在荒芜现实中的我们幸福地活下去的唯一方法，就是在因真正的恋爱永远结合在一起的夫妇间的爱情中，经营最本质意味上的生活，这就是《门》的作者要告诉我们的道理。如果恋爱不是单纯满足性欲的恋爱，那它也不是徒然憧憬美好事物的恋爱。这恋爱甚至使得聪明人犯下通奸大罪，仿佛得不到它就活不下去。不得不说在我们看来，得到它的宗助和阿米身处无比幸福的立场。人生的安定之处就是这样的恋爱。可以说，《后来的事》中的恋爱是破坏性的，《门》中的恋爱却是建设性的。

作者的流畅文笔使得读者对这份恋情感同身受。作者将两人置于困窘的境遇，让阿米生病，让三个孩子死亡，还有让小六这位第三者插入两人之中，终究都是为了强调恋爱而精心雕琢的创作。老师确实充分地命中了这些目标，如果可以，我们也想像宗助一样依从恋爱，平稳地度过一生。可是对于现在的青年们来说，这终究不过是空想吧。

虽然都是凭空创造出的故事，但是《后来的事》以现实为基础，《门》却建立在空想之上。从各个方面看，我不得不说《门》不如《后来的事》。如果站在事实之上，将宗助和阿米的恋爱困局作为素材，那么我认为《门》将会比《后来的事》有更大的矛盾，可以带来更深层的含义。我常感遗憾，《门》为《后来的事》中提出的大问题提供了牵强附会的答案。

《门》没有讲述真实，但是《门》中出现的各类细节描写十分自然，并抓住了真实，例如宗助在周日出门散步时的心情，还有看电车顶部悬挂的广告这部分，以及一家人在大年夜的状态，等等。老师以自然主义作家难以轻易企及的敏锐视线，详细地描写了各处的景象。故事中出现的人物的性格也十分生动。例如一家之主坂井（他与《野分》[1]中的中野很像。可见作者擅长表现这类角色的性格）、佐伯的姨母等人虽然只稍微露了下脸，却是自始至终可以想起角色的形象。说到欲望，只有小六没有明显地表现出这一点。还有在通过对话体现出内容方面，老师在当今作家中首屈一指。老师在创作《虞美人草》和《草枕》时的对话描写有些演戏的感觉，但

1 夏目漱石创作的中篇小说，于1907年发表于杂志《杜鹃》。《杜鹃》是高滨虚子主办的俳句杂志，曾发表许多著名作家的作品。

是在描写宗助和阿米的对话时却注重自然，接近真实。我在此引用最佩服的一段：

入寝时，宗助脱掉衣服，一边在睡衣上一层层地缠绕绞染的兵儿带[1]，一边说："时隔好久，今晚又读了《论语》。"

"《论语》说什么？"阿米问道。

"没，什么都没有，"宗助回答道。他接着说："哎，我的牙变成这样，果然是因为老了。摇啊摇的，恐怕怎么都好不了。"他说着这话时，黑色的头挨上了枕头。

读这段的时候，我似乎听到了两人说话的声音。特别是全文在最后通过两人的对话收尾，颇有深意。

阿米看着穿过玻璃、映在纸拉门上明媚的斑驳日光，说："真是太值得感谢了。不知不觉到春天了。"她愉悦地舒展开眉头。宗助正在套廊上低着头剪长得颇长的指甲，他一边动着剪刀一边应答道："嗯，可是之后冬天又要来啦。"

1 男性和小孩使用的和服围腰细带。

故事到此戛然而止。这种收尾方法就像是将两人的漫长人生的一部分轻巧地截断了，余韵悠长。

我想老师在写作时总是十分关注普通读者的兴趣。总之，老师的小说被属于各类社会阶层的人饶有兴趣地阅读着，我认为至少这一点是事实吧。老师的小说与现实社会有较广泛的交集，例如描写给捕金枪鱼的船安发动机、通过电力印刷文字的新发明等。而且，故事中出现坂井家被偷，描写酒井抱一的屏风[1]，遇到纸气球，谈论《论语》等等事件都是为了博读者一笑。老师不仅希望身着青底白纹的衣服、满脸痤疮的学生是自己的读者，也希望社会中的普通大人成为读者，因此，对他而言这是有必要记在心头的。我信赖老师的这种高傲态度，可是我也希望尽量不要落入俗套或者显得不自然。例如宗助去镰仓参禅的部分，怎么看都有些唐突。

按照《三四郎》《后来的事》《门》的顺序读下去，可以发现老师的笔锋明显迟钝了。我有朋友说："只是听八百藏[2]的声音，都比在歌舞伎座看其他演出更值得。"我也如此认为，想说："只看老师的作品，《门》

1 指酒井抱一的《月下秋草图》屏风，原本是为贵族绘制的纸拉门，现藏于冈田美术馆。

2 指歌舞伎演员中的市川八百藏，这是由多代演员继承的名号。

比其他作品更值得。”

我不顾章法、絮絮叨叨地写下自己想到的事情，使得这篇文章变得颇长。虽然我还有很多想说的，但是既冗长又散漫，所以就到这里。最后，我只想明确地说出这些话：

老师的小说是仿制品。但是比起小小的真实，拥有伟大意义的谎言更有价值。《后来的事》在这个角度是成功之作；《门》却是失败之作。夏目先生作为我们的老师，我在此大胆地写下对他的无礼评论，万分抱歉。

《新思潮》明治四十三年九月号

懒惰之说

『懒惰』之意

“懒惰”之意，简而言之就是“懈怠”。通常不时见到将懒惰的“懒”写作“懒”、使用“懒惰”的例子，这是错误的，“懒惰”才是正确写法。[1] 依据简野道明[2]所著《字源》，“懒”被用于“憎懒”等词，其含义是“憎”或“厌”。“懒”则有“慵”“懈”“怠”“疲”之意，引用柳贯[3]的诗作为一例：

借得小窗容吾懒，五更高枕听春雷。

---

1 本文中，作者区分了“懒”“懒”两字。前三段为体现这种区分，依据原文保留“懒”“懒”，后文中为方便阅读，将原文中的“懒”译为“懒”。

2 简野道明（1865 — 1938），《字源》的作者，汉文及汉字学者、教育家。

3 柳贯（1270 — 1342），字道传，元代文学家及诗人。

据《字源》的引文，许月卿[1]的诗中有“半生懒意琴三叠”，杜甫的诗中有“懒性从来水竹居”等。

通过以上例子可以明白，懒惰之意与“懈怠”无差，但不能忽视其中包含着相当一部分“忧郁”与“厌烦”的情感。更需要注意，无论是“借得小窗容吾懒”，还是“半生懒意琴三叠”“懒性从来水竹居”等等，皆为作者明白自己的“忧郁生活”中自有另一番天地，并且满足于此，他们为之感到怀恋与享受，有时甚至有炫耀、矫饰这种境地的倾向。

不仅在中国，自古以来在日本也有这种心境，如果从一代代歌人与俳人的吟咏中找例子，想必不胜枚举。在室町时代的《御伽草子》[2]中，甚至有一篇名为《懒惰太郎》的小说。

……虽说他名叫懒惰太郎，造房子的技术却出类拔萃、技艺高超。建造四町大小的四方墙，建朝向三个方向的门，在东南西北挖池塘，在其中筑岛、种植松树和杉树……用锦缎装饰天花板，将白银和黄金当成铆钉来拼

1 许月卿（1216 — 1285），字太空，宋朝徽州婺源人，曾任濠州司户参军。

2《御伽草子》，从镰仓时代末期至江户时代成书的短篇故事集，带有插图。广义指以室町时代为中心的所有中世小说，也被称为室町物语。

装檩条、横梁、椽子，再挂上璎珞装饰的帘子，甚至连侍从的住所都要精心装饰一番。虽然他梦想着住在这种地方，可是万事不如意，他只好立起四根竹竿，挂上草席，住在里面。……虽说这儿缺这少那，但是说到手脚上的皴裂、跳蚤、虱子、手肘上的厚茧之类，却一样也不少。没有本金经不了商，造不出东西就没有食物。他往往四五日长卧不起，终日无所事事。……

用此种笔法写下的这个故事完全是日本人式的点子，不会将其看作是中国小说的翻版。恐怕当时的破落公卿之流正过着类似懒惰太郎一样的生活，他们为了消遣而写下了这种故事吧。也许正是因此，作者不仅没有摈斥这种麻烦的懒汉主角，甚至为他的懒惰、肮脏、拖延赋予了某种值得捧在手心一般的关爱。就算将他写成被当地人指指点点的累赘，可是当读者以为他是乞丐时，他竟有着不畏惧地头势力[1]的骨气；以为他是蠢货时，他居然有能被天皇要求觐见的和歌才能；最后他竟成为御多贺的大明神，被人们供奉。

以前在嘉永年间，当佩里[2]的船开到浦贺时，他们

1 指幕府为管理庄园和乡村而设置的地方下级官吏。

2 佩里（Matthew Calbraith Perry，1794 — 1858），美国海军将领，以“黑船来航”打开闭关锁国的日本国门而闻名。

对日本人最佩服的一点就是日本人比起亚洲其他民族更爱整洁，港口的道路和家家户户总是扫得干干净净。可见我们日本人应是居住在东洋的人种中最勤劳、最不懒惰的，可是我们仍有类似“懒惰太郎”的思想和文学。“懒惰”绝不是褒义词，没有人会因被称为“懒人”而感到光荣。可是在另一方面，嘲笑一年到头埋头苦干的人，有时甚至将他们视为俗人的看法，时至今日仍未绝迹。

写到这里，我想起最近几天《大阪每日新闻》报纸上连载的《美国记者团眼中的日本与中国》系列文章。

这些文章是美国新闻记者联合前来东洋视察旅行，回国之后各自发表在报纸上的一篇篇真切感想，大阪每日新闻社的高石镇五郎先生从中挑选出了一个个有趣片段。至今为止的内容主要是对中国的批评，还没有轮到讲述日本的部分，但是由此看来，似乎他们对日本的好感远胜于中国。

他们刚到中国，首先就对蒸汽火车的肮脏感到吃惊，十分不快。他们乘坐的可不是普通的客运列车，而是张学良为他们特意准备的、京奉铁道中最好的列车。即便如此，他们还是遇到了无法好好洗脸也不能好好刮胡子之类的窘境。即便存在各种状况，例如频仍的内乱、财政的困窘等等诸如此类的事情，可是目前的满洲，无疑是中国境内秩序最稳定的富庶地区，按照近年内乱渐渐平息的形势来看，这不可能成为为之辩护的借口。

而且我曾经乘坐过京汉铁道的一等车，记得自己有过与他们相同的体验。从北平到汉口的车程约四十小时，其间不仅是卧铺车厢漏雨，说句失礼的话，我感到最困扰的事情是厕所的清洁不彻底，我曾经多次在内急的时候从门口掉头回去。

我心想，如此不洁净和无秩序，无论在哪个时代都是中国人难以避免的通病，无论引入多么发达的科学设备，只要交给他们管理，便会立刻沾染中国人特有的“懒惰”，难得的近代式尖锐利器就这样被化为东洋风的笨重之物。[1]在将清洁与条理视为文化第一要素的美国人眼中，这种凑合与拖延也许绝不能被原谅；但是对于中国人自己来说就算有些许不便，只要能方便就可以置之不顾，这种传统的癖好不会被轻易改变。而且有时可以看出他们十分厌烦西洋人那严苛的种种规矩和吹毛求疵。

晚年的辜鸿铭反感欧美的诸多礼节，赞同一夫多

---

1 作者的观点具有历史局限性，并不符合事实。

妻制这种本国风俗，想必也会对这种事情很有意见。话说，印度的泰戈尔和甘地会怎么想呢？他们国家的懒惰程度似乎与中国不相上下。

一点题外话，美国记者批评中国从外国借款不诚信，既不还本金也不还利息，说："南京政府在模仿莫斯科。"不仅是金钱方面的纠纷，两国国民在不洁净的方面也十分相似吧。但是不知哪边才是本源，据我所知白人中俄罗斯人最不讲卫生。俄罗斯人常入住的旅馆的厕所，总呈现出与中国火车的厕所一样的状态。我想这一点可以证明俄罗斯人在西洋人中最接近东洋人。

《绫濑川上的雪》1915

高桥松亭（1871－1945）绘

大正四年
松亭作

总之“懒惰”“嫌麻烦”是东洋人的特色，我在此暂且将其命名为“东洋式懒惰”。

可是这种品性是否受到佛教和老庄的无为思想，也就是“懒人哲学”的影响呢？其实它与“思想”无关，它浸透在身边日常生活的各个方面，其根源却很深，我们的气候风土与身体素质等等孕育了它，如果将佛教和老庄哲学当作是这种环境的产物才更合理些。

如果仅说懒人的“哲学”和“思想”，在西洋也并非没有。古希腊的第欧根尼也算是一位“懒惰太郎”，可是他有从哲学角度思考的、作为学者的姿态，他不像日本和中国无数横躺着的懒人一样，莫名其妙地荒废度日。那个时代的犬儒主义哲学虽然消极，但它坚持消除物欲，大致是努力的、有意志力的，与“解脱”“真如[1]”“涅槃”“大彻大悟”之类境界相去甚远。而且，也不是没有仙人和隐士，但其中有许多人是想要发现“哲人石”的炼金术士之流，可以将他们想象为中国的葛洪仙人，与其说是“无为”和“懒人”，不如说与“神秘”的观念更有关联。

在近代，有提倡“回归自然”的让－雅克·卢梭，据说他的思想与老庄有几分相通，其实我这个懒人甚至连《爱弥儿》都没有读过，所以无从评说。但是无论这种思想和哲学怎样，在实际的日常生活中，西洋人绝不会是“懒惰的”或者“懒人”。因为他们的身体素质、表情、皮肤颜色、服装、生活方式等等条件使然，即便他们偶尔因某种理由不得已变得不洁净、不规整，可是恐怕他们做梦也不会明白，东洋人在懒惰之中开辟出一片安稳新天地的心境。无论富人、穷人，游手好闲的人、劳动的人，老人、青年，学者、政治家、实业家、艺术家、工人等等，他们在进取、积极和奋斗这些方面没有高下之分。

东洋人的精神或曰道德究竟意味着什么？东洋人将

1 佛教用语，Tathatā，即法的真实本质、自性。

德治寺

京都　1954

抛弃俗世、在山中隐居、耽于独自冥想的人称为圣人和高洁之士。但是西洋人既不认为这种人是圣人，也不认为他们高洁，他们认为这只不过是利己主义。我们把那些勇敢地走上街头、为病人提供药品和食物、为穷人提供物资、为了让社会普遍感到更幸福而牺牲自己的工作者称为真正的道德家，并将这种工作称为精神事业。

——我曾阅读过约翰·杜威[1]的文章，他的大意如此。

假如这是西洋普遍观念的基准，也就是常识，那么恐怕“懒惰”和“荒废度日”在他们眼中就是恶德中的恶德吧。虽然我们是东洋人，但是我们没有坚称“偷懒”比“工作”更有精神意义，所以我不想直接反对这位美国哲学家的观点。如果他堂堂正正地来严肃指责我，我也不会应答，但是欧美人所说的“工作时要为社会献身”究竟指怎样的情况？

例如基督教运动中有“救世军”组织，我对从事这份事业的人们抱有敬意，我绝不是反感它或者暗藏恶意的人。可是无论动机如何，站在街头激昂、快速、急迫地说教，为自愿放弃当娼妓的人提供援助而奔走，挨家

1 约翰·杜威（John Dewey，1859 — 1952），美国哲学家、教育家、心理学家，被视为美国实用主义哲学的代表人物之一。

挨户地敲开贫民区的家门，赠送慰问品，拉住一个个行人的袖子，散发请求为慈善锅[1]捐款的传单——诸如此类没气度又琐碎的做法，很不幸地与东洋人的气质极为不符。这是远超常理的气质问题，东洋人应当都明白这种心理。我们看到那种运动，只会从脚底腾起一股被追赶般的慌张劲儿，不会感到一丁点儿冷静的同情心和信仰之心。

虽然常有人批评佛教徒的宣教和济世方法与基督教相比太过保守，其实最终能在国民性中实现的只有它。虽说镰仓时代的日莲宗和莲如时代的真宗十分积极主动地传教，但是其最终只化为七字题号和六字名号[2]，这种做法与和现世的细枝末节都扯不上关系。他们的想法似乎与禅宗的道元一样，认为“人生应为佛教，非佛教为人生”。我认为这与基督教相去甚远。

《三国志》中有个耳熟能详的故事，诸葛孔明为刘玄德三顾茅庐感到惊讶，不得已才出山。我们假设孔明没有被刘玄德邀请，而是早早地出世，这固然很好；但是如果他不顾刘玄德的数次恳求，一直逃避、隐匿，始终不现身，一生以闲云野鹤为友，我们也非常能体会他

1 救世军在年末举办募捐运动时使用的铁锅。

2 指“南无妙法莲华经”与“南无阿弥陀佛”。

的心情。

中国自古以来有“明哲保身”这个说法，可见避免纷争、保全自己也是一种处世之道。据说在战国时代，苏秦在衣锦还乡后高傲地说出：“且使我有洛阳负郭田二顷，吾岂能佩六国相印乎？”[1]虽说他出人头地、佩六国相印确实厉害，但是在洛阳城郭附近乡间耕二顷田终其一生也不错。话说苏秦这个以此种发言为傲的男人，有些像当今的议员，与孔明等人的品格相比差了不少。事实上，在东洋有许多事例——孔明类型的人的品格不仅比苏秦这类高尚，本质也更优秀。

---

1 见《史记·苏秦列传第九》。

牙齿与文明

我最近看到许多刊载在各种电影杂志上的好莱坞明星照片，屡屡感觉有些怪异。我这么说是因为看他们的大幅肖像时，发现几乎所有人都笑着露出牙齿，无一例外。

还有一件无一例外的事，就是每位演员的牙齿悉数排列均整，似珍珠般洁白。可是仔细观察他们的表情，他们的笑脸其实似笑非笑，好似明明没有可笑的事情，却故意分开双唇，展示他们的牙齿。日本的女孩在唾骂时，常常"噫"地露出牙齿，恰好与之一致。这种感觉在女性演员的身上不很明显，在男性演员的身上却十分显著。有如此感觉的人应当不仅是我。如果读者诸君有所怀疑，请快点翻开《经典》(*Classic*) 杂志看看。试着回想一下，无论哪位演员的肖像都是"笑脸"突然变成"龇牙脸"，真是妙趣横生。

文明程度越高的人种越重视保护牙齿，据说可以根据牙齿排列的整齐程度推测出种族的文明程度。如果这是真的，那么牙科医学最发达的美国就是世界第一文明国家，演员们看似故意摆出令人生厌的笑容，其实是在炫耀“我就是这种文明人”也说不定。

我这种生来牙齿就不整齐，甚至也不打算整形的人，像满脸痘痕的已故大山元帅[1]一样，被轻易地当作野蛮人也没辙。特别是最近，在日本人中我这种人也成了特例，在稍稍有些时髦的城市中，无论走到哪里都有接受过美式教育的牙医开的牙科医院，生意兴隆。其中甚至有人冒着脑供血不足的风险，拔掉或切除还能用的自然牙齿，再安上人工装饰。

不知是否因此，近年来城市居民的牙齿变得越来越漂亮，以前的乱牙、畸形虎牙和黑色蛀牙明显少多了。不论男女，凡是在意礼仪、姿态的人，若是要买一管牙膏便会选“Kolynos”“Pepsodent”之类美国来的进口货，认真的人会在早晚刷两次牙。所以日本人的牙齿一天天地变得像珍珠一样白，只有这一点在接近美国人，

---

1 大山岩（1842 — 1916），别名弥介、清海、瑞岩，号赫山，日本陆军元帅，萨摩藩武士出身。历任日本陆军大臣、参谋总长、内务大臣等职。甲午战争和日俄战争期间，分别任侵华日军第二军司令官、“满洲军”总司令。

渐渐变成文明人。如果说这么做的目的是给人带来快感，那么并非恶事。不过，原来在日本乱糟糟的虎牙和小孩儿的蛀牙被认为有种自然而然的可爱；反而是排列得整整齐齐的洁白牙齿，不知为何会让人有种冷酷、狡诈和残忍的感觉。

东京、京都和大阪等等大城市的美人（不，男人也一样）的牙齿基本都不好，而且不整齐。特别是京都女人的牙齿脏这一点，已经成了定评。据我所知，反而有许多九州附近的乡下人的牙齿排列整齐。（我可不是说九州人薄情，请勿动怒。）还有老人们那被香烟的烟渍染成黄色、像被把玩过的象牙一样的牙齿，在稀疏的白色胡须中若隐若现，这样才像是老人，而且牙齿的颜色与皮肤的颜色很相称，有种悠然度日、不紧不慢的感觉。就算有一两颗牙掉了也不管，看上去也不算丑陋不堪。

现在在日本，如果不去乡下就见不到这类有黄牙的老人了，但是在中国和朝鲜却随处可见。既洁白又整齐的老人家的牙齿，这至少与东洋人的脸不相称。就算戴假牙也要尽量接近自然，如果老人家故作年轻，弄得漂漂亮亮，简直就是“浓妆艳抹”，反而令人生厌。

《镜前美人》

喜多川歌麿（1753—1806） 绘

礼仪与文明 一

听上山草人[1]说，美国的礼节甚是繁缛。男人不能在女人面前露出身体部位理所应当，可是连擦鼻涕、吸鼻涕、咳嗽都不行，因此感冒时只得闭门不出，整日在家待着。如果继续这样，那么以后的美国人从鼻孔到肛门都要清洁得像能舔一口一般干净，就连拉出的粪便也得散发出麝香味，说不定如果不这么做，就不算真正的文明人。

我曾从已故的芥川[2]那里听说过一个与之相似的事情，据说成濑正一[3]先生前往某德国人家做客，当场为

1 上山草人（1884 — 1954），日本演员，本名三田贞。

2 芥川龙之介（1892 — 1927），日本小说家。他的作品以短篇小说为主，代表作有《罗生门》《地狱变》等。

3 成濑正一（1892 — 1936），日本的法国文学研究者。就读大学期间曾与芥川龙之介、菊池宽等人共同复刊《新思潮》杂志（第三次复刊，刊行期间为 1914 年 2 月至同年 9 月）。

他们口头翻译芥川的《大石内藏助的一天》时，正要读到“内藏助起身去厕所”一句时，突然说不出话。他终究没能说出“厕所”一词。

因为保罗·莫朗[1]的小说中不时出现“厕所”，所以我想目前在法国应该不至于这样，可是欧美人总有避忌这类内容的倾向，似乎认为这才是文明人的证明。

1 保罗·莫朗（Paul Morand，1888 — 1976），法国作家、法兰西学院院士、外交官。设立于1980年的保罗·莫朗文学奖（Le grand prix de littérature Paul Morand）即以他的名字命名。

礼仪与文明 二

读过托尔斯泰的《克鲁采奏鸣曲》的人想必一定知道，小说中的主人公滔滔不绝地批判了所谓欧洲文明人的生活。看看他们的日常饮食和女式服装，会发现其目的只不过是以无比刺激且积极的各种手段唤起性欲，另一方面却不厌其烦地强调礼仪，这实在是虚伪。——内容大致如此，因为书不在手边，所以我无法完整地回忆出内容，不过内容大致如此。我在读这本书的时候不禁感叹，托尔斯泰真不愧是俄国人。

其实绅士们在晚宴等场合，身着宛如手铐和足铐一般的礼服，站在穿着充满诱惑力的女士们面前，他们打饱嗝，也不能在啜饮汤水的时候发出声音。坐在被诸如此类的礼法束缚的餐桌前，就算餐点摆放得多么尽善尽美，这餐饭也不算是盛宴吧。关于这一点，中国人宴会的目的就是吃吃喝喝，就算有些失礼也无妨。无论有多吵闹，把地板和桌子弄得有多脏都无所谓。如果在夏天去南方，会看到主人先将上衣脱掉，把上半身脱个精光。日本人在这一点上与中国人差不多。

关于宾馆中的餐厅，有人认为这是大家族式的、豪华的地方，比追求个人主义的旧式旅馆要好些。但是这种地方是绅士淑女们展示服装、满足虚荣心的地方，饮食则被置于次要地位。随意穿着浴衣，靠在凭几上，伸开双腿吃饭才算是称心如意。

总之，西洋人的“文明设施”“清洁”“整顿”，不都是像美国人的牙齿一样的东西吗？这么说来，我看到那洁白无垢的两排牙齿，不知为何会联想到西洋式厕所的瓷砖地面。

双重生活的矛盾

我认为，现在令我们感到烦恼的双重生活的矛盾，并非处于细枝末节的、衣食住的形态之中，它的根源在于我们肉眼看不到的深层原因。

我们住在没有榻榻米的家中，从早到晚穿西式服装、吃西餐，就算努力也不会长久坚持下去，最后仍会把火盆搬进西式房间、坐在地毯上，这都是因为东洋人与生俱来的“懒惰”和“怕麻烦”扎根在心底。

首先，我们对于为吃饭的时间制定规则感到痛苦。白天在工作场所上班的人，不得不在此时变得规律，但是回到家中，就会立刻变得不规律。而且如果不这么做，就无法真正安心休息，也没有边喝酒边吃东西的心情。因此，有许多在工作场所吃午饭的日本人，只是胡乱地扒些简单的食物填进肚子，权当它是便当，然而，住在神户和横滨的西洋人不是这样，如果他们家住附近，即使忙碌无比，也必定在固定时间回家，在餐厅里放松地吃饭、喝酒，然后等到了时间再回到办公场所。

我真想说这么麻烦有什么意思，可是他们已经习惯这种规则了。而且西餐制作过程本身要求客人必须在几点几分准时到达餐厅，否则会给厨师添麻烦。因此，日本人在厨师反复叮嘱“几点用餐”的时候，会感到生气，如果不按时就餐，那么餐食变得多难吃都不是厨师的责任。

见微知著。对日本人来说，就算是餐盘、筷子和碗随便冲冲就行，但是西餐的材料含有许多油脂，所以常用银器、瓷器和玻璃器皿，必须始终注意将它们擦得闪闪发亮。就算我们能忍受无数诸如此类繁琐的规矩，却仍很难有摆脱双重生活的心境。

懒人养生法

在英国，就算是老人也会在大清早吃油腻的牛排，然后充满活力地做运动，储备精力、提升体力。毫无疑问，这也是一种养生方法。但是在懒人眼中，因为大量摄入有刺激性的食物而不得不大量运动、促进消化，所以运动也成了一件苦差事。把这些时间用在静静地看书上可能更有好处。而且正如托尔斯泰所说，这种刺激会使得性欲上涨、欲火焚身，最终导致精力浪费，真不知道这与少吃饭多偷懒相比哪个更好。

虽说是以前，也就只是到我们的祖母那时候，正经人家的妻子，几乎一年到头都待在不见天日的昏暗房间里，足不出户。据说在京都和大阪的本地老家族中，人们五天才洗一次澡。要是成了“隐士”，就会一天到晚粘在坐垫上一动不动。现在想想，他们能如此活下来真是不可思议，而且他们的食物只是些极少量的、十分清淡的、像鸟类混合饲料一样的东西。白粥、梅干、梅子酱、鱼肉松、煮豆子、佃煮[1]——我至今仍能回想起祖母的餐盘上放着的这些食物。她们有她们自己的消极式养生之道，通常比经常活动的男性更长寿。

虽说“久睡有害”，但是如果同时减少食物的分量与种类，就会降低得传染病等的风险。甚至有人认为比起花费时间和精力强调卡路里和维生素，不如什么都不做，只管睡觉才是明智之举。正如世上有“懒人哲学”，别忘了也有“懒人养生法”。

---

1 使用酱油和砂糖等煮制成的日式平民食物，即本书《回忆儿时味道》一篇中提到的御田煮。

声乐与心境

有位如今在大阪堪称一流的老检校[1]说，以前唱当地民歌时，如果特意高声唱歌，让发音更清晰，反而会被批评说低俗。我恍然大悟，这么说来，关西很少有擅长弹筝与三味线、声音响亮且优美的检校。虽说如此，我并不是说他们注重乐器、怠慢演唱。如果静下心认真听，会发现他们的声音虽小却抑扬顿挫，充分地传达了余韵与心境。但是他们并没有像当今的声乐家一样因注重保护喉咙和保持声量而节制酒精与女色。他们无论在哪里都以心情为重，如果在心情苦闷的时候演唱，便唱不出愉悦的歌。

---

1 原本是室町时代为盲人提供的最高级别官职。进入江户时代后，幕府奖励盲人从事演艺业和针灸按摩等，并为他们赋予这一官职。在明治时代，于 1871 年被废止，此后成为称呼一些盲人的敬称。

人到老年声音变小、嗓音变得嘶哑是自然规律，他们从不忤逆这一点，在演唱时随心所欲。其实对他们本人而言，如果不是酒后飘飘欲仙、一时兴起便拿起三味线高歌一曲，就没什么意思。如此想来，就算用别人几乎听不到的微弱鼻音哼唱，自己也可以充分体会技艺之精妙，进入三昧境界。说得极端些，他们这种不出声、在想象中的歌唱，就足够了。

比起自身，西洋风格的声乐更注重让其他人感到享受，这一点颇为拘谨、劳累身心且矫揉造作。声音听上去虽令人艳羡，可是观察嘴唇的动作就会发现简直像台发声机器，有种夸张的感觉。因此可以说，唱歌的人没有将身处三昧境界的心境传达给听众。我认为不仅音乐如此，所有的艺术都有这种倾向。

懒惰的美德

如果被误解就麻烦了，我绝不希望大家成为懒惰者。但是如今有许多人因被夸奖“活力四射”“勤勉过人”而洋洋得意，或是强行推己及人，所以我认为有时想起懒惰的美德——高情远韵，这没什么坏处。

说实话，我本人不是很懒惰的人，朋友们能够证明我在一众友人之间算是勤学之人吧。

昭和五年四月十日记

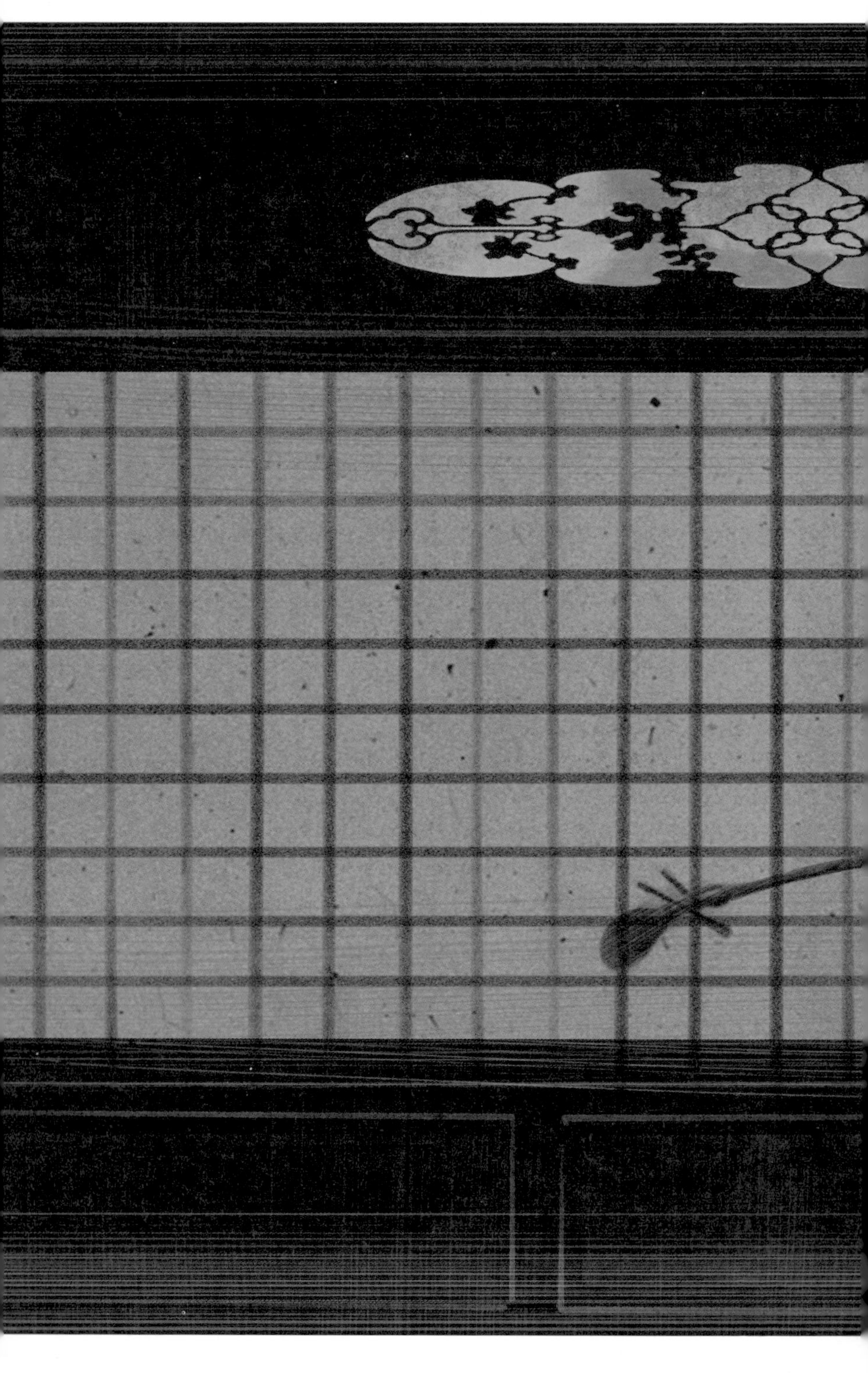

恋爱与情色

《衣川河》1880
小林清亲（1847－1915）

恋爱与文学 一

前不久有位名叫杰罗姆·克拉普卡·杰罗姆（Jerome K. Jerome）的英国幽默小说家离世。他在著述《小说笔记》（*Novel Notes*）中提到，小说就是无聊的东西，自古以来发表在世上的小说比海滩上的沙子更多，不知有几百几千几十万册，无论读哪本，情节都八九不离十。

简要地说，就是“从前某地有一个男人，还有一个爱着他的女人”（“Once up on a time, there lived a man and a woman who loved him”）——他说终究不过是这样嘛。

还有，我听佐藤春夫[1]说，拉夫卡迪奥·海恩[2]在某

1 佐藤春夫（1892 — 1964），日本近代诗人、作家，大学时代曾是永井荷风的学生。他与谷崎一样被视为唯美主义作家，代表作有《西班牙犬之家》《田园的忧郁》等。曾将鲁迅的《故乡》等译为日文。

2 拉夫卡迪奥·海恩（Lafcadio Hearn，1850 — 1904），即（转下页）

本讲义中说过如下含义的话：

> 小说自古以来只讲男女之间的恋爱关系，导致人们普遍有不是恋爱就不算文学题材的偏见，但是并非如此。即便不是恋爱，不是民生，也完全可以成为小说题材，文学领域本就十分宽泛。

由此可以知道，无论从杰罗姆的讽刺还是从海恩的观点中都可以看出一个事实，在西洋“没有恋爱的文学”和“小说”等等被认为是不可思议的。特别是自古以来虽然有政治小说、社会小说和侦探小说等等，可是这些多被视为脱离纯文学范畴的“功利”之物或是“低级”之物。

现在情形渐渐变化，目前的情势是追求功利的作品不会因此被当成“低级”作品，可是没有一部以阶级斗争和社会改革为主题的作品与任何形式的恋爱问题无关，不如说以恋爱为契机产生各种纠葛——是恋爱重要，还是阶级任务重要？我发现许多作品的主题如此。

（接上页）小泉八云，出生于希腊，于1896年归化日本，改名为小泉八云。曾于东京帝国大学（现东京大学）担任英国文学教授。他曾撰写与日本民俗相关的诸多随笔等文章。

更有不少侦探小说的犯罪动机是恋爱。而且，如果将“恋爱”的范围扩展到“民生”，那么西洋自古以来的小说、文学的题材无一不是“民生”。也不是没有《公猫穆尔的生活与意见》(*The Life and Opinions of The Tomcat Murr*)、《黑神驹》(*Black Beauty*)与《野性的呼唤》(*The Call of The Wild*)这类以动物为主角的小说，可是这些多是寓言式作品，广义上讲仍未脱离“民生”的范畴。此外还有以自然之美为描写对象的特例，这在诗歌之中并不少见，可是加以品味便会意识到，与“民生”完全没有任何交集的作品少之又少。

我写到这里，突然想起漱石先生的作品中有一篇名为《英国诗人的天地山川概念》的论文。我立刻在书架上翻找，可惜恰巧没有找到，因此，我现在无法引用老师的观点了，总之，看看他们的文学史和美术史就会立刻明白，在他们的艺术中占据绝大部分领域的不是“恋爱”就是“民生”。

恋爱与文学 二

自古以来，在日本的茶道中，挂在茶席后的挂轴可以是书法或绘画，但是唯独禁止以“恋爱”为主题的内容。这是由“恋爱与茶道精神相悖”的观念所导致的。

贬低恋爱的风气不仅在日本的茶道中有，这在东洋并不罕见。日本自古以来有许多小说与戏曲，虽然其中有不少以恋爱为主题，但是它们在文学史上得到重视是在西洋式观点出现之后的事情。在还没有“文学史”这种东西的时代，它是被称为“软文学”的末流文学，被视为妇女的游戏之作、士人君子的余技。

事实上，即便杰出的戏曲家和小说家所创作的作品风靡一时，但它们仍会被视为质量低下的作品，不值得一个大男人赌上一辈子创作它。中国自古以来将“经国济世”视作文才，占据中国文学王座的正统古典文学主要是儒学经典、史书等，以及以修身治国平天下为目的的著述。少年时的我学习古典文学所用的教材是四书、五经、《史记》《文章轨范》等等与恋爱相距甚远的书籍，以前的人们似乎只认为这些才算是真正的文学、正统的文学。到了明治时代，坪内逍遥[1]先生创作了《小说神髓》，他开始比较并评论莎翁与近松门左卫门[2]、莫泊桑与井原西鹤[3]的作品，从此戏曲和小说渐渐被视为文学主流，可是这种观点与我们的正统不同。小说和戏曲是“创作”，历史学、政治学和哲学不是“创作”，而且有因其不是创作便不是文学的看法，若是换一种角度便会发现它站不住脚。

假如按照我们的传统来看西洋文学，那么培根（Francis Bacon）、麦考利（Thomas Babington Macaulay）、吉本（Edward Gibbon）、卡莱尔（Thomas Carlyle）这类人的作品才算正统，莎翁的作品之类说不定应该被藏起来。

---

1 坪内逍遥（1859 — 1935），原名坪内雄藏，日本剧作家、小说家、评论家、翻译家，笔名春迺屋胧，别号逍遥游人。日本近代文学的先驱者和开拓者之一。

2 近松门左卫门（1653 — 1724），原名杉森信盛，日本江户时代前期的剧作家，江户前期元禄三文豪（另两位是井原西鹤、松尾芭蕉）之一，代表作有《曾根崎殉情》《国姓爷合战》等。

3 井原西鹤（1642 — 1693），活跃于江户时代的浮世草子（即出现于江户时代的一种文学体裁，以大阪、京都一带为中心流行的大众小说）人形净琉璃剧作者、俳人。代表作《好色一代男》。

按照西洋人的看法，诗比散文更有纯文学的性质。但是在东洋的诗中与恋爱相关的内容较少，关于这一点，只要看最有代表性的两位诗人——李杜两人的诗歌便会明白吧。杜甫的诗常常吟咏离愁别绪，虽然也有寄托流放贬谪的哀愁的诗，但是对象多为“友人”，很少是他的妻子，恋人则从未出现。关于被称为“月酒诗人”的李白，他对“恋爱”的感觉不及对月光和酒杯的热情的十分之一。森槐南[1]曾在《唐诗选评释》中以有名的《峨眉山月歌》为例：

> 峨眉山月半轮秋，影入平羌江水流。
> 夜发清溪向三峡，思君不见下渝州。

他认为，从表面上看“思君不见”指月亮，但是从“峨眉山月”来推敲，可以感觉到其实暗指恋人。槐南老人的这一见解可谓远见卓识，但是李白就算有时凑巧吟咏恋爱，也只是将思绪寄托给月亮，表达非常清淡且含蓄。这被视为东洋诗人的审慎。

---

1 森槐南（1863 — 1911），日本明治时期著名汉学家及汉诗词作家，名大来，字公泰，号槐南小史。代表作有《古诗平仄编》《唐诗选评释》等。

因此拉夫卡迪奥·海恩的“即便不是恋爱，也可以成为小说和文学”这一观点在西洋人中可能罕见，但是对我们东洋人来说丝毫不稀奇。其实正是他们教会我们“恋爱也可以成为高级文学”。

恋爱与艺术

我们不时会听到一种观点——是西洋人发现了浮世绘的美，并介绍给全世界，直到西洋人宣扬为止，我们日本人从不知道自己所拥有的、值得夸耀的艺术的价值。可是仔细想想，这不是我们的耻辱，也不是西洋人的高见。我们当然要深深感谢认同我们的艺术，并且将其宣扬至全世界的西洋人的功绩。可是说实话，对于认为不是“恋爱”或“民生”就不算艺术的他们而言，浮世绘最易懂，而且他们不明白为何日本人没有对其展现足够的尊敬。

当然，德川时代的浮世绘师的社会地位与戏作者[1]、狂言作者[2]一样。恐怕在当时，有教养的士大夫认为观

1 戏作是江户时代后期的通俗小说类的总称，戏作的作者被称为戏作者。

2 歌舞伎中剧场专属的剧作家。除创作剧本外，也负责表演和导演等相关工作。

看浮世绘和戏作与看春宫图和色情书刊一样并故意避开吧，因此池大雅[1]、竹田[2]、尾形光琳[3]、俵屋宗达[4]的作品不会与菱川师宣[5]、喜多川歌麿[6]、铃木春信[7]、歌川广重[8]等人的作品得到同等待遇；在文学方面，也不会有人将新井白石[9]、荻生徂徕[10]、赖山阳[11]等人的作品与近松门左卫门、

---

1 池大雅（1723 — 1767），江户时代中期的文人画家、书法家。

2 田能村竹田（1777 — 1835），江户时代后期的文人画家。

3 尾形光琳（1658 — 1716），江户时代中期的画家，宗达光琳派代表人物之一。

4 俵屋宗达（生卒年不详），江户时代初期的画家，画风洗练，色彩单纯，富有装饰趣味，后尾形光琳继承发展其风格，形成日本绘画史上有深远影响的宗达光琳派。

5 菱川师宣（1618 — 1694），江户时代初期的浮世绘画家，有“浮世绘之祖”之称。

6 喜多川歌麿（1753 — 1806），江户时代中后期浮世绘画家，擅长美人图。

7 铃木春信（1725 — 1770），江户时代中期的浮世绘画家，题材以描绘茶室女侍、售货女郎和艺伎为多，自成风格。

8 歌川广重（1797 — 1858），江户时代后期浮世绘画家，主题多是风景并点缀小人物的日常生活。

9 新井白石（1657 — 1725），江户时代中期政治家、诗人、儒学学者。在朱子理学、历史学、地理学、语言学、文学等方面造诣颇深。

10 荻生徂徕（1666 — 1728），江户时代中期著名儒学家、文学家，古文辞学派创始人，江户时代最有影响力的学者之一。

11 赖山阳（1780 — 1832），活跃于江户时代后期的历史学家、思想家、汉诗人、书法家。代表作为《日本外史》，全书共22卷，以汉文体记录了自源平合战至德川幕府初期的日本历史。

井原西鹤、式亭三马[1]和为永春水[2]的作品等同视之。而且《关八州系马》的某部分被后水尾天皇赏识，《曾根崎心中》里面描写男女殉情的段落得到荻生徂徕的盛赞这类逸事，在传播时被视为颇为特别、值得惊讶的事情。

当曲亭马琴[3]还在世时，他认为自己比其他戏作者更有格调，世人也以尊敬的眼光看待他，这是因为他的作品以惩恶扬善为主旨，宣扬人伦纲常。由此可以得知普通戏作者的地位究竟如何。

如此看来，我们的传统并非不承认恋爱的艺术，虽然内心受到极大触动，私下享受这些作品也是事实，但是表面上尽量装作一无所知的样子。这就是我们的谨慎，因此，不得不说推崇歌麿和丰国等人的西洋人打破了我们这种心照不宣的礼节。

---

1 式亭三马（1776 — 1822），江户时代后期作家、浮世绘画家。

2 为永春水（1790 — 1843），本名佐佐木贞高，是江户时代后期的通俗小说作家。

3 曲亭马琴（1767 — 1848），本名泷泽兴邦，江户时代后期著名的畅销小说家。代表作《南总里见八犬传》等。

平安时代的恋爱文学 一

可是，假如有人反问道——“那么恋爱文学繁盛的平安时代算什么？我们的文学史上难道没有这种时代吗？德川时代的戏作者可能身份低微，可是在原业平[1]与和泉式部[2]这些歌人呢？《源氏物语》及之后的许多恋爱小说作者又如何？他们和他们的作品得到了怎样的待遇？”

1 在原业平（825—880），平安时代初期的贵族、歌人。日本和歌六歌仙和三十六歌仙之一。

2 和泉式部（生卒年不详），平安时代中期和歌歌人，与《枕草子》作者清少纳言及《源氏物语》作者紫式部并称平安时代的“王朝文学三才媛”。

《源氏物语绘卷》第 44 帖《竹河》 局部
（绘者不祥，一说藤原隆能）
平安时代末期

关于《源氏物语》，自古以来有各种说法。儒学家将其视为淫书，不时抨击它，可是在国学家的眼中它却如《圣经》一般神圣，说这本书中充满道德式训诫，甚至有人牵强附会地将作者紫式部视为“贞女之镜”。无论是否牵强附会，总之，如果在表面上不否定这是“淫书”，并强行将其视为“道德的”“训诫的”读物，那么《源氏物语》将失去其作为文学的立场。所以这种观点体现的是一种礼节，是东洋人特有的“故作姿态”。

接下来我要回到最初的问题，对平安时代的恋爱文学稍加分析。

以前，有一位名为敦兼的公卿，他的官职是刑部卿。他虽是绝世丑男，可是他的正室却是一位绝代佳人，常常为自己有一个惹人嫌的丈夫而叹息。她某次进宫观赏五节舞时，看到身着礼服、风度翩翩的公卿们齐聚一堂，她看遍他们也找不出一个比自己的丈夫丑陋的人。每个人都神采奕奕，她不由得开始讨厌丈夫，回到家中便背对丈夫，不与他说话，最终躲在里屋中，不让他看到自己。她的丈夫敦兼感到惊讶，不知发生何事。可是他在某日白天进宫工作、深夜回家后，发现客厅没有亮灯，侍女们见到他便立刻逃走，甚至没有人来叠他脱掉的衣服。他不得不推开侧门，独自沉思。渐渐到了深夜，月光和风声刺激他愈发厌恨薄情的妻子，使得他痛苦不堪。他突然静下心，拿出筚篥，反复咏唱：

看见墙根下的白菊，枯萎令我心伤；我的爱人也如这般，离我的心而去。

妻子虽然藏在里屋，但是她听到这首歌谣后不禁感到悲伤，便出来迎接敦兼。从此之后夫妻两人的感情变得更深厚。

这个故事出自人尽皆知的《古今著闻集·好色》一卷，也许是镰仓时代或王朝末期的事情，但是无论如何，那时的京城贵族仍保留着不少平安时代的风俗习惯，所以可以将其视作平安王朝的恋爱情景的代表。

可是我感到有趣的是这种状况下的男女位置。《古今著闻集》的作者曾写下“夫妻两人的感情变得更深厚，是因为夫人有温柔的内心”，他没有谴责夫人变心，也没有嘲笑丈夫敦兼变得无精打采，写作时只将其视为夫妻美谈。由此看来，这在平安时代的公卿中是理所应当的常识。

妻子明知道他是丑男，如今却毫无理由地疏远丈夫；丈夫虽然对这样的妻子又爱又恨，却站在妻子的房门外一边唱歌一边倾诉悲伤；倾听歌声的妻子被评价说“有温柔的内心”。这不是西洋的恋爱故事，是在日本的王朝时代发生过的事。而且敦兼“拿出筚篥”边吹边唱，可见那时的公卿经常随身携带这种乐器吧。每当我读到这个故事，总会想起《壶坂灵验记》的开头一幕，盲人泽市独自边弹三味线边咏唱地歌《菊露》的场景。

鸟啼声、钟鸣声涌上心头，未当回忆起，泪水先流。泪水落入妹背川，随之而逝。渡河的舟没有桨棹，此生只得在恨中度过。

无须再多想，无论相聚或别离。只因爱慕小菊的名字，白天只顾赏花度日。夜夜结露，露水命薄且令人叹息，如今只有将此身寄于秋风。

在剧中，泽市只唱了这首歌的前半部分，也就是本调部分。奇妙的是他也借菊花抒情，不过以前在大阪，据说唱这首歌就会断掉缘分，所以被人嫌弃。以上暂且不论，这首净琉璃是团平夫人[1]的作品，所以带有女性的温柔，但泽市本就是个令人怜悯的残疾人，他的情况与敦兼完全不同。而且泽市的妻子阿里与敦兼的妻子简直有天壤之别，阿里这种人才算是“心地温柔”，因此才造就一段“夫妇美谈”。

我个人认为，如果从后世，也即从武家政治和教

---

1 指二代目丰泽团平的妻子，名为加古千贺（？— 1893），明治时期的净琉璃作家。

育普及时代的角度看，且不论敦兼的妻子有错在先，敦兼这种丈夫简直不能算是有骨气的男人，不难想象他会被训斥说“丢男人们的脸”。这种情况下，如果是镰仓时代以后的武士，就会立刻与女人断绝关系；要是不断绝关系，就立刻闯入里屋惩罚她。不少女人喜欢这种男人，要是像敦兼一样优柔寡断就会惹她们厌恶，这是我们的普遍心理。可见德川时代流行的恋爱文学的重点与平安王朝时的相对立，试着在近松之后的戏曲中寻找，根本找不到敦兼这样没骨气的男人。就算难得有相似的情形，均视其为丑角，恐怕不会将其传为佳话。

俗话说元禄时代的世相颇为放荡且柔弱，其实当时的放荡男儿出人意料地趾高气昂，他们杀气腾腾，从不思前顾后。《博多小女郎》中的宗七和《女杀油地狱》中的与兵卫都是这种人，而且在殉情故事中出现的美男子不时打打杀杀，与王朝时代的胆小的公卿们相去甚远。

江户时期到了化政时代[1]之后，就连女性也喜欢个性张扬的人，所以“男人中的男人”被追捧。在江户戏曲中，受欢迎的男性角色大多是如大口屋晓雨式的侠客，或是片冈直次郎式的小混混。

1 1804 年至 1830 年，又称大御所时代，是江户时代末期社会文化繁荣的时期。

《夏秋草图》屏风左屏
酒井抱一（1761－1828）绘

平安时代的恋爱文学 三

平安王朝文学中的男女关系似乎与其他时代有些许不同。如果说敦兼这类男人没有骨气，那么他们确实如此，但是换言之，这是女性崇拜的精神。他没有将女性看作比自己劣等的人，也没有惯着她，而是将她视为比自己崇高的、需要表达敬意的形象。

西洋的男人经常将自己的恋人幻想成圣母玛利亚，回想起记忆中“永恒的女性”的身影。可是东洋从未有过这种思想。“依赖女性”被视为“男子气概”的反面，“女性”的观念与崇高的、悠久的、严肃的、纯洁的事物无缘，是它们的对立面。

在平安王朝的贵族生活中，“女性”虽不算君临“男性”，但至少与男性一样自由，男性对待女性的态度不像后世一样粗暴，而是十分仔细且温柔的，有时甚至将其视为世上最美的、最高贵的事物。

例如《竹取物语》中的辉夜姬最后羽化登仙的思想等等，这是后世的人们难以想象到的。我们无法轻易想象戏曲和净琉璃中出现的女性角色，原模原样地升天的情景。小春、梅川虽然温柔，可终究只不过是在男性脚边哭得魂不守舍的女性。

平安时代的恋爱文学 四

《古今著闻集》使我想起《今昔物语》的本朝部第二十九卷，有一个名为《女贼秘事》的故事，这是日本少有的女性施虐者的例子，而且她为满足性欲进行鞭笞，在东洋可谓是此类最古老的文献之一吧。

……白天一如既往没有半个人影，(女人)对男人说："过来。"将他带去别的屋子，用绳子将男人的头发绑住，让他掀起衣服，露出背部，跪在地上。女人身着乌帽子、水干袴[1]，态度凛然，手执鞭子在男人背上抽打了八十下。女人问："男人感觉如何？"男人回答："没什么。"女人说："果然有种。"接着便让男人吃灶台中的土，喝味道极酸的醋，让他将地面打扫得一尘不染后趴在地上，两小时后才

1 均是男性服饰。

让他起身，重复之前的行为。之后女人如往常一样为他提供食物，就这样来来回回过了三天，等男人的伤好了些，女人又将他带到之前的房间中，再次让他掀起衣服，用鞭子抽打他。鞭子共计抽打八十下，血肉横飞。女人问男人："怎么样，受得了吗？"男人面不改色地回答道："没什么不能受的。"

此时，女人才对男人心生佩服。她精心照顾男人，过了四五天继续如此打他。可男人仍然回答可以忍受，女人便转而殴打男人的腹部。如果男人还能说没什么，女人才会夸奖他做得好……

就是这样的故事。后世的女贼、泼妇之中不乏残忍之人，但是这种有虐待癖好的女人，而且在鞭笞男性时会感到愉悦的例子，就算在胡编乱造的娱乐小说中也十分罕见。

虽然这个例子有些极端，但是无论是之前提到的敦兼，还是这名女贼，都可以看出平安王朝的女性地位略高于男性，男人对待女人的态度十分温柔。如果阅读《枕草子》便会发现，清少纳言时常在宫中与男人们拌嘴。而且，读那时的日记、故事、往来的和歌等等，会发现当时的女性大多得到男性的尊敬，有时男人甚至会表现出恳求的态度，女人绝不像后世一样被男人欺压。

《源氏物语绘卷》第 44 帖《竹河》 局部

（绘者不祥，一说藤原隆能）

平安时代末期

《源氏物语绘卷》第 49 帖《宿木》 局部

（绘者不祥，一说藤原隆能）

平安时代末期

平安时代的恋爱文学 五

《源氏物语》的主人公妻妾成群，所以从形式上说，他将女性视为玩物；但是从制度上说，“女性是男性的私有物”与男人“尊敬女人”的态度不一定完全相悖。既是自己财产的一部分，也是贵重物品。自家佛坛上摆放的佛像当然是自己的东西，但是人们会在它的面前下跪、合掌，担心因怠慢而受罚。

我在这里提起的问题，不是经济组织和社会组织中的妇女地位，而是男人在女性形象中感受到“超越自身”“更加高贵”的感觉。虽然光源氏从未露骨地表现他对藤壶的憧憬之情，但是我们可以推测出他的情感与此相近。

武士道、骑士道与恋爱文学

在西洋的骑士道中，骑士宣誓忠诚并崇拜的对象是“女性”。他们为了自己所尊敬的夫人而努力使自己被尊敬、得到提升和激励并拥有勇气。“变得像男人”与“追求女性”在此相同。即便是到了近代这种风气仍然没有改变，例如艾玛·汉密尔顿夫人与纳尔逊、约翰·斯图亚特·密尔夫人与丈夫之间的关系，在东洋完全没有同类情形。

为什么在日本随着武家政治的兴起、武士道的确立，女性地位变得越来越低微，且被视作奴隶？为什么“关爱女性”与“武士的所作所为”不同，会被视作“感情用事”？这些问题虽然有趣，可若是分析起来便滔滔不绝，我想在本文的后续中有机会探讨，所以目前暂且不论。

总之，在国民性格如此的日本，高尚的恋爱文学不可能得到发展。西鹤与近松的作品在某些方面不比西洋文学逊色，但是客观地说，无论德川时代的恋爱故事如何高明，终究只不过是大众平民的文学，并因此得到“没有品位”的评价。

确实如此，作者贬低女人、贬低恋爱，无论如何都不可能创作出不同凡响的恋爱文学。就连西洋但丁的《神曲》都是以诗人对贝缇丽彩的爱为灵感而创作的作品啊！还有歌德与托尔斯泰等等被视为一代宗师的作家，虽然常在作品中描写通奸、失恋与自杀等在道德上引发争议的故事，但是其格调之高，即便是我们的元禄文学仍无法企及。

恋爱的解放

西洋文学确实给我们带来了各种影响，我认为其中最大的一点其实是“恋爱的解放”，更直截了当地说就是“性欲的解放”。兴盛于明治中期的砚友社[1]的文学虽然带有较强的德川时代戏作者的风格，但是后来《文学界》杂志[2]和“明星”[3]等流派兴起，使得自然主义开始流行，此时我们已经完全忘记贬低恋爱与性欲的祖先教诲，抛弃了旧社会的规矩。我试着在此分析比较尾崎红叶的作品和红叶之后的大文豪夏目漱石的作品，可以发

1 砚友社，明治时期的文学团体，由尾崎红叶、山田美妙、石桥思案、丸冈九华于 1885 年创立，并创办刊物《我乐多文库》，为确立日本近代文体起到了重要作用。砚友社在 1903 年因红叶离世而解散。

2 创刊于 1893 年（明治二十六年），促进了前期浪漫主义文学的发展。

3 以诗歌杂志《明星》为代表的浪漫主义文学诗人、歌人流派，活跃于明治 30 年代，中心人物是与谢野铁干及与谢野晶子。

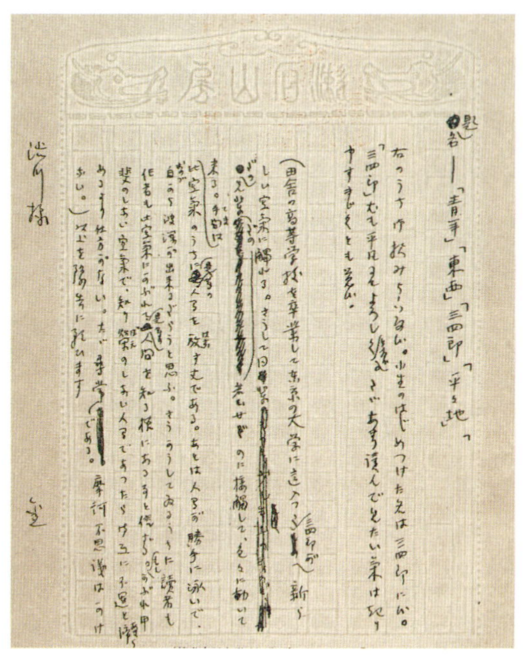

夏目漱石的《三四郎》手稿

现对女性的看法产生了极大改变。夏目漱石虽是少有的英文学者，但绝不是一味模仿的弄潮儿，从根本上说是东洋的文人型作家。类似《三四郎》《虞美人草》等作品中的女性角色及描写方法，几乎不可能在红叶的作品中找到。这两位大家的差异不在个人，而是时代。

文学既是时代的反映，同时也比时代抢先一步，代表文学发展的方向。《三四郎》和《虞美人草》的女主人公均不是既温柔又贞洁贤淑的旧日本女性的后继者，不知为何我感觉她们像是西洋小说中的人物，虽然在那时的社会中这类女性并不多，但是社会迟早会期盼或梦想着“自我身份觉醒的女性”出现。我想，那时和我一样有志于文学的青年们，多少都怀抱着这种梦想。

但是梦想与现实常常不同。日本的女性背负着古老漫长的传统，如果想将她们提升到与西洋女性一致的地位，这在精神上和肉体上都需要数代人的共同努力，我们不可能在一个世代中完成转变。

简单来说，首先是西洋的姿态之美、表情之美、步行之美。为了让女子得到精神上的优越感，当然要让她们先从身体开始准备，但是想想看，西洋有古老的希腊式裸体美的文明，如今欧美的都市街头四处装饰着女神雕像，所以在这些国家和城市成长的女人们当然会拥有匀称且健康的身体。为了让我们的女性真正地获得像她们一样的美，我们也要活在与他们一样的神话中，将他们的女神作为我们的女神敬仰，将他们那有上千年历史的美术移植到我们国家。

我现在可以坦白，青年时代的我也是做这种白日梦，并因无法实现它而感到无比寂寞的人之一。

体态之美

我认为，如同精神中有“崇高精神”，肉体中也有“崇高肉体”。西洋妇女们到达女性美的高峰的平均年龄是三十一二岁，也就是婚后的短短数年；但是在日本则是从十八九到顶多二十四五岁的处女，虽然其中令我感到佩服的美人很少，而且大多数人的美貌在结婚时像幻影一般地消失了。偶尔听闻某人的夫人或是演员、艺术界人士被评价为美人，不过这些多是女性杂志封面上的美人，实际看看本人就会发现，她们的皮肤松弛，面色青黑，面部皮肤被白粉损伤[1]，长出皱纹，黑眼圈上浮现出因家务和房事导致的身心疲惫。尤其是没有一个人能够完全不变地保持处女时那雪堆一般洁白的胸部还有纤

1 指使用含铅的化妆品使得皮肤变黑。

《月下庭院》1921
葛饰北斋（1760－1849）绘

细的腰部曲线。

女性们在年轻时可以依据自身喜好挑选洋装穿着，可是到了三十多岁，肩上的肉猛地坍缩，腰也变得松弛，洋装变得不再合身了。结果，她们的美貌只是靠穿和服与化妆的技巧来提升，虽有纤弱之美，但是没有能

够让男人为之顶礼膜拜的崇高之美。

因此西洋有“神圣荡妇”和“淫荡贞女”这类女性，日本却没有。日本的女性在变得放荡时，会同时丧失处女的健康与秀丽，气色和姿态都会变差，最终成为卖春女和一无是处的妓女。

『三人法师』的故事

记得在某本书中读到过，似乎是德川家康提出的女性修养，妻子永远不能一直躺在丈夫的被子里，要在房事结束后尽早回到自己的床上，这正是能让丈夫长久地爱自己的秘诀。这教诲真是充分地理解了日本人厌恶过度的性格，一想到家康这种充满肉欲、精神旺盛的人居然说出了这番话，我真是有些意外。

我曾经在《中央公论》上介绍过室町时代的小说，其中有一篇名为《三人法师》的故事。也许读过的人还记得，故事中有一节讲述足利尊氏的家臣，一个叫糟屋的武士，因不经意中看了一眼身份高高在上的公卿家的妻子，竟然立刻得了相思病。可见王朝时代的优雅风气居然仍保留在南北朝时代的武士身上。足利将军听说此事后，亲自为糟屋撰写一封结缘的信，派遣名为佐佐木的武士送到公卿家中：

……据说此事不难，故而写下信笺，差佐佐木前往二条殿……

原文中是糟屋自己写下的事情经过：

……但是据回信，公卿的那位名为尾上的妻子无法离开二条殿，因此要求在下前往殿中，而且这封信被特意送到在下家中。不知如何感谢是好，将军的恩德难以为报。虽然如此，可是世事无常。即使能够见到尾上大人，能得到的只不过是一夜的情缘。在下心想现在正是遁世之时，可是转念一想，正是在下糟屋对二条大人的妻子心生爱慕，虽承蒙将军好意，得以有缘相会，但是在下若是退缩便会成为此生的耻辱，因此哪怕只有一天也足够，此后的事情暂且不管……

糟屋如此坦诚地讲述自己当时的心情。

虽然在身份低微的武士眼中，对方是身份完全不同的高级女官，但他作为一个堂堂的武士居然对爱情如此执着。虽然承蒙主人的好意得以有机会实现愿望，但是在这欢天喜地的时刻，他先是说“将军的恩德难以为报”，表达感谢，然后说“虽然如此，可是世事无常。即使能够见到尾上大人，能得到的只不过是一夜的情缘。在下心想现在正是遁世之时……”他竟如此思量，这心理活动毫无疑问有异常。假如是平安时代的贵族则另当别论，但是他是足利将军的部下，是曾在疆场驰骋的乱世武士，他的此番感怀真是让人觉得有些不可思议。

我记得西洋有一句俗语是“千鸟在林，不如一鸟在手”。这名武士原本只是仰望高不可攀的她，可是意外地有了据为己有的机会，在这份喜悦还没有实现，也就是正沉浸在即将来临的幸福的幻想中时，他居然感到“世事无常”，心想早日遁世。最后他思忖，“若是退缩便会成为此生的耻辱”，即便获得了也无法永远保持情缘、延续快乐，并抱着“哪怕只有一天也足够，此后的事情暂且不管”的心情去见心上人。

我想这是只有日本人才有的心理，恐怕西洋人和中国人都不会这么想。

《星（夕空）》1939

我之前提到的德川家康的训诫，有时不适用于非同寻常的恋爱或是突如其来的爱情，但是对经营着正经婚后生活的人来说，这是非常合适的忠告。其实比起妻子，最有同感的应当是丈夫——只要他是日本人。

就连我有时都有这种感觉，即便对方是还算不上妻子的恋人，我在事后常常想要与对方分开——至少两三分钟，最长有一整晚乃至一星期、一个月。回顾我过去的恋爱生活，让我丧失如此感觉的对象和场合几乎没有。

虽然其中可能有许多原因，总之日本的男人在这种方面更容易感到疲惫。因为疲惫来得快，它对神经产生作用，使得内心产生一股嫌恶感，让心情低落、消极。或者脑海深处有传统中轻视恋爱和情色的思想，也许正是它使得心情忧郁，反过来对身体产生影响。

无论原因是哪个，总之我们的性生活十分平淡，不是能够承受夜夜笙歌的人种。我曾经问过横滨和神户等等港口的妓女们，据说这是事实。她们说与外国人相比，日本人在这方面的欲望确实少得多。

可是我不能将其一概而论地归结于我们的贫弱体质。我们以后要加强体育锻炼（顺便一提，西洋人对体育的热爱与他们的性生活之间毫无疑问有紧密联系。这与为了大快朵颐而留出胃口是同一个道理），即便拥有西洋人一般的强壮体魄，可是我们是否能够像他们一样做到过分的地步，

我对此存疑。总体而言，我们在其他方面是十分积极、充满活力的人种，无论是回顾过去的历史还是参照目前的国家情势，都可以明显地看出这一点。我们之所以不过分追求性欲，比起体质，也许更是因为气候、风土、食物和居住等条件的制约吧。

关于这一点，我想起如果西洋人长时间在日本居

住，那么大脑会渐渐变迟钝，身体也会渐渐懈怠，最终导致无法工作。因此他们每隔四年请假回国，在故乡待半年到一年之后再回来。至于没有这种闲暇的人，他们会搬迁到气候与欧美类似的地方。虽说信州的轻井泽正是为此而开发的，但归根结底在于日本的湿气比欧美更重。我们在梅雨季节容易患上神经衰弱，也会变得四体不勤。所以从没有梅雨季的、空气干燥的国家来的人，说不定在这里会感觉一年四季都是梅雨季。

世界上有湿气比日本更重的地方。我有一位当职员的朋友，他长期在印度孟买工作，某次回国后我与他聊天，他说："哎呀，一年到头都很闷热，感觉黏糊糊的，真是受不了。要是还派我去那里，不如辞职不干。"我问："但是你可以经常回国啊。"他回答道："四年才回来一次，这太难受了。你可以试着在那边长住，无论是谁都会变成蠢货，感觉整个身体从骨髓开始烂掉。所以无论是日本人还是西洋人，都不愿意去。"他是这么说的，最后真的辞职了。有很多在日本居住的外国人，我想其中一定也有人认为被派遣到日本的感觉与日本人被派遣到孟买的感觉一样。

我不知道过度干燥的土地对健康有无影响，但是不仅在于性欲，比如在油腻的食物、烈酒等填满肚子，寻欢作乐之后，如果能够立刻在清爽的空气之中褪去脸上的潮红，仰望澄澈的青空，那么就可以消除身体的疲劳，也可以让头脑再度变得明晰。可是湿气重的国家常常下雨，很少有机会看到蓝天。特别是在日本这个岛国，除了距离海岸远的高原地区之外，就连冬天的空气都是湿漉漉的。在吹南风的日子里，黏糊糊的海风经常会让脸变得汗涔涔的，甚至引发头痛。

我不是旅行家所以无法断言，但是在日本降雨较少、温暖且干燥、交通还算是便利的地方，恐怕只有我现在住的六甲山麓一带，还有从沼津到静冈一带的沿海地区。曾有一段时期，医生们常建议身体虚弱的人搬到海边疗养，东京人可以到湘南地区，京都、大阪人则可以搬到须磨、明石一带。至今仍可以看到从镰仓一带前往东京上班的人，但是据我的经验，虽然冬天在海边是暖和，可也有许多日子会吹刚才提到的又沉重又潮湿的海风，衣服会立刻变得潮湿，头也会像燃烧般起热。一二月份还算好，到了三四月会更严重。镰仓等地的气温一直比东京高，我真不明白为什么要去这种水难喝、蚊子肆虐的地方避暑。

我比一般人更容易感到头疼脑热，虽然我在鹄沼和小田原居住过，但是头部没有感到钝痛的日子很少，特别是在小田原，我因为患上严重的神经衰弱，体重下降了许多。我在京都和大阪地区的须磨、明石居住时，感觉几乎与此相同。再向西边的中部地区，因为降雨少而显得明媚，但是空气仍然有种黏糊糊的感觉，到了樱花绽放的时节便变得闷热，到了海陆风交替的时节，手脚便会变得如同融化般提不起劲。无论观赏海景还是绿叶，我总是满身大汗，像刚画好的油画一样炫目。

由此看来，日本这个国家中枢地区大部分的气候都如此黏着，实在不适合纵情声色。在法国即便是在盛夏酷暑之际，出的汗也会自然而然地蒸发，绝不会让身上黏湿。正是在这种土地上才能不知满足地耽于性欲，但若只是静静地待着，仍会感到头痛和疲惫，这真是令人不快，不愿思索玩乐。其实，假如恰好遇到濑户内海地区的无风的傍晚，只是喝一点啤酒便会全身汗涔涔，和服浴衣的领子和手臂下的部分变得油乎乎，躺下之后便会觉得全身的关节像散了架一般疼痛，这种时候实在是涌不出一丁点儿欲望，想起房事只觉得厌烦。

气候如此，再加上食物清淡，住宅的建筑形式也开放，这些都有极大影响。贝原益轩[1]之所以建议应当在白天行房事，是因为这在日本这种风土环境中尤为健康。而且看看晴空中的烈日，泡完澡之后散散步，便不容易陷入忧郁情绪，也会早早地消除疲劳。可惜，普通人家没有密闭的房间，因此这事只能说一说，却很难实现。

---

1 贝原益轩（1630 — 1714），日本江户时代初期思想家。

《名所江户百景·月之岬》1857
歌川广重（1797－1858）绘

那么住在印度和中国南方这样湿气重的地方的人们，在这些方面理应比我们更淡泊，可是事实并非如此。他们吃的食物的味道远比我们的浓重，而且住在结构更符合当地条件的房子中，在我们看来他们的生活甚是不健康。反之，想想中国南方地区自古以来多被北方征服，再想想印度的现状等等，我想，也许他们为了这些事情过度消耗精力。

可能对于物产丰富的大国的人民而言，这就足够好，可是对于日本人这种活跃、急躁、不服输且生在贫乏岛国的人种来说，终究无法模仿他们吧。

无论是好是坏，总之我们刻苦耐劳，武人专注习武，农家勤于耕种，若非一年到头毫不懈怠地工作，便不会有立国之本。假如微微放松，继续过平安王朝的公卿们一样安逸的生活，那么便会立刻被近邻的政权控制，落得和朝鲜、蒙古及安南一样的命运。

这种情况从古至今从未变化，而且我们的民族灵魂很难服输。我们之所以能位处东洋且成为世界先进国家，可以说，也许正是因为我们没能贪于享受不健康的欢愉。

隐秘的女子

一

由于我们的民族摈斥露骨的恋爱，而且情欲淡薄，因此阅读我们国家的历史，会发现它从未明确记述在背后努力的女性们。

我们作家因职业，曾不时考虑以历史人物为题材，撰写历史小说，但是常常苦恼的是，与历史人物相关的女性的经历该如何写。自不必说，历史上的英雄豪杰背后必定有某种形态的恋爱故事，正是需要通过毫不忌讳地描写这些方面才能够展现他们的人性。那位太阁[1]为淀君[2]寄送的情书等等确实是宝贵的资料，可是流传至今的这类文献却很少，即便偶尔有，也要靠专业的历史学者耗费多时、一封两封地收集起来。

---

1 指丰臣秀吉（1536 — 1598），日本战国时代到安土桃山时代的武将及大名。

2 淀君（1567 — 1615），本名浅井茶茶、浅井菊子，是丰臣秀吉的侧室。

阅读各大家族族谱的人也许常常能够感受到，即便是历史上的著名人物，也不知道他们是否有正室，他们当然有母亲，但也无法得知其背景和本名。

事实上可以说，日本自古以来的家谱，上至皇族下至贫民，通常只会比较详细地记录男性的经历，在记录女性时却仅是写下“女子”或“女”，连生卒年和名字都不写。也就是说，我们的历史上虽然有一个个男性，却没有一个个女性。这正如家谱中的记载，她们永远只是一个“女子”——乃至“女”。

隐秘的女子 二

《源氏物语》中有《末摘花》一卷，其中有一位为光源氏斡旋恋情的大辅命妇[1]。她曾如此散播传言，形容已故的常陆宫亲王的女儿："我不是很了解她的气质和面容。她独自住在远离人群的地方，在傍晚有事情的时候，要隔着挂帐与她说话。琴似乎是她最好的朋友。"

因此，在某个秋天的农历二十，月亮微有亏缺的夜晚，光源氏悄悄地潜入远离市井且荒凉的公主宅子。公主一直感到害羞，可是命妇靠各类好言劝说，她心软了，便不再坚持，说："我只默默地听他说什么，而且不回话，如果他能够接受，我们便可以隔着格子门相见。"可是命妇假称让光源氏在格子门外与她相见实在

---

1 光源氏的乳母的女儿，女官。大辅指她的父亲的官职（兵部大辅，兵部省正五位），命妇则是对中级女官或官员妻子的称呼。

是过于失礼，因此让光源氏进入主室，两人隔着拉门相会。虽然光源氏看不到公主的身姿，但是“他被侍女们催促，摸索着靠近她，感到从低处传来的气息中有一股香袋传出的暗香，令他感到放松”。可是不论源氏在拉门一侧说什么，公主总一言不发。

源氏不由得叹道：

真是输给了你的沉默，因你没有说不许发话，我才如此这般。

此时，拉门内服侍公主的侍女代替公主回答：

钟声方才响起，本应就此终结。虽然我无法拒绝你的话语，但是我难以回答。

经过如此这般的一番对话，最后光源氏打开分隔两人的拉门走进去，并与公主交欢。可是室内太暗，始终看不清对方究竟如何。就这样，即便光源氏不知道公主的长相究竟如何，他却在很长一段时间里与她相会。在某个下雪的早上，光源氏亲自打开面向庭园的格子拉门，一边观赏庭园中的雪景一边抱怨说：“请看看这美妙的天空，总是藏在深处，这可不好。”年长的侍女们也劝说公主：“不能总这样，快去看看。”因此公主终于梳妆打扮，第一次走向光亮之处。

在《末摘花》一卷中，此时终于亮明这位公主其实是位酒糟鼻，就连光源氏都扫尽兴致。虽然这是滑稽故事，但是可以看出这种滑稽事件之所以发生，是因为当时在不知道对方长相的情况下去幽会是平常不过的事情。首先，负责斡旋关系的大辅命妇说过：“我不是很了解她的气质和面容……在傍晚有事情的时候，要隔着挂帐与她说话。”因此她在还没有见过公主本人的情况下，大概只是隔着拉门对话过，说“期待您的琴声”，仅是如此没有真心地在嘴上说说而已。

虽说靠这些说法建立恋情也是一种方法，但是光源氏只靠这些话语就上钩且去与公主见面，在没有了解真正样貌之前就数次交欢，如果从现今的观点来看，这男方实在是太有好奇心了。想一想，假如是重视个性的现代男性，如果这只是恶作剧般的一夜情便不得而知，但是他居然能如此享受真正的恋情，这实在是做梦也想不到的。

但是我在前面提到，在平安王朝的贵族之间，这很常见。女性是名副其实的“深闺佳人”，在翠帐红闺的背后深居不出。而且她们在当时那采光不好的房屋里，就连白天都身处阴翳之中。再加上夜晚的黯淡灯火，可以想象即便两人在主室中面对面，也很难看清彼此。也就是说在这种阴暗之中，女性身处垂帘和挂帘等等数层帷幕背后，在阴影中悄悄地活着，所以男性能够感受到的女性只有衣服摩擦发出的声响，渗入衣服的香气，即便接近女性，也只能暗中摸索触碰肌肤，还有抚摸长度与身高差不多的、湍急瀑布一般的黑发。

隐秘的夜

一

在这里稍稍离题说几句，我在十几年前曾在现在的北平也就是当时的北京待过一阵，那里的夜晚实在是太过阴暗。

最近那里似乎有了有轨电车，街道也应该更明亮和繁华了，但是那时仍处在世界大战最激烈的时期，除了城外的花柳街和戏院这些玩乐的地方，只要太阳落山，便陷入一片黑暗。虽然大街上会漏出几点亮光，但是走到小路上，眼前便是如漆般的黑暗，甚至见不到哪怕萤火虫一般的亮光。那里的住宅区被高耸的土墙包围，构造像一个小小的城池。门是连一寸缝隙都没有的厚重木门，门中又有被称为影壁的、像屏风一般的隔墙，而且有两三道门隔着，因此家中不会漏出一点灯光和窃窃私语，只有像荒无人烟的废墟一样的墙壁，在黑暗中默默延伸。在墙壁与墙壁之间有弯曲的狭窄小路，我曾漫不经心地走在其中，可是无论走到哪里都是一片过度浓厚的黑暗，而且过于寂静，不久便感受到一股不可名状的恐怖，我不由得像被什么东西追赶一般跑着穿过它。

确实，现代的都市人不知道什么是真正的夜晚。不，就算不是都市人，这世上近来连十分偏远的乡村城镇上也有了铃兰形状的路灯，所以黑暗的领地被一点点驱逐，人们已经忘记了夜晚的漆黑是什么了。那时的我走在北京的黑暗中，想起这才是真正的夜晚，自己已经忘记夜晚的黑暗许久。而且我想起自己小时候在那闪烁的提灯的光芒下睡觉的夜晚，它真是凄凉、寂静、恐怖且空虚，不由得感到一丝怀恋。

至少出生在明治时期头十年的人们应当还记得，那时东京夜晚的街道和上文中北京的一样。从位于茅场町的自宅前往位于蛎壳町的亲戚家，只不过需要过铠桥，再走五六百米，我却记得自己不时和弟弟一起跑得上气不接下气。当然，那时候即便在平民区的正中，夜晚也不会有女性独自外出等情形。

十年前的北京和四十年前的东京曾经如此，那么距今千年的京都的夜晚，该有多么阴暗与寂静啊。我想到这里，不由得想起“无尽之夜”和“如夜般的黑发”这些词语，也不由得明晰地体会到那时缠绕在女性身边的既幽婉又神秘的感觉。

《月光下的海》
庄田耕峰（1877－1924）绘

隐秘的夜　二

无论古今，“女”与“夜”总是相伴相随。可是现代的夜晚，能够以比阳光更炫目的光彩毫无遮掩地照耀女性的裸体，反之，古代的夜晚则是一块神秘且黑暗的帷幕，再度包裹着幽闭中的女性身姿。传说中，渡边纲[1]曾在归桥遇到女鬼，源赖光[2]曾被土蜘蛛女郎袭击，我们有必要明白故事发生在如此凄清的夜晚。无论是：

就像不分昼夜涌向住之江江岸的波浪，即便在夜晚的梦中，为何你仍不前来与我相见？莫非是为了避开人们的视线？[3]

---

1 渡边纲（953 — 1025），平安时代中期的武将。

2 源赖光（948 — 1021），平安时代中期的大将。

3 出自《古今和歌集》，作者为藤原敏行朝臣。作者用每日涌向岸边的波浪隐喻每日想与对方相见。

还是：

在我深深思念你的夜晚，为了在梦中与喜欢的人相见，便将睡衣反过来穿。[1]

还有古人写的其他与夜晚相关的各种和歌，如此想来才第一次有切身体会。据此，在从前的人的感觉中，白天和夜晚是两个完全不同的世界吧。白天的明亮与夜晚的黑暗，实在是相去甚远。一旦破晓，昨夜那凄清的黑暗世界便突然消逝在千里之外，晴空万里，阳光普照。在这白天的亮光中思索昨夜的事情，夜晚真是似有似无的、不可思议的幻觉，简直像另一个世界的事物。和泉式部曾经吟道：

宛如短暂的春夜之梦一般虚无的一夜共枕。[2]

回想在虚无且短暂的夜晚中交欢，即便不是作者，

1 出自《古今和歌集》，作者为小野小町。民间传说将睡衣里面朝外、反过来穿，就会梦见喜欢的人。

2 出自《千载集》，作者应是周防内侍（疑作者笔误），与和泉式部同为女子三十六歌仙之一。

也会感受到“短暂的梦”吧。

其实，女性总隐藏在夜晚那无尽黑暗的深处，从不在白天展现身姿，只在“短暂的梦”一样的世界中以幻影出现。她们像月光一般青白，像虫鸣一般幽昧，像草露一般脆弱。关键在于，她们是一种黑暗的自然界产出的凄艳魑魅。古代的男女在赠答和歌时，经常将恋情喻为月亮和露水，绝非我们想象中的轻率比喻。在共枕后分别的早上，想到衣袖上沾满草露，踏着庭园中的草叶归去的男性，无论露水、月亮、虫鸣还是恋爱，这些要素的关联甚是紧密，有时甚至感到它们浑然一体。

人们说，《源氏物语》之后的古代小说中出现的女性之间没有区别，虽然这是批评作品没有描写个性，但是古代的男性所爱恋的不是女性的个性，也不是被某位女性的美貌或肉体美吸引。对他们来说，就像月亮总是同一个月亮一般，“女性”也永远是只有一位“女性”吧。他们在黑暗中听到微弱的声音，闻到衣服的香气，触碰一丝丝秀发，用指尖感受美艳的肌肤，而且她会在天亮时消失在某处，男人们认为这就是女性。

《月下夜影》

庄田耕峰（1877－1924）绘

《琵琶湖的星星》
庄田耕峰（1877－1924）绘

同一个『她』

我曾经在小说《食蓼虫》中，借主人公之口如此感叹文乐座的人偶戏：

……如果仔细观赏，会发现人偶师最终不会映入眼帘，小春不是现在抱在文五郎[1]手中的妖精，她活生生地、端端正正地坐在榻榻米上。即便如此，这也与演员扮演角色的感觉不同。无论梅幸和福助的表演如何精巧，仍令观众觉得"这是梅幸啊"或"这是福助呀"，可是这里的小春就是小春，她不是小春之外的其他人。虽然她不像演员一样有表情，令人感觉缺了什么，可是想到过去的花柳巷中的女性，她们在演出时从不会表现出明显的喜怒哀乐。小

1 指四代目吉田文五郎（1869 — 1962），文乐座的人偶师，本名河村巳之助，擅长操纵女性人偶表演。

春生活在元禄时代，她也许就是"人偶一般的女人"吧。即便事实并非如此，但是对于观看净琉璃演出的人们来说，他们想象中的小春不是梅幸或者福助演的那样，而是这个人偶的姿态。过去的人眼中理想的美人一定不会轻易展现个性，而且十分内敛，这可以用这具人偶来解释，说不定如果比这更有特点的话反而会成为缺陷。过去的人也许认为小春、梅川、三胜和阿俊[1]都长着同一副面容。也就是说，只有这人偶小春才是日本人传统中的"永远的女性"的代表吧……

我不仅在观赏独角净琉璃时有这种感觉，在观看卷轴和浮世绘中的美人时也有同样的感觉。无论不同时代还是不同作者，美人的形态虽有些许变化，但是在那著名的"隆能源氏"[2]之后绘制的卷轴中的美女，全部长得一样，毫无个人特色，甚至令人觉得平安王朝的女性只有同一种样貌。在浮世绘中，除去演员的肖像画不谈，至少关于女性的面容，虽然歌麿有依据自己喜好绘制的面容，春信也有，但是每位画家只会不断地画同一张脸。虽然他们笔下有种种女性，例如游女、演员、乡村

1 均是文乐演出中的女性角色。

2 指藤原隆能以《源氏物语》为题材创作的一系列卷轴画。

少女和妻子等等，但是只不过是为同一张脸安上不同的衣服和发型。因此，我们可以从为数众多的画家描绘的理想美女的面容中看出，无论是谁，都可以想象出他们心中共通的典型“美女”。自不必说，过去的浮世绘巨匠们并非没有分辨各个模特特色的能力，也不是没有将特色画出来的技术。也许他们坚信，消除个人特色才更美，这才是绘画时的乐趣。

无名之趣

普遍来说，东洋的教育方针风格与西洋的相反，难道不正是尽可能地消灭个性吗？例如，即便在文学艺术领域之中，我们的理想境界也不是独创前人未曾到达的全新之美，而是希望自己也能到达古代诗圣、歌圣们的境界。文艺的极致——美，亘古不变，历代诗人与歌人只将它反复吟诵，拼命通过各种方式到达顶峰。有歌云：

虽然登山之道有多条，但是顶峰上总看到同一轮月亮。[1]

1 出自一休宗纯的法话集《骸骨》。一休宗纯（1394 — 1481），即一休和尚，相传为日本后小松天皇皇子，幼年出家，是室町时代禅宗临济宗的著名奇僧，也是著名的诗人、书法家和画家。

芭蕉[1]的境界就像西行的境界一般，虽然随着时代不同，文体和形式也不同，但是他们的目的地是相同的“顶峰之月”。

比起文学，这种情况在绘画中，特别是南画[2]中更容易理解。南画的优秀作品，无论是山水、竹石还是依个人技巧创作的绘画，它们各不相同，但是通过它们感受到的一种神韵——无论叫它禅味也好，风韵也好，烟霞之气也好，总之它们总会带来相同的悟道一般的崇高之美，南画画家的终极目标就在于得到这种气魄。南画画家不时为自己的作品题注，写道“仿某人笔意”，这就是为了证明画家想要抛弃自我、踏上前人的脚印，从这一点来看，古代中国的画作常有仿作，而且善于模仿的人很多，可能并非出于欺人眼目的目的。

对他们来说，个人的功名根本不是问题，也许只顾让自己变得像古人一般才有乐趣。证据就在于，虽然是仿作，但其实正因有仔细绘制的画作，为了模仿它进行绘画，就必须拥有与原先的画家一样的功力和旺盛的创

---

1 松尾芭蕉（1644 — 1694），江户时代前期的俳人，他将俳句艺术发展至新的境界。他的俳句风格被称为“蕉风”，本人亦被称为“俳圣”。

2 即文人画，日本受中国元、明、清朝代的南宗画影响，在江户时代中期之后兴起的画派。

作热情，若是有贪念便很难做到如此地步。关键在于他们认为古人已经到达美的境界，只要目的不是彰显自己的个性，那么作者的名字是什么根本无所谓。

孔子的理想是“从周礼”，不时提倡“先王之道”。虽然这无论何时仍是以古代为模范、希望复归于此的倾向，但正是它妨碍了东洋人的进步与发展，无论是善是恶，我们的祖先都有这份情怀。至于伦理道德的修养，比起自立学说，他们最重视的其实是守护先哲之道。特别是女性，我想她们消灭自我、抛弃个人情感、埋没个人特色，正是为了模仿“贞女”的典范而努力。

色气 一

日语中有“色气”一词，它却无法被译为西洋词语。最近，埃琳娜·格林[1]发明了“It”[2]这个词，并从美国传来，但是它的含义与“色气”完全不同。我们在电影中看到的克拉拉·鲍这样丰满的女性虽拥有“It”的特质，她却与“色气”最无缘。

过去常说，家里有公公婆婆的妻子反而更有色气，这会令丈夫感到高兴。如今的新郎新娘大多与父母分居，所以不知他们是否有这样的感觉，但是妻子因公婆

1 Elinor Glyn（1864 — 1943），英国女小说家、剧作家，擅长创作浪漫题材作品。

2 指 It Girl，即有吸引力的年轻女性，通常是名人，可以从其身上感受到两性特质，且个性充满魅力。该词来源于派拉蒙影业在 1927 年上映的浪漫题材默片《攀上枝头（It）》，改编自埃琳娜·格林的同名小说，主角由克拉拉·鲍扮演。

变得拘谨，背后却与丈夫缠绵，向丈夫乞求爱抚——我们可以在拘谨的态度中或多或少地窥见出——有许多男人从这种神态中感受到不可名状的魅力。比起放纵且露骨的爱情，这种压抑在内心的情感无法克制，不时无意识地体现在话语和体态中，这更能吸引男人们的心了。

色气正是这种爱情的感觉。如果这种感觉超出轻微细柔的范畴，越是积极便越被视为“没有色气”。

色气本是无意识中的特质，有人与生俱来，也有人并非如此，可是没有与之相符的特质的人，无论如何努力展现色气，只会显得不自然，惹人生厌。有人长得漂亮却没有色气，反之，有人虽生得丑陋，声音、皮肤的颜色和体态等却不可思议地有股色气。

如果在西洋一个一个地看女性，一定会发现区别，她们的化妆方式和撒娇过于有技巧，常常为了挑逗使得色气的效果消失。与生俱来拥有色气的人自不必说，即使是缺乏色气的人，她们总尽力将内心的爱情——或曰情欲藏着，每当她们想将其藏至更深处，这心境反而会带着某种风情显现出来。

从这一点来看，以儒教和武士道的方式教育女性——也就是教育出“女大学”式的贞洁女性，这有一方面正是为了培养出最有色气的女性。

色气 二

东洋的妇人在姿态美、骨骼美方面不如西洋妇人，但是据说皮肤美、肌理的纤细程度远超她们。这不仅是我个人的浅薄经验，很多知识分子也有一样的意见，甚至不少西洋人也有同感。其实我想进一步说在触摸的快感（至少对我们日本人来说如此）上，东洋的女性比西洋的女性更好。

西洋女性的肉体虽有光泽且匀称，从远处看来十分有魅力，但是近看却会发现皮肤粗糙、体毛蓬乱，当场令人扫兴。而且，虽然她们的四肢看上去健壮，无论怎么看都像是令日本人高兴的坚实体魄，假如实际捏一捏她们的四肢，会发现肌肉十分松软，不仅没有手感，也没有紧紧包裹的充实感觉。

总之，从男人的角度而言，西洋的女性比起抱在怀中更适合观赏，东洋的女性反之。

据我所知，虽然皮肤的顺滑、肌肤的纤细以中国女性为首，但是日本人的皮肤仍比西洋人的细致许多。虽然肤色不算白皙，但是有时这种浅黄色反而增加了它的深度，增添一分含蓄。这终究是从《源氏物语》一般古老的时代延续到德川时代的习惯，日本的男人从未有机会在光亮中仔细端详女性全身的姿态，他们总在美丽且昏暗的灯笼光下、在闺房中，用手爱抚女性身体的极少一部分，因此可以将其视作自然而然发展出的结果。

色气 三

无论是克拉拉·鲍式的"It"，还是"女大学"式的"色气"，终究哪种更好要任君喜好，但是我有些担心，如今的美国是暴露狂时代——也就是大众娱乐剧[1]时代，一向珍稀的女性裸体变得平平无奇，"It"的魅力岂不是会渐渐消失吗？

无论怎样的美人，也不可能脱得比裸体更赤裸。所以，假若人们对裸体丧失兴趣，那么难得出现的"It"终究不会再挑逗人们吧。

---

1 原文为"revue"，在法语中的含义是批评、调查，指为讽刺时事而编排的大众歌曲及舞蹈，重点在于舞台、衣服和照明，在十九世纪末曾风靡一时。在日本，最初上演此种节目的是宝冢少女歌剧团（即现在的宝冢歌剧团前身），此类演出在二十世纪二十年代末作为大众娱乐开始获得极高人气。

我眼中的大阪和大阪人

第二故乡

自从银座有了道顿堀的咖啡街，以大阪式经营法揽客，法善寺横丁[1]的“鹤源”开到了小巷里，这种风潮使得东京人认为上方[2]斤斤计较且嫌弃他们，却难以企及。

但是在明治末年，至少在我的青年时代，东京人心里仍有某出讲述去大阪长见识的落语[3]中那江户小子式的自尊。现在的东西松竹[4]的社长，也就是白井[5]

---

1 位于大阪的历史悠久的美食街。

2 历史上由于天皇居住在京都，而大阪则掌握着日本全国的经济流通命脉，引领最时尚的生活理念，所以日本人将京都、大阪恭敬地称为“上方”。

3 落语起源于江户时期，是日本的传统曲艺形式之一，内容大都是老百姓日常生活里的小故事。

4 在关东地区与关西地区，松竹株式会社管理的剧场众多，故有此称呼。公司主要进行电影和舞台剧的制作、播出和公映管理。目前日本的歌舞伎演出几乎全部由松竹举办。

5 白井松次郎（1877 — 1951），松竹株式会社的创始人之一。

和大谷[1]两个人，他们曾经买下歌舞伎座的股份，想将已故的田村成义[2]赶出去，但是当时以鱼市场的兄哥连为首的世纪末江户小子强烈反对他们，挫败了松竹的野心，这件事情我记忆犹新。

然而时至今日，不用说江户小子的自尊，就连江户小子本身竟然也已经在东京消失了，可是在江户人自古以来的生性仍有些许保留的社会中，也不能说它已经完全绝迹。例如左团次和菊五郎几乎不去上方，最多偶尔去京都、宝冢和神户一带演出，几乎从不去道顿堀的剧场演出，这是为什么呢？这两人绝非心胸狭窄的人，但是他们的兴趣和气质在东京的歌舞伎演员中最有江户小子特色，恐怕关西的地方色彩和风土人情与他们的洁癖相抵触。虽然他们要靠人气做买卖，不能亲口明说，但是我从自己的经验出发，可以大致想象得到。

早在德川时代，关东与关西的歌舞伎演员前往对方的地区演出已不稀奇，可是有多少江户出身的文人归化关西，抑或根本没有，我对此并不了解。但是，在我

1 大谷竹次郎（1877 — 1969），是白井松次郎的孪生弟弟，两人共同创办松竹株式会社。

2 田村成义（1851 — 1920），剧场经营者，曾管理歌舞伎座并在1913年将经营权转让给松竹。

所了解的范围内，从关西移居东京的人很多，反之从东京搬到关西的人却屈指可数。离我最近的例子是志贺先生[1]，他年轻时在京都的衣笠村有所宅子，在关东大地震发生约一年前再次回到京都并住在粟田口，众所周知，他现在住在位于奈良的新宅子中。还有楠山正雄[2]住在南禅寺旁边，已故的小山内薰[3]曾住在六甲的苦乐园[4]和大阪天王寺附近，虽然他们都曾搬来，但是没有一人长住。特别是在关东大地震之后，我有许多朋友在一段时间内接连前来京都和大阪一带，寻找能够安身的地方，但终究只不过是临时避难，在关东的余震还没有完全平静下来的时候，他们不知何时已一个个地回去了。

所以可以说，现在在这里安居的关东人只有我和志贺先生两个人。可是志贺先生曾经说过“年纪大了便愈发眷恋东京”，如此想来，我感到十分寂寞。

我的朋友们之所以抛弃关西，一大原因在于如果

---

1 志贺直哉（1883 — 1971），小说家，白桦派的代表作家之一。代表作有《暗夜行路》《学徒之神》等。他被誉为“小说之神”。

2 楠山正雄（1884 — 1950），日本演剧评论家、编辑及儿童文学作家。

3 小山内薰（1881 — 1928），日本舞台剧导演、剧作家、评论家。他是《新思潮》系列杂志的创刊者。《新思潮》首创于 1907 年，于 1908 年停刊，共六期。在 1910 年，他与谷崎润一郎等人第二次复刊《新思潮》杂志。

4 兵库县西宫市的地名，位于六甲山麓。

不在东京便很难继续作为作家营生，并非出于像以前的江户小子一样的反感。但是至今仍难以否认，生在关东的人搬来这里住，至少要耗费五年到十年才能适应这边的人际关系，在这段时间内必须忍耐“住得不舒服”的不快。而且我至今仍记得，自己曾在四五年前为《文艺春秋》撰写《阪神见闻录》一稿，在其中露骨地阐述了自己对大阪的“人”的反感，并因此招致这里的人的反感。但是对我而言，幸好这里的气候和食物比起东京本就更适合自己的身体和嗜好。我的叔父和亲戚们是顽固的江户小子，有人偶尔来这里玩，但是从不吃白色的鱼肉刺身，认为炖煮的料理里尽是水且不够吃，而且不喜欢附在食物表面的酱油咸味，所以我的味觉从小就符合关西口味。而且我现在对于所谓“赘六[1]气质”没有感到任何不快，反而对此感到有些亲切。

说实话，我举家搬迁至此时毫无疑问是灾民，本打算只在此住到东京恢复就走，可是我最终为何在这里扎根了呢？我去年冬天把位于六甲山麓冈本的山庄卖了，现在是个住在借来的房子里的人，但是仍没有离开上方的意愿。我希望以后尽可能地永远住在这里，甚至考虑

1 关东人对关西人的蔑称，本意是无趣。

将父母的遗骨取出一部分，埋在这里的寺庙中。为何像我这种纯粹的东京人要与这片土地结下这般因缘，不得不说不可思议。而且随着我对关西的风土人情感到喜欢或厌恶，我对这里的爱便顺其自然地日益深厚。

我希望读者明白，我在这里以从大正十二年至今十年的观察批评上方文化，并非出于写作《阪神见闻录》

时的嘲讽，而是出于将京阪地区作为第二个故乡的爱情。因此，我的观察必定以“从东京搬来这里的人”的视角出发。不过，我偶尔仍会以刻薄的话语批评京阪人的缺点，这是对生活在长年照料我的土地上的人们的苦口婆心之忠告。尤其希望关西的读者们以此为原点阅读我的文章。

当地风俗

从前在东京人对上方抱有的各类反感之中，对大阪的厌恶最强。讨厌上方的左团次和菊五郎虽然能去京都，但却不会轻易去大阪的中心地区。从对京阪一无所知的东京人偶尔来这里旅行时的感受来说，他们可以在京都住一住，却对大阪感到无比厌恶。

总之这理所应当，虽然这里曾被称为“京大阪”，但是俗话说“京都是大阪的妾”，所以真正有实力与东京一分高下的大都市只有大阪，因此大阪被他们视为眼中钉。京都自古以来是王都之地，且是各类古典的文化渊源，因此虽然江户人有很强的自尊心，但对京都仍多少有些尊敬和怀恋。而且京都人的性格非常消极，如果只是作为旅行者经过这里，暂且不会明确地注意到他们惹人厌的地方和缺点。

可是到了大阪，这里自古以来就是身份低下的百姓住的地方，当地风俗正是一切先谈钱，虽然居民的性格既活泼又进取，但是从另一方面讲，他们做得过了头且没有保留，因此这缺点十分突兀。因此像东京人这样人情淡泊的人，刚从梅田车站下车就能感受到“赘六”式的臭味扑面而来，立刻感到难以忍受。

我并不想只把人情当作解释差异的理由，为了体会大阪式的惹人厌的气质，我想最快的方法就是看看宝冢少女歌剧团的女演员的艺名。比如剧团的明星们有天津少女、红千鹤、草笛美子等等艺名。这种起名方式毫无疑问出自大阪人的兴趣，在东京人看来，这正是大阪人不正统的地方。东京的女演员里绝对没有起这种不经雕琢的艺名的人，简直像艺伎的花名、绘满图案的纸、官员服装上的图案，甚至如许久之前的新体诗一般，缺乏谨慎。无论多么有名的女演员，要是在东京起了这种名字，她的人气必定会被削弱几分。我刚到这里不久的时候，看到喜欢宝冢的中学生和青年相谈甚欢地说起这些名字时，实在感到不舒服。我想他们居然不以这种轻薄的名字为耻，甚至还会说出来。

我刚才说的只是对艺名的批评，并非评判起这些艺名的演员们的好坏。可是这些少女歌剧中确实有股艺名带来的不快感。不过随着《我的巴黎》（*Mon Paris*）之类讽刺剧目的上演，演出渐渐变得精炼，现在就连我也成了每当有新的这类演出时便会去看的爱好者。但是我希望她们能有从容不迫的干练感，特别是最近她们不时去东京演出，因此更有必要如此吧。

虽然我不知道在东京怎样，但是和大阪的松竹乐剧部相比，宝冢的美人更多，各有特质，表演技巧更好，而且在服装和舞台设计等等上花费了许多钱，制造出绚烂夺目的效果。

可是说到惹人厌的气质这一点，宝冢更惹人厌。因为这里本就让女演员扮演男性，这非常牵强，看上去像是演员的排练，甚至像是三崎座[1]的表演。因为关西女性的声音本就高亢，到出演台词多的戏的时候，耳中尽是尖锐且刺耳的声音，听着甚是难受。而且《我的巴黎》和《小姐》（*Señorita*）中活跃气氛的角色登场时，演技越好便越吵闹，再加上女演员们虽然被称为“少女”，其实已经一把年纪了，便越来越像三崎座。如果是东京人，在看的时候会不断擦冷汗，但是大阪人却不以为意。

我不知道讽刺剧在发源地的情况，也无法道听途说，但是讽刺剧起初的含义正是讽刺时事的剧目，因此

---

1 指 1891 年在东京开设的剧场，所有演员都是女性。

必定有些许辛辣的内容。尚处于摇篮期的观音剧场和日本馆的轻喜剧虽然十分粗野、幼稚且无趣，但是多少有些令人畅快的内容，完全没有官员服装上的图案或者三崎座一般的气质。宝冢里有岸田先生[1]这样的江户小子，所以不需我多言，一定早已注意到了吧。

据说，从今年春天开始会加上男女共同出演的剧目，所以我肯定会渐渐对此改观。无论如何，为了我喜爱的宝冢，希望一定改掉拖泥带水的扭捏姿态带来的不快。

---

1 岸田辰弥（1892 — 1944），宝冢歌剧团的演出家、歌剧歌手、剧作家。生于东京银座。

宝冢歌剧团

虽然一个劲儿地批评宝冢令我有些不好意思，但是既然已经写到这里了，就让我再写一些吧。

宝冢的歌剧部，将那些在豪华绚烂的讽刺剧舞台上演出的女演员们，视为歌剧学校的女学生，绝对不会将她们称为“女演员”。因此无论是明星还是小配角，大家都是平等的“学生”。

乘坐阪急电车的时候，偶尔会遇到两三位或四五位与众不同的女性聚在一起，她们身着绢质上衣和橄榄色和服下装，裙摆短得可以看到两三寸小腿，脚上是白色足袋和木屐（偶尔有人穿草鞋，但是没有一个人穿靴子），绑着麻花辫或者盘着头。年轻的有十六七岁，年纪大些的有近三十岁，很难说她们是女工还是女学生甚至大小姐。

住在电车沿线的每个人都知道，这是歌剧团的学生们外出时的制服，至今仍是阪急电车上的一道风景。看她们那缺乏气质的服装，有些难以想象隐藏在下面的匀称四肢和身体，还有美妙的腿部曲线，但是这种着装仍没有浓重地展现出“大阪”特色。

在宝冢，她们要尽可能表现得像少女歌剧团的学生，要将她们培养得令人怜惜、高雅且纯洁，因此才故意让她们穿这么缺乏品味的衣服吧——事实上，她们正是因为穿着如此朴素的制服，所以不需要在服装和饰品上互相攀比，而且因为她们的待遇相对较好，所以她们的品行比其他剧团的“女演员”更端正——但是如果在东京穿这么令人不快的衣服，首先就会影响人气，如果是有些脾气的明星，肯定不会忍气吞声。

在这一方面，上方的妇人们更直爽和本分，充分地展现出她们不卑不亢的性情。她们本就是讽刺剧的舞者和歌手，应当显得更聪明和优雅，但是她们的装扮仅止于在舞台上的演出，这毫不摩登且煞风景的制服，反而令人感到与她们相称。

如此说来，我现在突然意识到，穿着橄榄色和服下装的她们的长相，大致与女官人偶的脸十分相似。因为学生众多，所以不是没有人长着克拉拉·鲍式的泼辣圆脸，但是脸形立体、鹅蛋脸、长得像国贞笔下的公主的比较多。这就是上方至今仍珍视绘画中的古典美人的证据，如果看看被喻为“关西女性体育界第一美人”的网球运动员A小姐[1]的脸便会明白。A小姐与我曾有过一面之缘，毫无疑问是美人，而且她的公主气质符合她的身份。

总体而言，经历过新旧两个社会、兼具摩登和古典风格的这类美人很多，即便长得不是这样，也会努力向这方面装扮。因此宝冢的学生们在舞台上演出的时候，会特意在鼻梁上画一道白粉，努力让脸盘看上去更立体些。虽然表演日本主题的剧目时无所谓，但是在表演西洋讽刺剧时必定如此，变得像在法国人偶的身体上安上女官的头。

我喜欢住野冴子[2]，正是出于她的肢体美和面部轮廓有西洋风情，但是我非常不欣赏她将鼻梁涂白的习惯。即便是上方，也有圆脸美人，所以我希望有立体脸形的人要毫不忌惮地发挥个性之美。

---

1 或指朝吹矶子（1889 — 1985），歌人、网球选手。

2 住野冴子（生卒年不详），宝冢歌剧团第14期学生。

大阪人的衣着

按照我的朋友长野草风的说法，走在京都的城镇里，不时看到长得像古代画卷中描绘的平民一样的脸，因此通过这一点就可以看出，画卷中的绘画是多么忠实于还原。但是不仅是草风这样的画家，其实只要稍加观察，谁都能注意到吧。

如果将东京人和京都人一个个地挑出来看，不会发现有很大的区别，但是来到关西的土地，看看四处往来的市民们的风貌，便会遇到在东京绝对见不到的长相。假如让他们脱下和服外套、风衣和西装，穿上带黑色官帽的狩衣[1]和礼服，让女性戴上尖顶宽斗笠，或者编辫子，那么

1 平安时代公家的便衣及武家礼服。

伴大纳言[1]和一遍上人[2]的画卷中的街头风景便会重现，他们的长相竟能如此传达几百年前人们的面部特征。

虽然大阪在这一点上比不过京都，但是如果将京都人的脸庞比喻为能面，那么大阪人的脸庞就像文乐人偶的脸一般古老。京都人的脸庞上有平安王朝乃至镰仓时期的风韵，从大阪人的脸上也能感受到庆长、元和或者元禄时代的非近代特色。

我不知原因究竟为何，大阪妇人的衣服品味总是缺乏聪慧感。最近我走在心斋桥边和梅田一带，不时看到服饰漂亮、近乎完美的时尚女孩，但她们大多是从东京来旅游的人。关西最摩登的地区应当是从阪急的夙川到御影沿线一带，住在这里的年轻夫人和大小姐对于服装搭配非常有眼光，而且兴趣在不断发展。因为她们不必为钱烦恼，所以连对皮草、手套和手包等等的嗜好也不应当出错，但是总有哪里令我感到不足。当然了，她们也没有土里土气或者贫穷的感觉。

---

1 伴大纳言即《伴大纳言绘词》，被誉为“日本四大绘卷”之一（其余三作为《信贵山缘起绘卷》《源氏物语绘卷》《鸟兽人物戏画》），是以发生于公元866年的应天门之变为题材创作的长轴画卷，共有上中下三卷。作者是宫廷画师常盘光长。现收藏于出光美术馆。

2 一遍上人（1239 — 1289），日本镰仓时代中期僧侣，是日本佛教时宗（从净土宗派生的一个新兴教派）创始人。法讳“智真”，尊称有“一遍上人”等。

总之她们的品味好，但是她们与上文提到的宝冢少女们一样，既华丽又有公主穿上洋装的感觉，总有些割舍不下的特质。

说到和服的配色，关西比关东更豪华，阪神沿线有南国风光——深蓝色的天空、翠绿的松林再加上白色土壤的反光，使得耀眼的颜色无比和谐。不过值得我们想一想的是，如果将这喜好豪华的和服配色，原样运用在绉绸裙子上会怎样。也许她们自己并没有这样的想法，也许是现在的气候风土使得她们在无意识中变得如此。总之，在我看来，友禅图案的和服的意趣，贯穿在阪神妇女的洋装中。漂亮和灿烂的特质无与伦比，但是这过于纤弱与优美，虽然穿绉绸的和服内衬没有错，但是我始终觉得，她们缺乏身着洋装时最重要的“精神”。即便衣服的布料只是普通的青紫色棉布，神户一带的办公室女郎混血儿穿的才是真正的洋装。

不只在于配色，毫无疑问，她们的骨骼和动作更有关联。关东地区自古以来有野蛮的风气，女性也以豪放为美，因此，她们的内心本质相对而言与现在的飞来波女郎[1]更接近，举止和表情更有可能与不良少年相仿。

---

1 Flappers，指二十世纪二十年代西方的新潮女性，有新潮的装扮和兴趣，对旧风俗表达不满。

橱窗前欣赏纸伞的女人

东京　1930

反之，关西地区的人们只是不断换衣服，数百年来的高雅习惯早已深入身体内部了吧。

在东京的平民街，我小时候绝对看不到女性洋装之类的衣服，年轻女性到了夏天经常将双臂抱在胸前，就连我的母亲也会在扇扇子时将浴衣袖子挽到肩上。就像月冈芳年[1]的浮世绘中描绘的那样，二三十岁婀娜多姿的女性们想要展示丰满的上臂肌肉有多么洁白，这与当今女性在夏天穿无袖连衣裙、展现肌肉之美别无二致。但是，这种豪爽行为似乎是从花柳街的艺伎那里渐渐传开来的，最后连普通商户人家的女性也开始模仿她们。也许在京都和大阪，不必说商家的老板娘和二小姐，连艺伎也不会展现出如此不相称的姿态吧。

因此，从女子学校时期开始穿洋服长大的现在的大阪女性，在家中不知不觉地受到母亲和姐姐们待人接物时的态度和姿势影响，可以看出她们在身着洋服时也会自然地表现出这种特点。本来，年轻女性的洋装，必须体现出服装下丰满的肉体填满衣服的感觉，也必须展现出即便肉体填满衣服却仍不以为意的心态。

最近流行的“It Girl”一词形容的就是这种感觉，

---

1 月冈芳年（1839 — 1892），活跃于幕末至明治时代中期的浮世绘画家。

关西的上流阶级女性身上毫无这种特质。虽然她们的腿和脚踝很美，几乎没有白萝卜那样的，但是腰臀曲线看上去弱不禁风，而且每走一步腰部便会摇晃，使得上半身泛起微波，胸部向前游动。

观察西洋女性走路的背影，会明显看出她们的左右臀部交互前行，大大的骨架上稳稳当当地架着肉体，而上方女性的臀部只有裙摆摇晃，几乎没有肉感，这是因为她们体态纤细而且小步前行。她们会昨天身着绢质和服和羊毛鞋，今天穿上法国绢质的晚礼服和高跟舞蹈鞋，几乎每天改变装束。虽然她们似乎注意在身着和服和洋装时，区分不同的走路方式，但脚腕在运动时却有微妙的无力感，走路时外八字，不知为何变得迟缓，有股日本味儿。关键在于她们身着洋装的姿态虽然无处不高雅，但是有种过度奢华、弱不禁风、轻轻碰一下便会摔倒在地的脆弱感。

反之，女学生的洋服装扮却毫无章法且微有些脏污，真是令我大跌眼镜。我不了解近来在东京出现的女学生花柳店，但只要身穿一身青蓝色的制服，东京的女学生仍然令我感到清爽，大阪的女学生除去两三所特别的女子学校的学生之外，几乎都与乡下女学生没有区别。她们身穿洋服，与平民家妻子和打杂的女工身穿简易长裙一样，只是为了便利和实用，似乎完全没有在意作为女性的仪容。虽然不能从学生时代开始追求时尚，但是至少应该注意保养和穿着，不要让服装没了型，还要注意不要让袜子皱成一堆，要尽快拉平等等。

我认为，为了新时代的女性，学校的教育者至少应该教她们如何熨烫和刷衣服。少女时代如此邋遢，毕业之后突然让她们齐齐整整地穿洋服，这难道不是强人所难吗？

声音 一

关于大阪人和东京人的特点，我感到最为不同的是他们说话时的声音。比起语言的差异，声音的差异使得东西的差别变得明显。也许随着交通更加频繁，上方方言和东京方言的差异将会渐渐消失，但是从他们的咽喉中发出的声音的区别，恐怕与这两个地方的空气、土地和温度等等有关，所以我想它不会轻易消失。

我在关西长住，偶尔去东京。首先有“这是东京啊”的感觉时，正是听到了东京人干巴巴、似乎已经枯竭的声音。虽然我自己的声音大致也是东京风格的，但是我在这里听惯了大阪人的说话声，感到东京人的发音正像当地有名的下降气流，干燥且没有润滑感，听上去非常不舒服。男人的发音虽然清晰明了，但是女人发出那种声音时，却有非常干枯、皴裂的感觉，甚至让我觉得发出声音的人的皮肤也粗糙不堪。

在东京的演员中，菊五郎的表演（除了舞蹈）最难以令京阪的人感到亲切，而且也让他们感到难以理解，其要因或许就在于他那纯江户风格的发声方法吧。宗十郎在东京没什么人气，在上方却非如此，这确实是由于他的声音。那黏滞、不明晰且含混的声音虽被东京人厌恶，但是毫无疑问，上方人并不理解究竟哪里惹人厌。

幸四郎、吉右卫门和猿之助等等虽然也是东京人，但是他们有各自的夸张的发声方法。左团次的声音特色在于浑厚、不拘小节。菊五郎在表演民俗题材剧目时，说台词时用的声音完全是市井江户小子在日常对话中的声音，但是在我听来，这声音缺乏情感，难有好印象。虽然羽左卫门的声音也很缺乏情感，但是程度不如菊五郎。菊五郎的声音看似没有技巧，实则其中凝聚着只有他自己才能企及的技巧，但是大阪人却很难听出其中韵味。菊五郎的声音听起来虽单纯且冷淡，不过东京人喜欢；但是大阪人的声音往往过于短促尖锐，所以对于喜欢菊五郎的东京人来说，听来真是不快得令人难以忍受，令人心中感到痛苦。

记得我曾读过坪内老师[1]某时在什么杂志上发表的、

---

1 指坪内逍遥。

对曾我廼家五郎[1]的艺术风格的批评——虽然我对评论主旨无比赞同——但是五郎的表演之所以让东京人感到不舒服，我认为大半的原因在于他那底气不足的、混浊、破碎、粗犷、黏滞、令人想起无声电影和浪曲[2]旁白一般的声音。试着将那声音与喜多村等人的声音比较看看吧。后者的声音明晰有节奏，清澈且嘹亮，反之，前者的声音像是“呼呼”的下流声音，听起来就像是源源不断的、大地轰鸣般的呻吟，在耳朵内部高声响起。

五郎曾有一段时间与已故的十郎共同演出，在那时，十郎的声音比较清爽，台词念得轻快洒脱，因此五郎的声音带来的不快便更明显，令人感觉他真是个讨厌的演员。此外，讲落语的春团治也会发出大地轰鸣一般的声音。

文乐的太夫等等确实明白如何美化这种声音，使其并不难听，但是大阪人一般都有这样的声音。虽然平时说话的时候，人们的声音各有不同，但是在讨论和吵架等用力发声的时候，声音就会不可思议地变成那样。肤色白皙、年少的美男子等等平时像女性一般柔声细语

1 曾我廼家五郎（1877 — 1948），日本喜剧演员、作家，大阪出身。

2 日本曲艺，一种说唱艺术，又叫浪花曲、难波曲，由一人说唱，用三味线伴奏。

的人，若是用有气势的声音说话，便必定会发出这种声音，听上去甚是不和谐。不，其实不仅是男性，女性居然也可以发出这种声音。我曾听到妙龄的女性用充满诱惑的嗓子，发出没有风情的粗犷声音，令我吃了一惊。

说来，大阪有不少女性，天生可以发出粗杆三味线演奏者一般的声音。曾有位美人，从脸庞看起来，像是有婉转娇嫩的声音，但是她一开口便发出鹅一般的声音，这令我感到非常痛惜。我现在认识两三位这样的女性。虽然在东京也不会找不到，但是我一时无法想起，如此看来确实很少了。

还有，虽然弹舌音似乎是江户方言的特色，但其实它并不是。我虽没有听见京都人发出弹舌音，但是大阪人常常用它。而且，东京的弹舌音说话方式有威严且不会令人感到不适，但当大阪人用弹舌音说“大干一场吧”等等时，发出的声音却似紧贴着地面，像蛇一样缠上身。在我听来这十分明显。

声音

二

前文尽是提到大阪人的声音的缺点，当然它也有很大的优点。在我看来，整体而言，大阪人的声音比东京人的更美。公平地说，男人的声音不相上下；只有女性的声音，大阪要更胜一筹。

我刚才提到的鹅一样的声音以及浪曲旁白一般粗粝的声音虽令人困扰，但是并不全是这样。可以说，十个人里七个人有美妙的声音。过去，我在剧场听演员念白，从未注意到日语发音之美，但是来到大阪，听到妇人们日常聊天说话声，才第一次发自内心地感受到这一点。

我一直听说京都女性的遣词造句温柔，但是比起京都，大阪更好些。京都人的发音比起东京人更有韵味，但是不像大阪人一般黏着。所以像前文中那样发出短促尖锐的声音，虽不会引发反感，却缺乏魅力。在我看来，从大阪到播州一带的女性声音最美。从那里再向西边或南边走，就会在话语中听到奇怪的音变和浊音，并且发音变得浑浊。

在这十年间，有几位出身于大阪到九州一带的女孩来我家做工，这是我从她们的声音中得出的经验。而且我想起来，在位于冈本的宅子里，曾有生于摄州今津的女孩和生于东京近郊的女孩来做工，将两人聚在一起，可以听到关东女孩的声音干燥且冷淡，不仅听着不舒服，甚至会没缘由地嫌弃她本人。

用三味线的音色来比喻东西两边女性声音的差异最为合适。我认为，长歌三味线这种能发出清爽音色的乐器，之所以在东京得到发展，实在不是偶然。东京女性的声音，不论好坏，就像这长歌三味线的音色，或者说与它很是相配。说它清丽倒确实清丽，但是没有广度和厚度，也没有圆滑感，而且最重要的一点在于没有黏度。因此对话虽然精细明确，语法也正确，但是没有言外之意和含蓄的感觉。而大阪女性的声音，就像净琉璃甚至地歌三味线一样，无论音调多么高昂，声音背后必定有润泽、温暖的感觉。

以西洋乐器为例，东京的声音是曼陀林——说得难听些是大正琴[1]——而大阪是吉他。聊天时和东京女性聊天

---

1 日本名古屋人森田五郎于1912年发明的乐器，曾作为家庭用乐器在大正时代流行。

更有趣，但是在枕边还是大阪女性更有深情，这是我一直以来的个人观点。也就是说，如果抛弃性方面的兴趣，以对男性的姿态与女性对话，会发现东京女性大胆、露骨，且不会忌讳讽刺和抬杠，因此有较劲儿的感觉；但是作为“女性”对话时，还是大阪人更有色气和魅力。也就是说，对我而言，东京的女性没有女性的感觉。

可是，这并不是说大阪的女性淫荡或者下贱。东京女性毫不隐瞒、活泼且轻率，不知为何有种饱经风雨的感觉，反而更下流。我不了解住在山手附近、现今仍保留着京都风情的堂上华族[1]阶级如何，但是所谓上流社会最近也开始用起平民一般的话语，优美和高级的感觉正在渐渐消失。

话题从“声音”转到了“话语”，在此顺便说说，我非常厌恶贵族大小姐的用语。虽然偶尔用用还可以，但是要在所有动词后面加上后缀词，性急的时候要快速且清晰地说出这些拗口的词语，这超出了我评论是非的限度。如此有压迫感、做作且假装优雅的说法，令我感觉它距离优雅最为遥远。与之相比，大阪的船场方言和祇园游女的方言更雅致，发音更有韵味。恐怕以前贵族大

1 指明治维新以后，原本身处华族中的公家家系的人们。

小姐的用语，并没有如此令人反感的伪善感觉，这可能是将其堕落至此的女流教育家的罪过吧。虽偶尔有人用，那也是从东京搬来的人，或是受东京影响的教师之类。

上方妇人的声音好在哪里，让她们吟唱琴歌等等便可知晓。当我还在东京的时候，曾认为没有比琴歌更单调乏味的东西了，可这原因之一在于东京的女性。她们用适合演唱都都逸[1]和端歌[2]的声音去配合古典乐器的音色，效果有多糟糕就不提了。若是让大阪女性来唱，便能在单调中微妙地保持琴弦音色与人声的和谐，就像细品直接点燃的焚香，一股情趣升涌而来。尤其听声音美妙的人演唱时，便有恍然大悟的感觉——原来古代的贵族小姐们在玉帘后吟唱时，用的正是这种声音，脑海中不由得浮现身着舞乐服装的高贵女官的身姿。从声音的性质来看，大阪妇人的身体中确实继承着浓厚的传统血脉。

1 在江户时代后期，以江户为中心发展的俗曲，题材主要是男女之间的恋爱。

2 与长歌相对的、较短的民间谣曲，以三味线作为伴奏。

声音 三

说到自己，难免有些自吹自擂之嫌，但我从年少时就对声音自信，自认唱长和端歌的时候很能博来些观众。但最近试着学地歌，却甚觉连发声都发不好。若是唱高音则容易没气，唱低音则没有力量。我一开始以为是自己上了年纪，换了江户小调唱上一曲，却和往昔一般无二。我于是得到了血的教训：江户曲和上方曲的发声方式完全不同。

假如让东京人来唱其他民谣，比如安来节、串本节这样的关西歌谣，虽然词可以唱对，情绪声音却完全不是那个味道，好似将茶泡饭搅散一般不成型。若不是用上方那种舌头在嘴里百转千回的黏乎乎的声音来唱，便绝不会有如此韵味。反过来说，要让大阪的艺伎唱些关西的歌谣，比如净琉璃和歌泽[1]，其结果仍不变。虽然词还是一样的词，可是调子却不够铿锵有力，吐字也不够清晰，总不是江户

1 在江户时代后期，由端歌发展而来的一种歌谣，区别在于演唱者的声音更浑厚，曲调更细致且有前奏。

那个味道。唯一的例外或许就是，虽身为东京人，却继承了津太夫衣钵的古韧太夫。不过他的唱法，或许也是听者见仁见智，其实听上去也不是那个味道。就算他能达到纹下[1]那个水准，要让他达到摄津、越路那些高人的水平，却应当十分困难。

我之所以这么说，无非就是因为近年来不知出于什么原因，江户歌谣竟然风靡关西，以至于地方青年很少去学习如生田流琴曲和地歌之类的当地艺术。

在我住的地方周围，可以经常听到有人演奏长歌和清元三味线，却几乎听不到琴声。若唱的是那种荡气回肠的长歌还算好，最近却开始流行唱小调了。这种曲子可是江户调里最有江户特色、最为靡靡之音的一种。假如长歌算是和歌，那这只能算是俳句，可知它在东京人当中也不能算作主流艺术。这种如此特殊的曲调，要让大阪人来模仿，怎么可能模仿到位呢？

说到舞蹈，山村流和井上流的舞蹈已然荒废，藤间花柳之舞蹈流派却大肆流行，真令人感到可悲可叹。就算不拿出当地艺术这种话题，我认为在关西人和关东人之间，无论生理还是体质都有着难以克服的差异，还望大阪诸君一考。

---

1 指净琉璃演出时水平最高的代表者。

生活方式

以前武林无想庵从巴黎游历归来后，说“巴黎人有一套固定的生活方式，而东京市民没有，这真是不合道理”。从前并非如此，在我少年时代，东京人还有自己的生活方式，但到了今天，这种方式算是已经消失了。

何谓生活方式呢？可以说，这就是一个家庭、一个社会经年累月积累起来的一种规范——例如年中各类节庆，正月放门松、三月过女儿节、五月挂鲤鱼旗、春秋分过彼岸节时大家互赠荻饼等诸如此类。放到家庭中，就是早晨起床出门、晚上回家睡觉、早晚拜祖先牌位、每日三餐柴米油盐。饭桌上还有家庭长幼排序，随着四季流转，餐桌上的饭菜也都会随时变化，不一而足。

除了这些，还有例如寿礼丧葬穿衣服的规矩、拜见大人该如何行礼、祭奠礼法各种东西的陈设。要是住在东京，那么春天到向岛爬飞鸟山，秋天去团子坂泷野川，还有赏花、看菊、摘红叶和游山玩水这些，可都是有固定的去处。从团子坂回家的路上，还能到上野“松源”，从向岛回家还能去仲见世的“万梅”，连回家路上去哪里打个牙祭，都有这么些方式。每当这些时候，父母穿的好衣服可不都是那么一套！但是小孩子只要一看这衣服的花样，一闻这衣服上的味道，便可以立刻唤醒过去游玩的记忆。

在我看来，巴黎的平民们也与羁旅之客不同，他们几十年如一日地在同一个地方生活，节俭又勤勉。他们并不勤于更换新衣服，偶尔买了新衣裤、帽子、手套，却还是那熟悉的布料模样。每天上下班、每天散步喝咖啡、每周外出果腹，可不都是那一套老方式吗？

我并不会评判这种生活方式。今天的年轻人一看到过往的明治小布尔乔亚，会认为他们都是一个模子刻出来的，肯定对其不屑一顾。但无论好坏，旧日东京的东西早已消亡了。能留下来的只有门松这种形式，现在就连不过女儿节的家庭也是大多数。我想这或许是因为，关东的文化形成本就比关西晚，而且这片土地上常常发生大地震，有些文化还没来得及形成就被破坏了。不过，文化规范这个东西不仅仅是明治时代的小布尔乔亚们有。如果不喜欢旧时代的规矩，就可以自创新时代的潮流。

比起大阪人，东京人本就对外来的风潮更敏感，所以更容易接受西洋的生活方式，但是各个家庭仍各有不同，有的学习法国风，有的学习美国风，而且这些也只是一时流行，不会长久。长此以往，社会上非但无法形成一种规训般的风潮，反而更是杂乱无章，各有各的喜好了。

拿过圣诞节来说，我国本就不是信奉基督教的国家，去学习这种节日虽叫人感到哭笑不得，习惯了倒也觉得有几分浪漫情趣。但这种风潮能持续多久、能扩散得多广，却都不得而知。就连服饰也是这样，真是乱作一团。从前在文学青年和演员之间流行穿托尔斯泰衬衫，过了一阵子却又开始流行穿中国的长衫了。当然再过一阵子，这些服饰都销声匿迹了。

但是在关西，这种生活定式却保存得十分完好。京都自不消说了，就连红砖红瓦的阪神地区，那里的居民也并非过着像房屋外观那样的西式生活。他们本来住在船场和岛内这类旧城区，近年搬迁而来。还有居民是原本住在平房的本地人和从乡下搬来的富农，所以即使他们住在西洋风的住宅，用着自来水电灯，家里那些旧规矩却全都完完整整地留了下来。

我举一个例子，现今大家都是寄信，而阪神之间的家庭，许多却还是用旧法，用木匣装信，派专人送到府上。这可不是老人们的规矩——即使是出入舞池的阔太太、新式女学校的大小姐，即使信用钢笔写得墨迹未干，也会拿香薰过的信封装了，外面一样是一个莳绘的漆匣——我也常收到这样的信函。

除此，盂兰盆节、正月送礼、给下人的赏赐，这些规矩可都还是周全的。记得以前，我的女儿曾带了一个

桑田

什么礼物去拜访自己的老师。那老师答礼的时候给了她三十钱。换成东京，怕不是要说“这不是看不起人么”，但在关西，给带礼物来的人一点礼金好像就是个规矩。而且这礼金不能直接交给送去的人，如果礼金超过五十钱或一块，那还要封一封红包，装在盒子里，派人送给带礼人的主人，再经由主人转交那人，才算是有了规矩。

大家一般认为，大阪是一个属于百姓的城市，没有武士阶级那些繁琐的礼节，但似乎也不是这样。即使是平民，如果成了富可敌国的豪商，那也要如领国大名一般，在外豪态尽显，在内规矩做尽，还要成立本家分家，有过之而无不及。那些家庭至今还会重视家中规矩，尤其在红白事上，人们更是看得清楚。在大阪那些旧式商店里，如果大掌柜干到一定的年数，那当家的肯定会给他分一块商号，让他开个分号。这个分号对于总号而言，就如同分家对主家一般，而主家也要代代照顾分家，连举办婚礼的费用都要出。随着商业组织的近代化，想必这种老规矩已经消亡了。

现在的大阪，个人经营的百年老店远远比东京多，想来这些习惯还在那里留存着吧。就我所知的好商家，他们家的分家就有二十家。到了新年，二十个分家都派代表齐聚在本家的大客间里，本家的家主坐在上席，接受所有分家的贺词，喝了酒再把酒杯一一传下去。到了正月十五，分家的妻妾们还要来主家拜主家妻妾。那时，分家的妻妾们穿的都是主家太太赏的、带着家纹的和服与饰带。后来，这一大家子从大阪搬去了阪神，但听说直到去年还在举行这些仪式。就我所知，在这种规矩上最保守的，还算是藤田男爵。听说那家的女佣直到近年，结的还是拖在地上的日本发辫呢。

阪神地区的有趣之处在于：这里一方面作为旧大阪市的继承者，保留着这类人家的习俗；另一方面则在于，可以不时看到以往在农村流传的习俗。随着都市膨胀般的发展，原本宽阔的田园道路和田埂年年缩窄，有时在那里走一走，竟能捡到七夕节用的竹子，或者看到茅草屋上插着菖蒲，这令人感到哀伤与怀念。

旧日的习俗

演艺界和花柳街至今仍保留着过去的旧习惯。在我上中学三四年级的时候，曾受樋口一叶的《青梅竹马》影响而向往以吉原为中心的区域的氛围，每当举办仁和贺、赏夜樱和花魁游街的时候，便会悄悄从家里溜去看热闹，可是早在东京的大地震发生之前，这类节庆就已经没了。

近年，新桥地区开始举办模仿都舞[1]的吾妻舞，可是人气还是比不上祇园的舞会。虽然它的历史不长，还称不上是“节庆”，但是在东京，这大概是因为市民和花柳街之间的关联不如大阪这般紧密吧。都舞之类不只是祇园的节日，把那团子状的灯笼挂在赏花小路的角

1 指在京都祇园举办的舞会，创始于1872年（明治五年），每年四月开始举行，持续约一个月。

落，便有京都迎来春天一样的感觉，兴奋弥漫在市民间。虽然大阪的芦边舞、浪花舞等等比不上都舞，但是它也能向市民宣告春天已到，让人感受到令人怀念的乡土魅力。在那时，市民们会感觉自己生活的城市就像一个大家族，更能生出一股对乡土的爱情。因此，简直无法衡量这类演出为凝聚当地人心、加深民众之间的感情增色多少。

之所以说“东京人没有故乡”，是因为虽然东京的城池广阔，但人对当地的感情却很淡薄。例如大阪的船场、岛内，也就是心斋桥到道顿堀一带，还有京都的四条京极到石段下一带，京都大阪的都市里有各自的中心，但是东京却没有。如果非要说一说，那么就像银座、新宿、神乐坂、浅草这些地方一样，它们各自是中心，没有主心。剧场和花柳街之类也四散在各处。也许这是由于东京城市面积太大了，但是如今已有四通八达的主干道，如果乘坐一日元的出租车[1]，只需二三十分钟就可从一头开到另一头。虽然现状如此，但仍没有单独的中心。若用家庭比喻，就是没有让一家人团团圆圆吃饭的餐厅。

---

1 乘坐统一定价为一日元，在固定区域内拉客的出租车，在1924年出现于大阪，并于1926年传至东京。

大阪在扩张之后，其人口与面积可以与东京匹敌，但是中心地区仍一如往昔，无论看演出还是买东西，市民最终仍会前往那片区域。一年到头举办的节庆和出售所需食材的店等等，也主要集中在那里。花柳街虽然分散在新町、堀江、南地和北新地，但是它们的位置不出以半里地为半径画的一块圆，它们分布在恰巧适合散步的距离内。因此，艺人外出的身姿、花柳街的节庆等等都成了都市的风景。无论是在家族中打杂的用人、独守空闺的太太、女孩儿还是平民家的妻子，这些与花柳街没有关系的人，也会用关爱的目光注视她们。

正是因为氛围如此，在大阪这种社会中至今仍会举办此类盛事，它们不会与市民一年四季的节庆分离，根本不足为奇。若是正月初九的宝惠笼[1]这类习俗被废止，大阪市民的日常生活该有多寂寞啊。尤其是对我而言，没有比年末捣年糕更令人怀念的习俗了。成群的艺人带着三味线，一边演唱十二个月的地歌一边捣年糕的风景，总能引出年末的氛围。

有此等好事的大阪没有久保田万太郎[2]这样的文人，

---

1 大阪南新地的花柳街的庆典，伙计们抬轿子载艺伎们前往今宫戎神社参拜保佑商业交易的神明惠比寿。

2 久保田万太郎（1889 — 1963），日本俳句家、小说家、剧作家。生于东京浅草，擅长用传统的江户方言描写正在消逝的平民街区的风土人情。

实在是太可惜了。哪怕只有一位厉害的作家住在大阪，那么应当能在明治大正年间写出与《青梅竹马》和《隅田川》[1]并驾齐驱的一两篇名作，可是居然连这些都没有，这可谓是大都市的耻辱。如此说来，所有的作家都抛弃故乡，想去东京发展，我认为这往大些说，实在是日本文学的损失。

1 永井荷风于1909年发表的中篇小说。

大阪人的金钱观 一

大阪人重视这些旧习俗，正意味着他们对祖上传下来的家产仍有极强的执着。我对这些方面不熟悉，不过东京的布尔乔亚们被时代的浪潮裹挟，日渐没落，但是在大阪仍有不少挺立着的中流资产阶级。走在船场附近古风尚存的狭窄街道上，可以发现有许多与汹涌的大资本主义风潮对抗的个人经营的家族式商家。

在东京的平民区，不时可以遇到被称为“战败苟活的江户小子”的老人。我的父亲即是其中一员，他们的特征是正直、有洁癖、怕麻烦、处世淡泊、不通人情且极度厌恶客套，因此不善为人处世，所以在做生意的时候，遇到强硬的外来对手根本无力招架。因此，他们最终将从祖上继承的财产付诸流水，等老了只得靠孩子和亲戚照顾。但是他们自己并不以为意，甚至身无分文会让他们感到快活并安逸地享受余生。这些老人的体态大

多消瘦，且腿脚利索，一天走一两里路也不会累。给他们五十钱或者一日元零花钱，他们便会步伐轻松地走到浅草一带去看演出，或者站在寿司店里吃寿司，愉快地度过半天。虽然他们喜欢喝酒，却不成瘾，晚上小酌一合[1]便飘飘然，喝醉了就兴奋地聊聊生活琐事，不久便安详地睡着了。

旁观者不知道他们的生活究竟有什么乐趣，可是他们是与生俱来的乐天主义者，绝不会抱怨世道、嫉妒其他人的幸福。当然，他们自己在亲人离世的时候不会悲天悯人，认为一切皆有定数，置之度外。他们不愿意与亲戚之间的纷争及家庭矛盾等等扯上关系，自己总是超然物外、与世无争。因此，他们不会给孩子添麻烦，也不会给其他人添麻烦要钱花，哪怕只得到一点援助也会过意不去，他们会在小学或者区管理所当勤杂工，闲暇之时会与人下将棋，或者去会馆下围棋。

如果是东京的老家庭，这类老人必定一家有一个。像我父亲这把年纪的人特别多，近来辻润[2]也成了其中一员。说得过分些，他们是落伍于生存竞争的人，虽然他们落伍的原因与懒散和缺乏谋生技能之类自身不足有

---

1 约 180 毫升。

2 辻润（1884 — 1944），日本翻译家、思想家。

关，但是从另一方面来看，他们身上却有一种可被称为市井仙人的特质。虽然过去与他们关联不多，但是与到达此种境界的老人相处，会有与大彻大悟的禅僧一起体悟海阔天空般的意趣。可是自打我搬来大阪，便再也没有见过这类老人。据我在当地的朋友说，这种性格的人在关西很少。

大阪这边有个词叫“欲求不满”，在东京可没有。也就是说，大阪有很多人只顾着赚钱，却被欲望蒙蔽双眼，使得他们变得心胸狭窄、性情恶劣。这类人最后终究会被他人弃如敝屣。其实，大阪人害怕“身无分文”的程度远超东京人想象。东京人虽不愿让自己身无分文，但是有能力理解上文提到的老人一般的境遇，但是大阪人对此一无所知。他们只是一个劲儿地害怕落到这步田地，偶尔遇到这类老人，却将他们视为蠢货或者狂人，毫不理睬。

如果各位读过十九世纪法国的现实主义小说，就会知道法国人有多么重视财产。巴尔扎克、福楼拜和左拉这类大作家，必定会在作品中描写登场人物的经济情况。即便是浪漫的恋爱故事，在介绍男女主人公时，必定会写父亲的遗产有多少，伯母的遗产有多少，每年有多少利息，每月有多少收入，在某些方面有多少开支，算下来还能剩多少钱，等等，他们写得甚是细致。有时甚至像描写传家宝一般，回溯到三四代人之前，例如某伯爵留下几千几万法郎的遗产，死后将几千几万法郎留给某侯爵，侯爵死后又将其留给某人，接下来到了某人手中。

大阪人对“财产”的观念正是如此。例如分家从本家得到多少财产，以此为资本做了多大的买卖，购置了多少钱的动产和不动产，孩子、哥哥、弟弟花费多少，女儿出嫁花费多少，诸如此类，中产阶级的人家似乎总在考虑这些。因此，大阪人从少年少女时代便精于计算得失，对于“钱”的关心程度发展得出乎意料，关于这一点，简直可以说东京的中学男女学生十分无能。

最近某报纸刊载文章，据某百货店的店员说，东京的妇人们会看也不看地将小票当场扔掉，而大阪的妇人们十有八九会把它收好，我想这是毫无疑问的事实。

大阪人的金钱观

二

据说赖山阳的遗孀梨影子在书信中提到，赖山阳还在世的时候总不忘身后之事，怕自己万一出事，妻子生活有困难，所以早就做好准备，他的妻子对此表示感谢。赖山阳这种慷慨且爱国的诗人居然存钱，这听起来令人感觉“他果然是关西人”，且立刻感到不屑，这就是东京人的洁癖，但是爱国志士兼文人也总不至于让妻子难以维持生计，因此最好早做打算。

特别是现在，艺术家的安贫乐道，已经不能成为吸引人的招牌，甚至不会有人感兴趣。从这点来看，我们，特别是像我这样散漫的人，有必要学习大阪人的金钱意识。

在大阪很少见到花钱如流水、没钱时穷到上顿不接下顿的人，连在艺术家里都找不到。这与他们的位置、手段和才能无关，无论一流还是二流的人都擅长精打细

算。而且即便成为杰出的作家，这种心机竟也不会为工作带来任何不利影响。

在这一点上，已经离世的小出楢重[1]先生，可谓是大阪最为杰出的艺术家。他就是这样受大家喜爱的人，说话风趣幽默，用巧妙的话术，以天真无邪的态度恰到好处地吸引人；而且他在私下生活中，无论是经营生活还是创作作品时，都发挥着聪明才智。虽然我数次听到有人背地里说“小出是个狡猾的家伙”，但是从他留下的那些精彩的作品来看，就可以明白“狡猾”和“恰到好处”的背后正是他的真实姿态——毫不懈怠地精进于工作，其中蕴藏着如火般的热情。

如此说来，他是土生土长的大阪小子，而且成长在平民家庭，也许正是因此，才与生俱来便拥有乡土之人特有的处世才能。可是，这不是他的罪过。假如对钱精打细算、在赚钱时丝毫不懈怠是这里的人的常识，那么他当然也有这种常识了。而且他深沉地爱着这片土地，一生没有离开大阪，所以这也是人际交往上不可或缺的。

小说家之类的人无论住在何处，只要和东京的杂志

1 小出楢重（1887 — 1931），生于大阪，油画家。

社合作便可解决，但是画家，特别是西洋画家，他必注意如何与身边的人们沟通交流。

虽然像我这样慢悠悠的人完全不懂，但是据在这方面如鱼得水的商人说“绝不能对小出大意”，从这一点来看，他在与商家斡旋的时候，正是运用了如同他的作品一般的敏锐。无论如何，没有比他更精妙地把握大阪人的特色与艺术家的天分的人了。我感觉这才是真正的生于乡土的艺术家。

大阪女性与东京女性

在大阪人的处世信条中，有一句话是“娶妻当娶京都人”。如此看来，京都女性比大阪女性更擅长打理家计，也擅于做家务。但在我的眼中，大阪的女性丝毫不亚于京都女性。

我曾经雇过两位从府立女子专科学校毕业的女孩当秘书，虽说是秘书，但是我的工作没有规律，所以她们不需要按照时间来上班，而是像家人一样住在我家里，一个月中只有十天需要工作，剩下的日子便无所事事，因此她们不会像其他工作的女性一样被束缚。但是，我对她们几乎从不出门感到惊讶。无论有没有事情都待在家中，因此也没有机会胡乱消费。四处游玩、听音乐会、逛街消遣之类的事情，若不是我邀约，她们绝不会用自己的钱去玩乐。

也许良家女孩理应如此，但是我知道东京的文学青年、文学少女的秉性，这对我来说有些意外。

若是在东京，有机会在专科学校学习文学，住在小说家的家里，而且有闲暇时间，还能有些工资，那么女孩绝不会如此本分。她们这个年纪的女孩，通常一有闲暇便会出门寻求社交机会，或者穿上一身最好的衣服四处闲逛，绝不会老实地待着。可是我雇的这两位女孩，对这些方面没有丝毫兴趣，真是过度单纯善良且文静。

可她们也不是一天到晚对着书桌学习。虽然我这里藏书不多，但是文学书的数量比一般家庭多，也方便她们问问题，还有不少文坛友人前来做客，可是她们虽然从学校毕业，但终究对文学之类毫无兴趣，也不想运用这再好不过的机会和刺激。

但是我观察她们做些什么，发现她们读低级的女性杂志、和家人一起帮忙干家务、做裁缝等等，这样子和侍女没什么区别。关键在于，她们无论在哪里都是家里的女性。不必担心她们为受过教育而自觉高人一等、与家人闹矛盾，她们擅于管理家庭。我甚至觉得要是她们有能顶撞我们的气魄、有对学问艺术的野心该多好。据其中一人说，她的同学在毕业之后找到一份去地方上当老师的工作，在离开大阪的那天，同学们在梅田车站为她送别，不舍得她离开，无论是送人的人还是离开的人都大声地哭了。假如是去九州和北海道这种偏远的地方赴任还能说得过去，但若是到东京这么近的地方，这也许就不值得如此动情了。

但是，正因为如此，不难想象如果将她们当作妻子，便会感受到浓情蜜意与温柔，她们也擅长管理家计。无论多么有钱的女孩，都有去月薪百元左右的白领那里整理家务、管理家庭的觉悟和能力。其中若有女性是遗孀，或者嫁给了智力不足的丈夫，她们便会大张旗鼓地开店，指挥管家和用人经营生意，这种人不少。即便没有这么厉害，也会以离世丈夫的遗产为本金，偶尔贷些小钱，养育子女。这类母亲我认识两三位。在东京，若是有女性投资者或者放贷人，一定会被世间视为不可信赖的人，不过在大阪却一向没有这种风气。

节俭

由于整个社会的风气如此，所以东京人难以想象大阪中等阶级市民家中那阴暗、寂寥和冰冷的生活。我认识的大阪人会骂京都人吝啬，说“在京都，就算是数九寒天有客人来做客，他们连点着一丁点火星的火盆都不愿拿出来”，但是大阪家庭的节俭程度不相上下。我平时交往的大阪人，多是新潮阶层，因此他们大多受到东京的影响，但是在东京，类似人家的节俭程度无法与他们相提并论。首先，如果想在大阪过得豪爽些，就会被人议论说“那人家过得像在东京一样”。因此人们会不愿与他们来往，而且这似乎也和信用有关，越是殷实的家庭，越要靠生计的一小部分来维生。

还有，那些被称为过得像在东京一样豪华的家庭，其实根本和东京的家庭不一样。东京人表里如一，要是有派头，那么无论去哪里时都一个样。但是在大阪，有人表面上风光却不引人注目，背地里肯定精打细算。

要是继续说京都大阪人有多小气，真是说不完。我只在这里说一两个我的亲身经历。有一次我去京都的一家餐厅吃火锅，看到有位妇人将剩下的生鸡蛋放进袖口带回家。但是这位妇人要是平民家的人还能说得过去，可她是一家一流茶店的老板娘，这真是令我惊讶。

还有，在大阪有件事情令人匪夷所思。如果在傍晚去阪神或者阪急线的终点站，就可以看到路过的白领把读过的晚报递给卖报人，卖报人再拿出另一份晚报递给他们，白领便立刻将报纸带走。

在大阪，《大阪朝日新闻》和《每日新闻》这两份晚报的读者最多，因此很早便卖光了。卖报人手上的其他晚报卖不出去，到了晚上便以三钱或者五钱贱卖（比起《大阪朝日新闻》，《每日新闻》卖得更快些，有些狡猾的卖报人会在客人说两种各一份的时候，将其中某份放在上面，在下面混进去一份其他报纸再递给客人）。所以，如果读者手上有《大阪朝日新闻》和《每日新闻》的晚报，便快速读完（但是关键在于不能让报纸有褶皱），再将它们递给卖报人，就可以换一份其他的晚报。也就是说，只用买《大阪朝日新闻》和《每日新闻》这两份报纸，就可以读四份报！

比起大阪，这其实是上筒井的终点站里常见的景

象，从检票口出来的男人“嗖”地递出报纸，卖报人便心领神会地交出另一份。虽然令人有些不快，但是两者之间已经建立合作关系，因此交换才如此迅速。

我们再来看看家庭内部的情况，我发现这心思也被用在电灯泡的亮度和每餐的菜肴上了。在东京的家庭中，配白饭的菜肴一般会多做一些，但是在大阪却按照人数，特意做得稍微少一些。

如此说来，铁质的长州温泉泡澡盆[1]之所以在关西多，想必是为了节约燃料。习惯用东京风格的箱型澡盆的人，一定会认为它令人不快，连我在这里都有些受不了它。但是它确实经济，连垃圾和废品之类都可以当成燃料，而且加热快，从家庭角度来看，没有比它更方便的了。如果用更大些的澡盆，身体就不会被烫，所以我开始喜欢上了这种原始的澡盆。

说到澡盆，我想起大阪的平民人家以前和东京的一样，不在家里洗热水澡，而大多去澡堂洗澡。而且主妇一般五天洗一次澡，所以她们偶尔去一次澡堂，要花一两个小时将身上各处搓洗干净。从这一点来看，大阪人家里看上去比东京人家里脏，确实与经济有关。大家都

---

1 铁质澡盆，下面焚火加热，外面有用作保温和排烟的保护层。

知道京都普通人家的厕所里都放着那个三角形箱子[1]，但是大阪普通人家的厨房、浴室和厕所一样有些肮脏，阪神一带住在西洋式住宅、有冲水设备的人家脏得令人不明白为什么要安它。

江户小子的自尊是就算穿破衣服，也要穿新的兜裆布和鞋子，由此看来，大阪人的内衣肯定不干净。还有，关西人对足袋[2]的要求不像江户小子一般神经质，他们总穿得松松垮垮，这其实不单是因为不以为意，而且是因为经济，认为让袜子紧紧地包着脚不利于长期使用。连我也是听京都的艺伎解释才注意到这一点，这真是行事大大咧咧的东京人不会意识到的细节。

---

1 指放在墙角、用来扔女性生理用品的小垃圾桶。

2 穿木屐时穿的袜子，大拇指处有分缝。

方言

我以前在祇园的茶店游玩的时候，到了半夜突然觉得饥饿，便问周围的五六位艺伎要不要去吃点什么。她们都是我平日熟悉的、不会拒绝的人，但实际去某处吃东西时，她们却显得不想吃，我一个连一个地问，却都摇头说“不用”。等问到最后一个最年轻的艺伎，她想了想，说“吃不下了”，欲言又止，又笑了笑。其实所有人里只有那个孩子饿了，但是东京的艺伎在这个时候不会只说“吃不下了”。我最近越来越像乡下人，对这方面实在不了解，但若是在东京，艺伎总会在说话前后找点借口，或者直截了当地说“那我就不客气了”。只笑盈盈地说“吃不下了”，这实在是太有上方的感觉了。

不仅是艺伎，关西的妇人们其实也是这样，话语不多，绕着弯儿地表达意思。这听起来比东京的更有品味，而且很有色气。再加上我之前提到的黏着湿润的沉稳声音，更有言外之意和含蓄的感觉了。

因为现在东京的方言被视为标准语，所以在语法上最为正确，表现方法缜密且自由，虽说在委婉表达含义的时候最方便，但是非常不适合纯正日本风情的内敛女子说。一言以蔽之，这是因为东京方言太能说会道了。

在上方，虽然有很多女性擅长表达，但是意趣与东京不同。例如在大阪，她们很少使用助词。就算用，也不像东京一样细分用法。我不知道这是不是合适的例子：在东京方言里说“我不知道”和“我这儿不知道”的使用场景不同，但是在大阪却没有这种区别，大概两种情况下都会用“我不知道”。如果这个例子不对，那我再修正，但是总体而言我说的意思就是这样。

我在写作小说《卍》的时候才第一次注意到，大阪人话语里的这类表达有些粗糙。我先用东京方言写好，想再改成大阪话，但是发现前者的两种表达在后者这只有一种。（话说，最近有许多小说开始省略助词，说“我不知道这”“你读过那书么”这类表达比比皆是，这可能是上方带来的影响，纯正的东京人肯定不会这么说。说“我呀”“我啊”的时候其实有表达助词，虽然有时听上去没有，其实他们还是说了。[1]）还有，他们会

1 指这些助词发音和之前的词语连接在一起，有时听不清楚。原文为“わッしゃあ”“僕あ”，其实是“わしは”“僕は”的变化。

将强调引用内容的词省略。“什么什么如此听说”，会被说成“什么什么听说”，“叫谷崎的人”会被说成“谷崎这人”。在东京方言里，有“那么”“如果这样”“假如会这样”等等不同的表达，在大阪只要用“要是”就能差不多概括所有。就像这个例子明示的，大阪话里少有谨慎的说法和敬语。对于上方而言这有些令人意外，但事实确实如此。

在东京，以“贵族大小姐用语”为首，表达复杂的不同尊敬程度和职业、年龄、阶级等等的说法实在是很多。对于“する”这一个词，有“します”“なさる”“なさいます”“遊ばす”“遊ばします”“いたします”“するんです”“するのでございます”“しますんです”“いたのでございます”“するの”“するのよ”“するわ”“するわよ”“するんだわ”“するんだわよ”“してよ”“しやがる”等等[1]，我能想到的已经有这么多了，它们各自的感觉有些许不同。

在大阪话里可没有这么多。而且为单词加上敬称“御”[2]的习惯，也是东京多些。我问女学生，她们几乎不说“お友達”，一般只说“友達”[3]。“饭食”“足部”还

---

1 均表示做某事的状态。

2 即后文中的“お”。

3 均指朋友。

有数年龄的“三岁”“四岁”“十一岁”“十二岁”——这些都不会加“御”。

总之就是这种习惯，大阪话的词语之间，有着必须由听话的人靠推测才能把握的人情味，不会像东京语一样，将细微的感情尽显在所有细节中。东京人的说话方式像是把四处摸了个遍，但是在大阪，虽然词语多，但是其中都是一个个空隙。要是论语言的机能，当然是东京的更好些，为了表达现代人的思想感情可能必须得靠它。但是它毫无保留、事无巨细地反复强调，这真是太低级了。东京方言中谨慎过头的表达方式听起来没有品味，正是因此。也就是说，这是因为语言可以自由发展，所以语言变成这样。

东洋人全体将“缄默”视为美德，语言也可以表达国民性，所以如果在发展时与这理想背道而驰，就会导致语言本身的美感消失。虽然现在说这些大概已经不通用了，但是关西女性的话语里，仍保留着一如往昔的日语的特色，即“十分的事情只说三分，剩下的话语潜藏在沉默中”，这种美感保留至今，令我感到愉悦。

例如，即便说下流话的时候，上方的女性明白如何将其讲得委婉。要是在东京，因为内容太过露骨，所以良家妇女几乎不会说这些，但是在大阪可不一定。即便是缺乏经验的人，也可以不丢面子地说出来。而且，听缺乏经验的人说这些，反而感觉到她更有色气。

在说和钱相关的话题时，她们可以将与欲望相关的部分巧妙地去掉。虽然外表浮夸的东京人在无心之中说这些话时会招来反感，但是大阪有自己的风土人情，如果通过语言表达，最稳妥的方式就是巧舌如簧、话里有话，所以听上去不低俗，也不会让对方生一点气。因此为了不让自己受损失，当然会发展出柔和的表现方式。

大阪人在偶尔遇到时打招呼，说的话却是“最近有什么方法发大财啊”。虽然人们为了人际关系常说这话，我心想男人之间确实会有这种场合，但是女人绝对不会这么说。她们会在内心里精细地打小算盘，无论何时都不会说得露骨。因此拒绝借钱、催人还债等等不利人际关系的事情，还有给人添麻烦的事情、贫穷的事情便可不用说话就告诉对方。

此外还有为了不损对方面子便讽刺对方只顾自己，表面上肯定其实是否定，只说前提，把结论藏着不说等等，这些简直是令人猜谜一般的话里有话，无论在哪里都能不失礼仪地、得体地保护自己，或者为了达到目的而攻击他人，这真是令人畏惧。而且若不是大阪人之间便无法通用，如果其中一人是东京人，那么谜题便太过委婉，会导致不同结果，或者上了不知道的圈套，导致双方不欢而散。我也是在之后才意识到这一点，为此没少感到心痛或生气。

无论何时，不能只靠口头来解决钱的问题，这是东京人在与大阪人交流时必须挂在心头的事情。比如送礼金的时候，必须装作推推搡搡、硬将礼金往对方怀里塞的样子，否则对方不会接受，他们可不是不想要。如此这般收下或是被收下礼金，在这里可谓是常识。（东京近来变得不成熟，甚至不包红包。但是在这里，不仅是礼金，就连女性之间付钱，哪怕只是一元纸币，也要取张和纸包起来再给。关系再好也不会直接将钱给对方。）若是东京人向大阪人借钱，可是对方一直不明确回答，东京人便会生气地回去。可是大阪人其实早已在聊天中暗示过是否会借钱。这种暗示在本地人中宛如明确的答案且互相通用，但是东京人已经习惯直白的表达，所以悟不到真意。

我认为东京人之所以认为大阪人狡猾，这一点可谓这场误会的一大理由。他们不是狡猾，这其实正是大阪人的礼仪。大阪人为了不让容易立刻吵起来的东京人生气，说话时尽可能显得不失礼，并拼命表达自己的态度。但是我想忠告大阪人，要尽可能地把话说明白些，否则对方会在不知不觉间蔑视或者厌恶你。即便不是金钱相关的事情，大阪的女性待人接物时一向温柔，不会让人丢面子，虽然这确实是她们的好意，但听上去只是客套的说辞。

东京人会因为一点小事便过意不去，而且害羞，所以花言巧语反而会让东京人不好意思，而且不会感到高兴。不仅如此，他们甚至会认为花言巧语的人性格卑劣。可是在大阪，我与这些女性相处，发现还是正直且善良的人居多。

幽默

“从东京出发，能感受到大城市气息的地方，只有大阪。”这是长野草风的说法。这或许会让人觉得京都人缺乏幽默感，但是大阪人却很懂滑稽。在这一点上，他们作为都市人，男女都有机灵和幽默的才能，丝毫不逊色于东京人。讲滑稽故事之类时，东京人的说法轻妙洒脱，或是靠讽刺取胜，但是大阪人与之相反，越是严肃认真的地方便越有不言自明的幽默感。在讲严肃的事情时，说白日梦般的胡话，这在东京人听来真是奇怪。我来到这里之后听喜剧电影的说明，才发现他们的话明明什么都不算，却无比好笑。但是为语言加上它本身具有的幽默感，会让幽默感更强，所以绝对不是只有江户小子才懂俏皮话。如果将中国地区[1]和四国一带的人与大阪人相比较，会发现差异甚是明显。

1 指位于本州岛西部的地区。

商人的城市

如果东京人想来上方买别墅，那么无论是谁，首先注目的一定是京都的嵯峨野一带。可是在那里居住便会发现，那里的气候和风土人情都不适于居住。忘了是什么时候，曾听左团次讲，已故的高田实曾经考虑搬去京都，在京都北面的衣笠村买了一块地，建了房子，可是只住了一个月便忍不住痛苦，最后逃回东京。京都在冬季寒冷彻骨，夏天热得令人畏惧，反而春秋季节气候宜人。虽然能够忍受气候，但若是东京人在此有了一幢宅子，便会因往来商人的习惯、与近邻的来往等等感到生气，连一个能够交心的朋友都遇不到。西园寺先生和清浦先生另当别论，普通人正是因此难以长住。也许幸田老师[1]就是因此才逃走的。

---

1 指幸田露伴（1867 — 1947），本名幸田成行，小说家，与尾崎红叶、坪内逍遥、森鸥外等人齐名。代表作有《五重塔》《命运》等。

我想起大正十二年大地震发生的时候，我在箱根的山里，前往东京的山路崩塌，所以我被困在那里。直到九月四日才坐上从沼津开往大阪的特快列车。我本想从神户坐船去横滨，却因为没有证明书而无法乘船，所以在京都、大阪和神户住了三四日。那时梅田、三宫和神户的车站，尽是迎接来自关东灾民的群众，他们在出口排成一列，看到我们便为我们递上慰问品，还在停车场前设置接待所之类的地方。梅田车站的盛况映入眼帘，但是令我惊讶的是，七条[1]车站前的广场居然平静得一如既往。我看到这光景，感觉真是奇怪。我从未如此生动地看到京都本地的特质。

那时有传言说，日本的首都要迁到关西，我在祇园的某家茶屋遇到的老板娘说："要是这样就会有好多名人来京都，但那和我可没关系。"这就是京都人的本心。明明自己生活的地方可以再度成为王都，应当为此感到高兴，可是不知道贵族和高官一起搬来这里之后自己会怎样，他们不来便不会带来麻烦，也就是说他们的想法是消极的安分守己。因此他们为了不被警察和报纸斥责、批判，比起去慰问地震灾民，不如退一步谨慎消

1 位于京都市东山区。

阪神电车梅田站

京都　1962

阪神电车心斋桥站

大阪　1962

费，只管减少外出，他们只在意这些事情。正是因此，京都的街道变得比平时更没有活力，而且因为害怕没有根据的流言，便早早地锁上大门，比起帮助他人不如先自己组织警卫，安静得宛如一摊余烬。不过当他们在阪神沿线的芦屋等地安闲地听留声机时，大阪人的救灾活动却如火如荼，气氛也更为明快。

我的职业似乎与京都相合，其实并非如此。只因为在这里没有任何工作往来，可以安心地待着，但是在大阪住着更自在。我虽没在城中住过，但若是空气再好些，住一住也无妨。虽然这里被视为充满欲望、有铜臭味的地方，但这里是商人的城市啊。商人本就应该充满欲望。他们和京都人不同，这一点十分明显，难道这还不够好吗？虽然来的时候因为这里与东京大不相同，有些不适应，但是渐渐习惯之后，发现这欲望中有值得自己珍爱的特质。比起东京那些面色苍白的知识分子，还是更活跃的、更男性化的、性格强势且开朗的感觉更好。

怀念的少年时代

应当是在两三年前，因为厌恶火车所以从未来过京阪地区的清方画伯[1]，有生以来第一次乘汽车沿着东海道来这里。我读画伯在那时写下的感想，得知他在路过名古屋的时候，出于好奇去看了看，认为那里的风情十分有趣。可是邀请他的人原本认为没必要带他去这种没有特色的地方，尽力不想让他看到，可是画伯偶然看到并十分感兴趣。我读到这一段，心想原来确实如此。引路人虽不想让东京人看到名古屋的街道，我虽不了解名古屋，但是走在关西大城市的路上，会不由得想起自己怀念的少年时代。

之所以这么说，是因为现在东京的平民区已经完全失去了往昔的样子，然而，我却意外地在京都和大阪

1 镝木清方（1878 — 1972），浮世绘画家、随笔家。画伯是对画坛巨匠的尊称。

的老街道上，看到与往昔相似的仓库和方正的家宅。东京附近的横滨也变样了，像样的都市一个也没有，所以可以说，能够让人回忆起日本旧日街道风景的地方也没了。但是，去看看京都的室町，大阪的谷町、高津、下寺町一片，令我不由得感叹，“啊，东京以前也是这样”，有种发现遗忘的故乡的感觉。

其实东京以前也有不少正面狭窄、内部深幽、小路贯穿整座家宅、宛如庭园的房子。我在茅场町居住的房子就是这样。到了夏天会将板凳搬去狭窄的路上，和附近的邻居聊天、下棋到天明。这里仍然保留着这种悠闲的气氛，大阪这样的大城市里也残存着。而且在繁华街道的小巷里，有些漂亮的小住宅鳞次栉比，拉开拉门便可看见放在起居间的长火盆，柱子和铺着地板的房间被擦得闪闪发亮，穿着罩衫的一家之主与兴致勃勃的妻子正要煮小火锅吃。

这种途中遇到的风景——以前的商家和工人都住在这种地方，如今在船场和岛内的中心地区仍能常常看到。关西虽然也在模仿东京建造巨大的楼宇，但是因为这种街道位于主干道附近，所以只要不被焚为一片平地，它的情景仍能继续保留下去吧。先斗町等地要求在发生火灾之后也不能重建，所以这道风景目前不会消失，这令我很高兴。

我长期住在关西，得知了上述这些各种各样的人际关系、风俗和习惯，之后还去观赏文乐的人偶演出，对至今以东京人的视角看到的事物，拥有了前所未有的印象。但是，人偶演出和现代大阪人之间的关系，与默阿弥剧[1]和当今东京人之间的关系不同。

对于当今的东京人来说，默阿弥剧中出现的旧幕府时代乃至明治初年的世间百态，早已过去一两个时代了，就像古典中的世界，但是大阪人看的人偶演出并非如此。他们在这些演出中，感受到与自己的生活环境和情感相近的事物，并且感同身受，流下同情的泪水，或者感到一股莫名的怀恋。至少四五十岁的大阪人看演出

1 默阿弥剧，指活跃于幕末至明治时代初期的剧作家河竹默阿弥的作品，以台词华美而著称。

文春歌舞伎《荒神山》中的一幕

1959

时，会回想起并沉浸在自己少年时代的幸福回忆中。而且在净琉璃中，不仅是《梅忠》和《纸治》这类风俗人情剧，它本就以大众为创作对象，在大场面的历史故事中，发掘民众喜闻乐见的题材和场景，并且注重表现他们的亲身感受，所以保守的上方至今仍有感动平民百姓的力量。

例如忠臣藏中勘平切腹的一出——在东京的歌舞伎表演中，我本十分厌恶这些内容，因为从场景里搭建的出入口挂帘另一侧，会走出一位脸像梅干一样皱的老太婆[1]，这令我感到有些肮脏且不适，但是无论什么历史题材的狂言，都会加入净琉璃作者的心境，我熟悉了大阪的人偶演出后才明白这正是作者的目的。这正是那里的乡村的真实写照。因此，如今如果去山崎一带，就可以看到与忠臣藏的故事发生时相比几乎没有变化的、草木丛生的农家，让人看到原来与市兵卫就住在这些破败的茅草房里，在这里遇到身姿和说话声都像茅草一般的老太婆和阿轻都不稀奇。《梅忠》里的新口村、《泽市》中的壶坂、《千本樱》中的寿司店的下市等等都住在过去的乡村里，可以看到长得像孙右卫门、泽市、权太与阿里的人们。

---

1 指后文中阿轻的母亲，即勘平的养母。

我此时才真正明白，这人偶剧才是真正的乡土艺术。而且，义太夫的演唱虽然平平无奇，但是那人偶的脸令人惊讶。盯着第一眼看上去有些恶心的脸看，会突然发现，这脸长得与我日常生活中相处的某位本地人相似。特别是老太婆的脸，非常像。《梅忠》中宛如稻草般的养母的脸，如今在市井中仍可以看到。还有孙右卫门和宗岸一样的老人家、八右卫门一样的商人、治兵卫一样的年轻丈夫，这些都可以在认识的人中找到对应。年轻女人的脸看上去做得平平无奇，其实却很有感觉。梅川和阿山这些艺伎和平民人家妻子自不必说，仔细看看若叶的侍女与八重垣公主这些官家妻子和公主的脸，会发现她们也长着大阪女性的脸。住在阪神沿线的时尚夫人小姐的面相里，其实都潜藏着这些。

虽然同是阿轻和勘平的故事,江户版的清元调[1]《旅途花婿》却与现在的生活相去甚远。从此看来，比起东京的歌舞伎，还是这里的人偶表演更深入民众。不仅如此，现在几乎只有东京上演歌舞伎，这里的人偶表演却不仅有文乐。在这里以淡路源之丞[2]为首，创办的各类演出场所发展到大阪向西和淡路、四国一带，深入当地的农民之中。

---

1 三味线音乐的一种，也是丰后节系净琉璃的一种，由初代清元延寿太夫（1777 — 1825）创立。

2 淡路源之丞（1896 — 1964），大正昭和时代的人偶表演师。

通过以上这些文章，我大致全部讲述了自己想说的内容，所以就写到这里吧。关于关西的食物，我以前不时在杂志中提起。而且如今大阪料理风靡东京，想必也没有重提的必要。而且不用说，这里气候温暖，少有火灾地震等天灾发生，更好一些。我以前在小学的课本中读到“我们大日本帝国气候温暖，风光明媚……”，但是我在东京时从未有这样的感觉，甚至感觉与之相反。我在来了这里之后才同意，那篇文章不是单纯夸赞国家的空谈。也就是说，与之相称的“日本”是哪里呢？正是从大阪到中国地区这些本州岛的西半部分。从地势上来说这里才是日本的中心，自古以来就已开化，是异国人也知道的地方，也许正是因此，这里自然而然地成了日本的代表。其实想一想可以明白，关西才是上国，关东是下国[1]。这里也被称为摄河泉国[2],向西走便会发现土地颜色越来越白，气候更加温润，而且鱼肉更甜美，景色更明快。

但是我在本文一开头就提过，我绝不是无条件地夸赞这里。无论如何，对于刚毕业的、要成为社会一员的人，还有已经功成名就、想要隐居的人来说无所谓，可是这里不是适合教育子女的地方。女孩无所谓，如果想让男孩在未来成为大人物，就必须去东京。虽然东京目前与我学生时代的氛围已经不一样了，但是这里的学生缺乏气概和冒险精神，就像商店的总管一样仔细。他们大都有继承自父母的家业，而且这里的气候宜人，食物又便宜又甜，因此变得容易满足于小小的成就，没有人心怀凌云壮志。大阪与中国地区附近富足的小城市相比还可以，因为那些地方的许多年轻人没有判断力，且满口思想闭塞的观点，没有大局观。被老天眷顾，实在是有好也有坏。

---

1 日本实行律令制时，将令制国按照政治、经济、土地面积和人口划分为四类，分别是大国、上国、中国、下国。

2 指摄津（今属大阪府与兵库县）、河内（今属大阪府）与和泉（今大阪府南部）三国。

论所谓痴呆的艺术

义太夫 一

我记得，菊五郎在京都举办演员发表会[1]，应该是从去年十二月就开始了。有一晚，热爱戏剧的人们拥着菊五郎夫妇以及三津五郎和山城少掾等几位演员在某处相会。当时我恰好坐在山城少掾的旁边，他悄悄对我说，他与辰野隆[2]先生不熟，但辰野隆最近对义太夫调[3]骂得有些狠了，是不是可以劳烦我写几句话反驳他之类。那时我看了一眼他的脸，他的脸上尽是难以抑制的愤怒。那时菊五郎也刚被辰野批评过，在场一时尽是议论辰野隆的流言蜚语。我正搜刮肚肠，想着该怎么为这老友辩

---

1 即“颜见世”，歌舞伎剧场一年一度的盛事，目的是让观众见到下一年度在剧场出演的演员阵容。

2 辰野隆（1888 — 1964），法国文学研究者、随笔家。他与谷崎润一郎自中学时代起即是友人。

3 净琉璃的一种，创立于江户时代前期。

护，山城却说他本人受些批评实在是不值一提的事，但年轻的义太夫演员们却为此义愤填膺。特别是这些年轻后生正立志靠义太夫技艺安身立命，却凭空受此批评，恐怕对于精进艺术之道的志向有不小的影响，他们难得的奋斗之心会陷入迷惘，热情也会消失，这与义太夫表演整体的兴衰息息相关。

我听到这里，切身体会到山城的愤慨，可让我为其执笔反驳辰野却不太方便。于是我提议可否以我为见证人，让山城和辰野当面辩论。我又说，他住在东京，来此地不易，但如有报纸杂志请他来参加座谈会便可以邀约云云。我还补充说，辰野天生好批评，我知道其人爱好无事生非，并没往心里去。我刚才说给他辩论的场子，或许对方一时兴起来参加，说不定会因较真而大发雷霆。如此看来还是装作没听见才更是贤明。于是此事一时罢谈。

不过就此事而言，我内心其实是觉得，山城不仅是净琉璃界的大师，而且对义太夫戏曲文学造诣极深，是演员中难得的博学大家。然而即使是如此巨匠，他看到辰野的文章仍然会发怒。这样看来，演员还是应该不在乎俗世的批评，无论他们说什么都以超然的态度对待，沉迷于钻研从古至今的艺术之道更好些。也许有人会说，这是落后于时代的艺人的劣根性，但这么说来，义太夫本就是落后的戏曲形式，它与现在的新式演剧和电影不同，只有在封建社会的藩篱中发展，才是它该有的状态。

《假名手本忠臣藏》七段目（『义太夫狂言』三大名作之一，亦是人形净琉璃及歌舞伎的剧目之一）20 世纪 40 年代末或 50 年代初
九代目市川海老藏 饰 大星由良之助

《寺子屋》1932
初代中村吉右卫门 饰 松王丸

歌舞伎演出《菅原传授手习鉴》(“义太夫狂言”三大名作之一，亦是人形净琉璃及歌舞伎的剧目之一）1931

七代目松本幸四郎 饰 藤原时平

歌舞伎演出《菅原传授手习鉴》1930

六代目尾上菊五郎 饰 梅王丸

义太夫 二

山城和三宅周太郎这些人将我视为文乐的赞美者，因此我不可能不理解义太夫吧！他们大概是这么想的，但我却要为自己辩驳几句。

在这一点上，我认为我没有资格替代山城去反驳辰野。（我之所以热爱文乐，是因为我喜欢弥漫在人形净琉璃的人偶世界中的传说要素，这一点他日再谈）说得更直白一些，我非常钦佩山城对义太夫戏曲的贡献，但对于义太夫这种表现形式本身，恐怕更倾向于辰野的观点。我虽然还没读过辰野又说了些什么坏话，但是能猜到七八分。

正宗白鸟曾说过，歌舞伎就是痴呆的艺术。想来辰野如果说了什么坏话，也是不出此类的。但是义太夫才是痴呆艺术的本源，大致就是这类坏话吧。

俗话说“三岁看老”，说来辰野从年少时便开始讨厌义太夫。那还是我和辰野一同在东京府立一中读书的时候，大约是明治三十年左右。在那个时代，山手地区[1]的家庭和老城区的风气明显不同，山手地区的家庭看不起歌舞伎、净琉璃等民间艺术，认为对子女教育有负面影响，对此不闻不见。所以辰野这种山手地区出身的孩子，当然看不上义太夫乃至所有江户时代艺术。不过他却是十分爱好西洋音乐，哪怕只是听低档次的乐队演出，只要是西洋音乐，他都会听得“心潮澎湃、心血沸腾”。

在那个年代，大众何曾知道什么是西洋音乐，山手家庭之中，有钢琴的家庭都是凤毛麟角，但辰野从那个时候开始就醉心于洋乐了。去年秋天，他突然造访我在南禅寺的宅子潺湲亭，并过了一夜。晚上酒过三巡，有些醉意的他和我妻子竟讨论起贝多芬的《第五交响曲》，谈到兴起，竟然手舞足蹈地边指挥边哼唱起来了。

我于此时，竟然又看到了四十多年以前的他：当年我们学生之间也分老城派和山手派，但是我们老城区学生压根不懂洋乐，而辰野却是上流社区出身，对净琉璃义太夫一窍不通。

1 指与平民区相对的、地势较高的地区，被视为高级住宅区。

当时我对辰野说自己能唱些段子，便轻声吟唱了段“太十”[1]，想来他知道的也就是那一段。我自己也没好到哪里去，别说听西洋音乐了，只不过是通过森鸥外[2]的《埋木》这种文学书的描写再展开想象。我在上中学时听说过《流浪者之歌》（*Zigeunerweisen*），但是实际听到这首曲子却要等到十几年后的大正年间，著名小提琴家津巴利斯特和埃尔曼来日本演出的时候了。

1 指《绘本太功记》第十场“尼崎”。

2 森鸥外（1862—1922），本名森林太郎，明治大正时期的小说家、评论家，原为日本陆军军医。代表作有《舞姬》《青年》等。

三味线

不久之前，在京都大学“罗曼·罗兰读书会”上，原智惠子小姐演奏了几首这位文人所喜爱的钢琴曲。我因此也被介绍与智惠子小姐认识，一同在她下榻的京都柊屋旅馆的二楼房中畅谈一二。那时我曾问她，是否也听日本音乐，她说她喜听义太夫中的三味线表演，所以有时也去看文乐，这个回答多少令我有些意外。智惠子说她喜欢已故鹤屋道八的三味线表演，所以当道八还在世时常去看他的表演。那么长调呢？我如此问她，但她似乎不甚喜欢。想来，受到西洋音乐训练的人，或许比起长调那种纤弱的声音，更喜欢义太夫那种铿锵有力的感觉吧。至于为何喜欢道八的三味线，是因其曲调，还是因其力度，这个问题我始终未能问出。

但是智惠子小姐童年时代在巴黎度过十年，她是一直在法国家庭受到西洋教育的人，但仍然会被粗杆三味线的声音所吸引，这可能是日本人的血液里流淌着的某种东西所使然的吧。更不用说，像我这种明治中期生长于东京日本桥和京桥这种老城区的人，一听到那种曲调——用不着道八那样的名人，只要随便一个流浪三味线演奏者来弹奏——就能让人不由得神志恍惚起来。这或许是因为其中有着一种超越理性的、令人无法抗拒的乡愁。但是，这种恍惚并不能让人感觉愉悦，反而如同看了一场社戏以后，突然心头一紧，流下几滴泪，赶忙躲到没人的地方擦眼泪，类似这种说不清道不明的不快感。甚至会有那么两三分钟，你竟然会因自己对这种廉价的感情产生共鸣而生气。

从一个受近代教育的成年人的、理性的角度看来，这种艺术形式无异于在给痴呆演戏，而那种说不清道不明的不快感——虽然对这种艺术有着共感，理性却对自己说不，甚至于嘲讽和批判起自己那廉价的感情来。即使是巨匠如山城来演也是一样——虽然自己没有抑制感情，但越是对表演有共感，反之对这种廉价共感的批评也就越强烈。老人如我，对这种表演还有一种类似乡愁的同情；至于如今的青年，乡愁这种东西极为淡薄。他们如何看这种艺术形式，就可想而知了。

『义太夫型脸』

京都有个主要鉴赏日本古典音乐的“断弦会”，它经常主办“山城少掾演奏会”，每次举办都会给我寄来邀请函。我记得去年冬天最冷的一天，我恰好出席这个演奏会，会场正在四条的东洞院附近，我从前听说过，这曾是个料亭，现在只是个出租场地。等去了一看，他们把二楼的两间大房间打通，聚了一些观众——对了，那还是山城叫古韧太夫的时代，所以也有一些人会叫作“古韧太夫演奏会”——我被那一代织太夫介绍给了山城，起初在文乐的舞台上与他相见，感觉他的侧脸颇有些像已故的吉田樗阴。但战后再在舞台相见，却是胖得令人看不出一点相似了。

当天十分不巧，南座有一场京舞表演会，客人似乎都被那里吸引，所以即使是周末休息，客座还是只有六分满。我抬眼四望，只见客席上裹着大衣和和服厚外套瑟瑟发抖的客人中，一个年轻人也没有。如果是长调、舞蹈和能剧之类，说不定还有一两个衣着光鲜的年轻人光顾，可是四顾当下，大部分都是五十朝上、脸皮黝黑且服装拘谨的人们，比起西服，穿和服的人更多。可是比起这个现象，我在这些观众的脸上，却看到了日常在街上和工作中看不到的一种阴沉的面色。

我在关东大地震后久居关西，想来早已看厌了京都、大阪的人相，去热闹地方赴宴更是不在话下，可今天却感觉像到了外国，置身于自己所不熟悉的人群中。我又看了看，觉得这些人脸可不属于我日常所见的京都人相，而是来自比大阪更远的地方，例如大阪以西、兵库乃至播州，我甚至从这些人的面相里看出了道八先生一般的厚重顽固。我于是不假思索地断定，这种人相如果有个名字，可以叫“义太夫型脸”。

不难想象，这些人私下必然是净琉璃的狂热爱好者，闲暇时间必然会自己组织起来弹唱一番。不过，以前摄津少掾经过努力，确实也达到了山城一类水平，自此有了他自己的风格。他的脸自那时便有一副春风得意之相，而那些远不如他的义太夫粉丝们，说得不留情面些，其脸上明显露着一副“无脑”的脸色。

这些人有着与时代错位的激情，还有浓重黏厚的脂肪般的执着，我看就沉淀在他们的皮肤下，层层堆积在

歌舞伎演出《假名手本忠臣藏》九段目　1926

十一代目片冈仁左卫门 饰 加古川本藏

名取春仙（1886—1960） 绘

他们的颧骨、下巴，以及他们那粗重的脖子周围。（说句多余的话，东京的江户净琉璃艺人，如清元太夫那些人，都有一张像极了卖佐餐菜肴的小哥的脸。）我并非讨厌这种脸型，其实它的背后蕴藏着因精进艺术而生的大胆自信，但一时看到这么多同样的脸聚在一起，又想到自己就被这样的脸型团团包围，我觉得自己仿佛是不慎踏足敌国的士兵一般，真有视死如归的感觉。想到这里，我又觉得这种义太夫集团的世界，仿佛并非我所在的世界，自己无法涉足他们的领域，看来自己和这样的世界无缘。想到这里，不禁浑身打了个冷战。

义太夫曲目

听一些精于义太夫的观众讲，文乐不是用来看的，而是用来听的，我觉得事实恰恰相反。人们观赏文乐，主要因为人偶可以给人演出一个世界；如果只是听义太夫，那即使是山城这般的高人来演出，观众兴许都要对剧目挑挑拣拣，只听自己中意的剧情吧。

其实在战争时期，我也听了好几次义太夫。战争打了五年，我蜗居热海执笔共有三年，其间倦于提笔的时候，便打开 RCA 牌留声机排遣时光。我的唱片大多留在阪神的家中未曾带来，带在身边的只有那些为怀念关西生活所买来的日本琴曲和地方民歌一类，其余还有几张义太夫调的唱片。唱片一少，自然是翻来覆去地听，当时听得多的，还要数山城（当时还是古韧太夫）和鹤泽清六的《合邦》[1]了。这张唱片是《合邦》剧中最全

1 指净琉璃曲《摄州合邦辻》。

的，其中我最喜欢的是第四章的B面，到了“合掌拜过母亲后，母亲不知何所言……”一段，之后的部分却是只放了一两遍，终究是听不下去。不过，这样只听片段却有其好处，我尤其中意“梦中难忘俊德公，思恋之情缠心头”一段中三味线的弹奏，这一段我不知翻来覆去听了多少次。

据三宅周太郎说，《合邦》这一出戏中虽然矛盾不少，极其不合理，但是其中义太夫节的表演却有难以割舍的有趣之处，估计他所说的正是我所听到的那种趣味吧。

总之在听唱片时，清六的三味线发出富有张力的“噌”的一声，虽是让人听得喘不过气，却也让人觉得三味线更能够表现出当时场面的阴冷氛围。这里的三味线是谁谱曲的，抑或能够演出这种效果的义太夫演奏者不在少数，不足为奇。不过在我这个外行人听来，这段三味线的确很好地表现了当时玉手御前[1]混杂了艳与怪的一种奇异的媚态，甚至让我感叹，古人竟能作出这种体现魔性美的曲调。

此外，有代表性的义太夫还有道八和大隅太夫的

1《摄州合邦辻》的主人公。

“逆橹”[1]，这一段三味线也能让我听得津津有味。或许因为有道八那样的名家弹奏，我能在这段曲子里听出海面的波光、水势的席卷、穿行水上的船队、拼命摇橹的船夫等等，如此的景象宛如就在眼前。我因此得知义太夫不仅可以表现魔性的美，也可表现豪爽的美，比起长调和清元那一类，其表现的宽度和广度要更胜一筹。（不幸的是，在我从热海往津山疏散途中，这份唱片不慎丢失，战后我曾广泛搜寻，却一直未能获得。）

我只有数张义太夫唱片，却听到了不少名曲，不难想象义太夫曲目数量众多，不难想象其中还有许多打动人心的片段尚待发掘。

1 指净琉璃曲《平假名盛衰记》第三场。

《假名手本忠臣藏》大序　1860

歌川国贞(1786—1865)　绘

假名手本忠臣蔵
十二段つゞき
大序
豊国画

荒诞的剧情 一

就剧目整体而言，只要是听过的人，估计都无法否认《合邦》是一出荒诞戏。在这种痴呆的艺术中，这部剧又显得最为典型。我在此试着指出几处不合理。本来应当先讨论这出净琉璃作为戏曲的整体结构，但是我不是这方面的专家，也没有必要花时间忍受荒唐的戏曲内容，将其通读一遍。只要读《合邦》中的一段，我读到后半部分便气得想先把书合上，可以想象其内容有多么荒诞不经。

此净琉璃作于安永二年（1773年）二月，据说由菅专助和若竹笛躬二人合著。至于二人经历、写作动机、师承何方，我们这些行外人是完全无须了解的。这部作品改编自谣曲《弱法师》，但是谣曲本身的高雅、幽玄和优美感，却在净琉璃中无迹可寻。同样是佛教主题，谣曲以冥想修身为重，净琉璃却单是反反复复地念佛。这种矛盾随处可见，让人不由得想，《弱法师》这单纯、自然且朴素的故事，怎么被改编成这种杂乱不自然的晦涩玩意儿？更加令人感到不可思议的是，净琉璃最终将玉手御前描写为“无论在大唐还是在天竺都找不出第二人的贞女”，即使她爱上自己的干儿子俊德丸，送毒酒给他让他患上麻风病，最后都被总结为是救俊德丸的性命的一时冲动，尽是些不合道理的话。

当然，我不认为古代的净琉璃作者有着明确的恶魔主义倾向，但据我的推测，作者在写作玉手御前的戏份时，对恶魔主义有些兴趣，前半部分中玉手的言行举止如果都不合道理，那这个人物身上展现出的那一点点恶魔主义的光芒便全部归于乌有，这些台词瞬间就变成了无意义、奇怪至极且令人厌恶的空话。

也许有人认为，这是限于当时的社会道德，不得不在最后把主角描写为圣人君子。若是这样，那么后半部分的转折也显得太过生硬。如果最终还是要把她描写成剧本开头的圣女贤者，那前半部分她用尽心机、惨淡经营，不惜使出毒计也要保住主家安泰，也就是说她虽身为世上少有的贞女，但这事实在后半部分只不过是为了强调这一点而埋下的伏笔（听菊五郎说，在剧本最后，玉手虽仍然是贞女，但有解释认为她对俊德丸仍有几分爱慕。但菊五郎本人和已故梅玉表演的玉手御前却没有遵循这个本子的解释），虽然想想就会觉得匪夷所思，但读者如果知道，这个时代的净琉璃常常采用这种类型的悬疑手法，在前半部分把观众的胃口吊住，在后半部分让他们感到安心，他们总被困在这种构造中，那么可能会明白，作者在各种因素间团团打转，导致最后写出了这种剧情不自然的作品，我不知这么看是否正确。

唉，关于这一点暂且不谈，这部剧本最根本的矛盾之处在于，假设玉手真是一个贤妻良母，在前半部分中，她的行为全都是苦肉计的话，那她的演技需要好得不自然，必须有演员般高超的演技才行。

话说回来，玉手御前的目的，也即是在不伤到治郎丸的情况下保全俊德丸的生命，可是问题在于，难道没有其他更合适的方法吗？或者暂且不提这一点，如果玉手为了靠耍花招实现目的，就需要表演邪恶的恋情戏码，然后让家中所有与事情相关的人信以为真，她有必要努力拥有如此特殊的技能。例如，有一场戏讲玉手为了让俊德丸以为自己被父亲斩杀，因此故意挑拨正直的父亲，让他认为自己是罪大恶极之人，使他一时亢奋，出手杀人。演技如此的贤妻良母，可以说千人中也难有一个。

荒诞的剧情 二

在本剧里，这样的情况并非只发生在玉手一人身上。例如寿司店的权太、寺小屋的松王或者阵屋的熊谷，下至流氓无赖，上至忠臣乃至历史有名的良将，如果他们不是有演员一般演技的人，那么剧情就无法成立。甚至盛纲阵屋的小四郎这样的少年也需要有演技，我认为这是义太夫剧中最为不合理之处，不该歪曲到无视人性的地步。

我们可以原谅德川时代的观众被这种构造欺骗，且掉下同情的眼泪，但作为现代人的我们（这也包括我自己），若是有一瞬间被这种叙事感动，我会感到不可思议。虽说为了忠义欺骗世间，说些无心或有心的谎言，这本身并非不合理，但是义太夫的这种欺骗方法未免太过戏剧化、太过周全。玉手御前就是其中的一个极端例子，其他的例子更加不胜枚举。

首先，为什么要让无辜的俊德丸和浅香姬经历如此苦难和耻辱，甚至于要玷污一门的名誉，让自己那信佛的父亲犯下杀子之罪，并感叹“和尚岂能如是”，就真的可以保得全家安泰吗？或者说她破坏了这么多人的人生，到头来却是正负相抵了吗？

玉手被父亲质疑“女儿啊，如果你决心如此，为何追随俊德丸离家出走”时，她却回答：“父亲所言极是，但无论他前往何处，若是不受您的照顾，麻风病便不得痊愈。”且不论这段解释的牵强之处，最终我们知道，为了让俊德丸痊愈，她必须找到俊德丸，在与他同室的情况下被人斩杀，然后让他喝下自己肝脏的血液才能治病。先不说这个条件本身多么荒唐，首先，为了达成这个条件，就必须有众多不合理的巧遇发生，且这个条件凶险非常，不得不说这种不合理已经到达了令人看着就感到气愤的地步了。

也许作者也在意这点，于是让角色说“这是用鲍壳盛装的毒酒，可以引发麻风病，但是其间有隔断，所以我喝的是普通酒”等等故意公开秘密的台词；还说“杀害继承者俊德大人的手段，尽是在考虑时被别人听了去，求佛祖帮帮我”，说明不仅是谋划，又特意让父亲质问玉手“如已知治郎丸的恶事，为何不告知丈夫，此段是否全为花言巧语，父亲断为不信”，并让玉手回答

“父亲大人，您误会了，之所以没有告诉夫君，是因为左卫门大人道理清明，若是发怒便会让治郎丸大人切腹，但治郎丸大人和俊德大人对我而言都是儿子”，使出各种解数让观众理解，但是解释越多，刻意就越是显露出来，其实称不上巧妙。

过去的西洋戏曲，特别是莎士比亚的剧作，虽然故事简单，却不会有如此恶劣、执拗且令人感到不快的内容。不，其实日本的净琉璃中，例如巢林子[1]的作品便更简单且自然，但世上有不少不像巢林子这般有才能的、二流三流剧作家，因此创作出堕落到如此令人厌烦的作品。无论是义太夫道还是歌舞伎，他们几乎不出演巢林子的作品，反而用末流作者那充斥着痴呆愚众手法的作品迎合观众的口味，却博得一世兴隆，这到底是为什么呢？为何德川时代的日本观众，不去思考真正艺术大家作品的价值，却埋首于这种没有价值、令人厌恶的二流作品呢？这个问题很值得我们思考。

1 指近松门左卫门。

荒诞的剧情 三

《菅原传授手习鉴》

歌川国安（1794—1832） 绘

前段时间，我听说一个驻扎在日本的美军军官看了一出歌舞伎，里面有切腹的剧情，角色用刀切腹以后还能说出那么长的台词，他感到十分不合理。话说我们小时候，被父母第一次带着去看旧剧的时候，也有着类似异样的感想。但是，我们之后在各位明治以来的名演员的名演技熏陶下，渐渐认为歌舞伎就是这样的，对其感到惊讶的神经早已被麻痹。像我们现在看六代目勘平等人的演技，必然不会感到惊讶，反而会被精湛的演技感动。可是一旦外国人指出不合理之处，我不仅会感到他们的质疑有理，更为外国人如何看待对不合理熟视无睹的日本人感到羞耻。

说来，江户时期的其他净琉璃本子里都没有流血杀头，偏偏是义太夫里总是打打杀杀、残酷至极，有种仿佛不流血便不算作品的喜好，这又是怎么回事呢？义太夫在大阪得到发展的理由又是什么呢？

当然，文学作品里的残酷场面并非没有美感，描写它并无不可，但是义太夫这个形式与过去的戏曲不同，它偏离原本的故事发展，将血腥场面描写得超出必要的限度。例如有些台词明明可以让角色在切腹前说，可是它偏偏让人物在肚子上插着一把刀的时候，用痛苦的声音边呻吟边说台词。一般认为，这是在强调一种战胜肉体痛苦的精神力——也就是一种武士道的精神——义太夫节正是以此要求为原点将技巧发展至今，到了现在，反而是为了充分发挥这种技巧，所以故意插入不必要的长对话和残酷场景吧。

在《合邦》一剧中，虽不是切腹，却让玉手在被父亲斩杀时才叙述大段自白，虽然可以从这里看出作者的心血，但是用这种“寅年寅月寅时寅刻生女，取其肝血，呈于毒杯，让病人饮下”迷信的解决方法，可以看出作者已经无话可写，这称不上是好方法。

记得《朝颜日记》里的深雪也是用迷信方法来恢复视力的，想来，义太夫的作者为什么喜欢用这种荒诞无稽的迷信，也只是因为他们可以把剧本拖长而已。但是，这种假设未免也太野蛮、太愚昧、太令人不快了。即使当时医术不发达，也不能相信迷信可以给人治病；而且忠臣、孝子、贞妇为了这种迷信而轻率地舍弃自己的生命，我认为它实在不现实。

所以，歌舞伎和净琉璃中，作者不仅把实际上不可能出现的奇迹大量呈现在观众面前，剧作中角色也并不以这种奇迹为怪异。“喝下某时生的人的鲜血就能治病”，这种假定的事实本就荒诞不经，可见，不仅是为其喜怒哀乐的剧中角色看上去愚蠢，就连努力理解剧情的观众都被当成傻子。

荒诞的剧情 四

让亲生父亲把自己的肚子切开，然后说上长长一段真相来让父亲感激涕零，故事迎来反转——和玉手御前异曲同工的还有《义经千本樱》里的寿司店权太，他的故事更加荒谬。

权太先对父亲说“梶原这么聪明的武士”，又贬低平维盛说“弥助这种黄口小儿，何须多虑”，说着说着就把假头颅交给梶原，又把御台的替身交了出去，彻头彻尾地愚弄了梶原，不得不说十分讽刺。不过这一出戏里面反转实在太多，最终发现，梶原不仅一开始就看穿了弥助就是平维盛假扮，被绑的母子乃是权太的妻儿，更看穿了原是个不孝子、无赖汉的权太，已经脱胎换骨成了忠义之士等等所有真相。

不仅如此，他假装受骗、实际放人，也成就了一段佳话。最终观众更是发现，原来梶原就是受源赖朝密命，为让平维盛平安出家、保全性命，故意演出一段故事的。到头来，源赖朝、梶原、弥左卫门和权太都有同样的目的。那这样一来，弥左卫门和权太又何必去冒生命危险，实在是令人无话可说。权太受伤以后得知真相，说“我以浅薄欺梶原，原来皆已知晓，我虽骗他到了这种地步，可是我不知这是我险些丢掉性命的根源”，这一段真正显示了剧情的不合理。

在这部戏里，梶原平三景时此人仿佛有天眼神通，他把源赖朝的阵羽织故意赏赐给权太，因为他知道权太会把这阵羽织送给平维盛，而平维盛将学晋人豫让击毁仇人衣服，抽刀要砍时会察觉阵羽织背后有夹层，便抽刀挑开，于是看到写下的密信，并收下其中藏着的袈裟和念珠扮作和尚——这一切的剧情都在他的掌控之中进行。如此有大智慧的人，难道不能让权太和弥左卫门不演这一出拙劣的戏，也能放平维盛平安过关吗？剧中这样的解决方法，与其说是护送平维盛，还不如说在测试权太和弥左卫门的本性和忠义呢。即使如此，他也还是把本不该死的权太的儿子杀死，流了本不该流的血，瞬间成了一个愚人，让这场戏剧完全成为了无意义的荒诞剧。

顺便一提，如梶原这样拥有天眼神通的人物，在义太夫里并不罕见，例如《太功记》里的光秀和久吉，就在“尼崎”一场里预言了未来将与山崎决战；斋藤实盛又在“棉襍马”[1]一场里准确预言了自己的死法——在北国的战场上，被自己的对手手冢太郎缠斗，终于年老力衰而死，死后一头黑发被池水泡出白发，原来是故意染黑，好上战场寻死——几乎是精确的预言。

1 出自《源平布引泷》，于1749年初次上演。原作者是并木千柳与三好松洛。

荒诞的剧情

五

或许对于义太夫，我说得有些过分了。但是这类滑稽的不自然之处，充斥在旧时代剧和净琉璃之中，以上只不过是我发掘出来的二三例罢了。

不过若是问观众对以上例子有何看法，恐怕他们都有察觉，虽然并不能算什么新发现，但是人们大致是把它们当作剧中无可奈何的妥协，或者认为事到如今，去追究也没什么意义。我以为，正是这种情感使得人们越来越漠视这种剧作中的不合理情节，所以我故意旧事重提。诚然，剧作众多，其中必定有合乎情理、摒弃矫饰情节的作品。例如写当世世间百态的剧作中，人物就倾向合理；但越是历史剧，其不合理程度就越高。不过，义太夫就是靠这历史剧发扬光大的。

当然，文乐里也有类似《三胜半七》和《梅川忠兵卫》这种剧目，但是地位高的义太夫调演员却看不起它们。地位高的义太夫调演员讲英雄豪杰、忠臣孝子的故事，其中必然有切腹和斩下孩子头颅的情节，充斥着悬疑反转，这才是所谓的大型时代剧，当中自然充斥着前面提到的情节：濒死的重伤者忍耐身体痛苦，忠义武者与贞洁烈妇讲述丧子之痛，大忠之士却佯作狂愚、欺骗世人。他们把这样一种平日无法见到的、不可能的场景演得栩栩如生——这虽然是义太夫独有的演出技巧，但要把这种义太夫独有的技巧发挥到极致，还得是一流的义太夫演员才行。

也就是说，在义太夫里，演员的职责是，把这种日常中不会发生的光景，讲得逼真如实、栩栩动听，使得听众可以忘却其不合理性，而集中注意于情节的发展之上。这也就是义太夫演员们和其忠实听众们，重视情节荒诞不经的时代剧，而反以情节合理的世话剧为其次的理由了吧。

实际上，如山城少掾这样的义太夫巨匠，已可称得上是拥有神技了。如《合邦》中一段的开头部分，“夜路深深……”只不过是一句如此平凡的台词，但若是从山城少掾的口中念出，便可让听众生发出同样的情感，仿佛已经置身于这深深夜路之中。但是，这种名人的境地，乃是长年累月的积累所致，可以说是穷尽一生才能得到的演技。这是百里甚至千里挑一的结果，那些落伍的演员们的表演，却可以说反而放大了义太夫本身的缺陷，常常令人不愿意听下去。

虽然，各种艺术形式里，都存在着表演者参差不齐的现象，但是如义太夫这般起伏激烈的艺术品种，也是实属罕见。在义太夫里，顶尖的一两位表演者可以说是把戏剧本身搬到了观众之中，而其余的表演者，却是以他们夸张的表情、做作的动作，给人们带来了一台只是充满汗水、怒骂和嚎哭的闹剧，除了低劣不做他评了。

诚然，我们对精于此道的名人们、对他们流血流汗的努力钻研、对他们苦心经营的种种美谈当然要表示极大的敬意，但与此同时我们不能不想到，如果需要如此扭曲地展现一场不合理的舞台剧，那么这些名人们如果到了不用压抑本性的、其他表演艺术的世界，他们那不屈不挠的钻研精神和对于艺术的天分，是不是可以更好更快地开花结果呢？

虽说如今确实已经衰落，但义太夫这种要求演员苦修数十年、还不能保证演员出师以后必然开花结果的表演形式，过去曾经在日本的各个角落落地扎根、压倒其他戏曲且风靡一时，其中应该包含着一些迎合日本人性格的特质。特别令我感到不快的是，战时那除了不当打压各种表演艺术以外一无所能的军部政府，却对义太夫时代剧和包括人形净琉璃的一部分歌舞伎格外开恩，将它们捧作国粹艺术，并加以奖励。当时的国民大众，竟也乐得搭上这顺风车，大兴宣传造势，仿佛相信文乐座可以问鼎世界演剧大舞台。起初我内心对此深觉苦闷，但之后却感到其中不乏滑稽可笑之处。

义太夫剧中充斥着反智的特性，有着种种矛盾不合理的情节，以及为了补救这些不合理而生造的种种情节，如排泄一般草菅人命，或切腹或斩人，这种轻视人的生命与非人道的残忍性充斥其间，如果我们把它视作武士道的一种体现，那这种剧目不正是体现了提倡它的军部政府的种种特征吗？

在那个时代，我一方面听着社会上要求尊重科学精神，日本人的短处正是缺乏科学精神等的宣传，一方面却看着义太夫这种与科学精神背道而驰的表演形式流行在大街小巷，当时感到十分诧异。后来我才发现，所谓提倡科学精神不过是句空话，军部政府最终还是偏向义太夫。无论如何，战前已渐渐式微的义太夫和人形净琉璃现在渐渐挽回颓势，这完全归功于战时政府的推广，如今虽然又再次衰退，不得不说还有几分余威。先不说是真是假，在我看来，我至今一听到义太夫剧，还是会想起过去军部政府的野蛮性质，想起战时国民的种种愚行，想到这里，我就不由得讨厌它了。

在我看来，辰野隆对义太夫和文乐的看法，未必就是全面否定，而是认为不该将其拔得过高，作为国家艺术在国际上推广。如果他的看法如此，那我肯定选择赞同他。

由此我想到，从前我有篇随笔《初昔》，里面提到我在文乐座看到中将姬受雪刑的场景，写的是：

由此看来，即使是人偶剧，在这种残酷场景里，反要比真人出演更显其残酷，更令人不忍卒睹。这一点我想，熟悉文乐座的人都无法否认吧。……特别是杀害年轻女性和盲人座头的时候更是残酷，中将姬的人偶被拖到雪中，不仅角色形象头发散乱、四肢扭动，演员更是配合着发出笛声一般尖锐的喘息，响彻场内，之后又变成喉结发出的咕噜咕噜之声，好似一种呜咽，却是正要气绝一般。

我那时只顾着注意在我前面两三排的西洋客人如何吃惊，频频朝他那里探去……

又有：

不知他人做何感想，但若是我，此时有西洋人同去看剧，便顿觉少了很多兴趣。……当我去歌舞伎座，看六代目演出《合邦》一剧时，坐到位置上却发现隔壁有个西洋人，便想今日的兴致定要打折了。因为这剧最后，玉手御前要被斩杀，而俊德丸要饮下其肝脏的血液，还得煞有其事地说一段寅年寅月寅日的封建迷信，真不知外国人是怎么看这样残忍血腥的艺术表演。想到这里，虽然演剧还未开始，我却心神不宁，真希望他们在开幕前就走人。为此打扰一些我看戏的气氛，实在是在我预测之中的……

我看，只要是现代日本的知识分子，应当都可以理解我的心境。我在这种场合之中，不由得在外国人面前产生自卑的情感，这不仅仅由于上演的戏剧本身充斥着荒诞无稽的情节，更是觉得外国人必定会鄙视这些将此类剧目封为国粹、大肆赞扬的看客们。说得严重些，外国人以后必定以为日本这个民族的人脑子不好。我认为，外国人要是认为日本的艺术形式都是如此残忍、野蛮且排斥理性的东西，那么他们看待日本人的国民性时必然持有相同的态度。想到这里我就感到生气。

其实，历数我国文学作品，不难发现除了义太夫这种形式以外，其余的文学形式哪容得下这样的愚昧残暴？不要说平安朝以后的物语文学，就是提到义太夫文学的始祖——谣曲，其内容也是朴素、幽玄和美丽的，它将故事范围限定在一个幻想中的世界里，其中绝对找不到义太夫文学那样愚蠢蒙昧的内容。

其实，在观赏能剧时，我才真正对先人感到由衷的钦佩——他们竟然完成了这样一种包摄了形式美的舞台艺术。生为日本人可以欣赏这种艺术简直是一种褒扬。但是，尽管先人们留下了这样宝贵的遗产，德川时代的作家们怎么还创作出了那样的戏曲呢？至少从纯文学的角度上来看，除了近松门左卫门之类的作品以外，义太夫文学都难以被称为我国一流的文学作品。但是，当它恰巧与名人巨匠的表演相结合时，人们就会一时为其光怪陆离的世界观所迷惑。而这些文学中所描述的残忍，恰恰是与我国武士道所不相容的东西。

在历史上，我们或许能够找到那些为了主君去牺牲自我和家人的武士，但是做到如同义太夫文学里的寺子屋、熊谷阵屋和寿司店权太这样，为求仁义做假头颅、抵押自我的人物，不仅在保元平治年间的军记物语[1]中没有，当时政府也不奖励这种行为。

说到寺子屋源藏，他被庄屋叫去要他提菅秀才的头来复命，他悄然回家，见田野间儿童却骂道“个个都是乡里人，不值养育来经事”，但是看见了新来的小太郎，却大喜道“忽然颜色有缓和，看其气量高来品位重，说是公卿高家子弟不为过，其人必能成大功”，如果只听这些，这人不就是一个冷血杀人狂吗？虽说是为主家办事这个大义蒙蔽了自己的双眼，评价乡里的孩子时，居然是说其品位高不高，毫无良心不安。

我对这样的表现可谓是哑口无言。更有甚者将寺子屋视为义太夫文学中的杰作，它在战败之前还被选入了国语教科书呢。

---

1 以历史事实为原本创作的战争题材作品，代表作有《平家物语》等。

精致的痴呆艺术

花了这么多力气讨论义太夫文学，虽然结论我们早就知道，但这样一来，我们似乎可以更加深入地理解为什么作为大阪乡土艺术的义太夫，与其紧密连接着的文乐人形净琉璃、歌舞伎中的时代狂言等等，都是一些精致的痴呆艺术的理由了。我们不妨说义太夫就是痴呆的本家，歌舞伎中只要和义太夫没有关系的剧目，例如根据能乐和江户净琉璃改编的剧、十八番剧，甚至默阿弥剧，观众看了都不会觉得不快，如果是人偶剧，还能把观众引入一种梦幻的国度呢。

我是在东京出生的，移居关西已经有二十多年，说到上方的戏曲文艺，我浸淫已久。论舞蹈，比起藤间花柳，我更喜井上流和山村流；论音曲，比起长调清元，我更喜地方民歌。虽然这样说，多少有些对不起我的朋友山城这样的人，但我也不想被人看作是义太夫的爱好者，因此写作此文，以图一扫传闻揣测。但是即使我这

《假名手本忠臣藏》
初代中村中藏 饰 斧定九郎
胜川春章（1726－1792）绘

样评价，或许这种痴呆的艺术，也不会如某些人的期待一般无缘无故地消亡。特别是歌舞伎，它有着一种非日本人不能理解、不能演出的官能美，这种魅力至少会影响我们一段时间吧。例如，已故梅玉去年在京都的最后演出，他出演颜见世班子的玉手御前，连不喜欢《合邦》这部剧的我都看得入迷，久久无法忘怀。虽说这都是明治时代以来各大名伶的精湛演技所致，但继承他们名号的新生代演员们，随着经验积累和演技精进，终究还是能追上先人的吧。

但是，最后我还是要与各位互警，这并不是可以被吹捧为国粹，拿到世界舞台上去展示的东西。三宅周太郎说得更狠，说它不是痴呆的艺术，简直是白痴的艺术。他说得有理，这种艺术形式不正是我们日本人诞下的白痴儿吗？虽说这是个无可救药的白痴儿，但也可以算是有风度的、惹人爱的小女儿。作为亲人的我们，需要做的是呵护她、于无人处轻抚她，而不是展示她。我最近看到有人成立了国际文化振兴会一类的组织，连连向海外宣传所谓我国独有的文化艺术。我不由得想，如果这些艺术形式在海外变得有名，那与其在国内的复兴也有极大关联。现今的广告无所不用其极，出版社宣传一下我都要写“世界文豪”云云，害得我羞得想找个洞钻到地下。我真心希望，绝不要将歌舞伎或文乐这种艺术形式冠以“世界”这种名头。它应该成为专属于我们日本人的、一种谨慎的享乐形式。

我又想起，也许是这种世界风潮影响，各个小中高校、女子学校的教师们，纷纷带领学生去观赏“国粹艺术”，这又是吹的哪门子风呢？既然知道它是痴呆艺术，那么给思想信条都不牢固的学生观看，还是显得过早了。对于剧中这种残虐的表现，孩子们可能无法理解这种畸形的美学，只是把它和凸显残忍的美国电影相提并论，反而贬低了它本身。我还担心观剧恐怕会把一套过时的、错误的人情观念和牺牲精神教给学生。毕竟学生们是我们的下一代，我不希望他们早早把这些艺术形式认定为我们的“国粹”。

还有，我觉得颇为滑稽的一点在于，演员和义太夫迷们自然有自己的一套话语和领域，他们在这个领域里研究各个角色的语言特色和性质十分自然。但是剧评家竟然也去研究寿司店权太是几时回心转意的这类问题，显然这种过分的推敲很没有必要。或许要通晓这部戏剧，确实要认真调查研究这类问题，但是剧评家放着这个世界观上的根本问题不看，却在这种细枝末节里寻找所谓真实，我怕是理解不了这种心情。

昭和二十三年七月

读《梅雨前后》有感

关于文学传统

明治中期文学传统的代表是砚友社，但其主张被后来兴起的自然主义取代，如今已不复存在。当时的作家，例如幸田露伴、泉镜花[1]和德田秋声[2]等人如今虽仍健在，但秋声本就与砚友社不合，他早早地转向了自然主义；在尾崎红叶的门徒中，泉镜花是从一开始就拥有了独特艺术境界的人，他至今仍坚守自己的风格。但我在此不避讳地说，他很难被称作继承红叶衣钵的作家。虽然他毫无疑问是山人门下的高徒，但他的个人特色尖

1 泉镜花（1873 — 1939），作家、剧作家。活跃于明治后期至昭和初期，被视为日本近代幻想文学的先驱者。代表作有《高野圣僧》《妇系图》《歌行灯》等。

2 德田秋声（1871 — 1943），小说家。与泉镜花同为尾崎红叶门生，自然主义文学作家。代表作有《新婚家庭》《足迹》《缩影》等。

在是太过显著。可以说，这对师徒的文学作品在文学史上难分高下，但这两位作家的本质和艺术境界，有极大区别。简单来说，红叶是写实的，而镜花却是浪漫的。从这个意义上来说，露伴也不算是砚友社风格的作家。露伴偏向哲学性与主观性的文风，从根本上与红叶客观写实的风格对立。

我刚才提到了“砚友社的传统”与“红叶的衣钵”，我想在此明确一下这些词语的含义。

小说这一文学形式，自明治以来在日本文坛中成为重中之重，这当然与西洋文学的影响有关，但这并不意味着东洋近世没有这种文学传统。我们的祖先早在平安朝之时，就创造出了最适合再现当时生活百态与人间烟火的架空角色，并通过描写这些人的生活状态，再现他们所在的时代状况与世间百态，他们早就掌握了这种笔致哀愁且细致的写作技术。这些故事的特长，是在故事中创造数位乃至数十位角色，让他们进行与彼此相关的对话，但是作者自身却总是藏在幕后，绝不发表主观意见，甚至很少借某位人物之口表达作者的思想和人生观。故事也没有如今的“主题”一说。作者如同一面明镜，他不带滤镜与先入观，只管映照镜子前各类事物的本来面貌。正是因此，故事极少深入描写登场人物的心理活动。形形色色的人物交相登场，各自进行活动与交流，事件接连不断地出现、发展，并随着时代变迁体现社会姿态的变化。乍一看上去，这是某种风俗史，是一种以文章拼接而成的画卷，但是技巧高超的作者，会一边坚守完全客观的描写手法，一边立体地描绘登场人物的举止和情景等。他们虽不表述个人意见，却能让读者体会到人生的酸甜苦辣，发出宛如亲身经历过一般的感慨，并让读者的阅读记忆与自身体验的记忆相重合，且不时唤起它。作者正是通过这种方式，使读者的思想与感情变得更丰富、更复杂。

在西洋也有这种作品风格，似乎有一段时间认为客观叙述的作家比偏向主观叙述的作家更伟大。但是东洋的小说和物语自古以来几乎一直如此。当然，质量低劣的作品大致是低等的人偶剧水平，只管让事件变得复杂而大闹一场；但优秀的作品，会向读者暗示当时的社会时局与登场人物的性格以及命运等等，甚至将读者引入故事情景。无论如何，这些只是不包含作者主观见解的“说话文学”[1]，随着时代变迁，当作者的客观性达到极端时，读者不由得产生强烈的厌恶——作者究竟出于什么

1 “说话（説話、せつわ）”一般指自古以来流传至今的内容及故事，“说话文学（説話文学）”指拥有文学性的前者。代表作品有《日本灵异记》《今昔物语集》等。

目的与用意，要如此精细且冗长地将虚构事件写得像真的一样？由于作者将善恶美丑的各类人物等同视之，不展现任何同情或批判，所以故事中尽是干巴巴的描写，不禁使读者感觉作者是冷酷的虚无主义者。

在日本文坛中，贯彻此种描写方法的作品并不多见，硬要说的话，森鸥外的《雁》[1]算是此类。我对中国小说涉猎不多，无法断言，但中国的小说中似乎有不少可以被划分为此类，例如《金瓶梅》正是这种小说。我虽未通读《红楼梦》，但恐怕它也是。[2]

1　该小说从1911年至1913年在文艺杂志《昴》上连载。

2　作者对《金瓶梅》《红楼梦》的评价完全是一种误读，其并未真正读懂这两部中国古典文学作品的主旨和韵味。

《鱼》
铃木其一（1796－1858）绘

自然主义与优雅的写实主义

在日本有西鹤所著“浮世草子”一类小说，虽说作者如同镜子般清晰的客观描写并非没有虚无的、冷酷无情的一面，但是这冷淡中多少有些温柔，我们能感受到寂寥中潜藏着幽婉的情操。总之，日本的艺术家们无论在哪个年代都没有放弃对寂寥、风雅的嗜好。例如作者在小说中描写淫乱情节或者残酷情节时，总避免给读者毒辣无情的感觉，反而始终注重保持文中的“色”。

这可以追溯至《源氏物语》日本写实小说的特长。我认为，明治时期尾崎红叶的作品，可以被视为在井原西鹤之后出现的这一特长的巅峰。

红叶山人创作的《两位妻子》《三位妻子》[1] 正是范

1 原名《二人女房》(创作于 1891 — 1892 年)及《三人妻》(创作于 1892 年)。前者讲述美貌的阿银与平庸的阿铁这对姐妹的婚姻与不同的命运，后者讲述富商葛城余五郎与三位小妾之间的故事。

本。特别是《两位妻子》，这部作品所描写的正是当我母亲还是小姑娘时的世相，这部作品的主人公是一对姐妹与她们身边的人，山人对这些角色的描写十分生动，在这一点上可谓完美。当时，高山樗牛[1]等人因此批评说“山人的作品里毫无哲思”。放到当下可以说这部作品缺乏意识形态，但私以为正是因为没有掺杂半点意识形态，山人的态度始终像白纸一般客观，才使其成为传世之作。

不过山人的笔法虽然客观，却不冷酷，《两位妻子》等书中，无处不有日本古典特有的物哀之情。《三位妻子》的故事规模比这部更宏大，登场人物更多，故事舞台始终很华丽，但这部作品若由左拉之类的作家来写，就会变得邪恶，但是红叶山人在创作时没有违背本国传统，他将故事写得既优雅又高贵。

我不了解法兰西的自然主义传统，只知道日本的自然主义运动起源于对这种优雅的写实主义的不满，因此我认为这确实是有意义的运动。红叶山人的作品好虽好，但仍拘泥于古代文学传统，导致他忌讳描写丑恶的、露骨的场景，偏好细腻地描写十全十美的事情，不

1 高山樗牛（1871 — 1902），本名高山林次郎，文艺评论家、思想家。代表作为《论美的生活》。

免导致有只描写常见的高级生活的倾向。暂且不论红叶，但是向他学习的砚友社作家们最终全部陷入这种窘境，更有甚者竟然安于此道。

已逝的内田鲁庵公[1]曾说，他读英译本《罪与罚》时，为西洋小说结构之复杂、层次之深奥感到震惊，红叶等作家的作品简直望尘莫及。在那时，他感到惊讶十分合乎情理，无论如何都会感到惊讶吧。

总而言之，日本的自然主义运动虽未结出硕果，但就彻底去除了砚友社的教条主义而言，成绩斐然。无论森鸥外、夏目漱石、永井荷风[2]甚至我们这些后辈，都多少以各种形式受到了自然主义的影响。现在想来，自然主义运动是日本的文坛不得不经历的一次运动。

---

1 内田鲁庵公（内田鲁庵，1868 — 1929），本名内田贡，评论家、翻译家、小说家。

2 永井荷风（1879 — 1959），本名永井壮吉，日本小说家、散文家。代表作为《隅田川》《梅雨前后》《地狱之花》等。

永井荷风的优雅写实风格 一

前言有些啰唆了。我最近阅读了永井荷风的《梅雨前后》，因此不由得写下诸多感慨。

为什么呢？因为这本小说乃是近期难得一见的、一以贯之的纯写实作品。它没有目的性，没有自我主张，是彻头彻尾的冷静客观的写实文学。当然，除了这部小说，还有很多以客观描写为卖点的类似作品，但是像这部小说一样的，作者从始至终避免与文本世界产生联系、游离于文本世界之外的作品，即便是近来仍属罕见。

志贺直哉、里见弴[1]、久保田万太郎、佐藤春夫等人的作品无论看上去多么客观，行文中总是会出现作者的自我意识。这些作品的字里行间或有一种艺术的感性体

1 里见弴（1888 — 1983），本名山内英夫，日本小说家。

现，或有一种紧张，或有某种燃烧着的情感，驱使读者去感受作者的创作热情。但是这部作品却极少体现荷风的情感。作者似是毫无情感地、不情不愿地、五行十行断片式地进行一种冷静的堆叠式创作。即使如此，本作也不似往年的秋声氏，或是正宗白鸟氏[1]所写的自然主义作品。相较这些往年的自然主义作品，其场景更显枯淡无味，缺乏变化。荷风本就是以作品中富含色彩著称的作家，即使晚年笔力不及，在其描写艳丽的女主人公时，或是描写大都市东京的四季街景时，总有自然主义作家所不及的那种优雅的感觉。

例如在本作第五章，对清冈老人的隐居所的描写：

院内有一条小路，两旁种着麦冬草，一侧种着酸梅、栗子、柿子和枣等果树，棵棵枝繁叶茂；另一侧种着一片孟宗竹林，其间有些竹笋蹿得越来越高，已经成了碧绿的嫩竹。老竹枝上不时飘落下细细的叶子。栗子树开的花散发出浓郁的香味，柿子树的嫩叶比枫叶更美，现在正是新叶的颜色最娇嫩的时候。树梢间漏下的阳光在厚厚的青苔上摇摇晃晃地闪烁着，轻柔的风声宛如涓涓细流一般

1 正宗白鸟氏（1879 — 1962），本名正宗忠夫，小说家、剧作家、文学评论家。

传来。不知名的小鸟的啼鸣，比晴朗的秋日清晨的牛头伯劳鸟的叫声更明亮。

或是：

……在玄关一侧的墙上敞着一扇高窗，屋里却一片寂静，听不到任何声音。窗户下面，一排黄杨和满天星交错生长，形成一道绿篱，隔开了这个小花园与外界。阳光射向花园里的一片争奇斗艳的红白芍药，甚是惹眼。可这里也是一片寂静，没有剪枝和扫地的声音。通向厨房后门的、搭在廊下的葡萄架恰巧迎来花期，只有一团牛虻发出嗡嗡的响声，告知这夏日如何漫长。

这些引文虽然很有韵味，但是这些景色描写对故事发展而言毫无必要，而且若是自然主义作家，当然不会写这些内容。关键在于，虽然这部小说的色彩有些浑浊，但仍是一卷优美、凄清的画卷，我从中看出了从西鹤发展至红叶的传统文学风格。

而且究竟从何时开始，荷风有了这种写实主义的倾向呢？

据我所知，当他正值壮年时曾拜广津柳浪[1]为师。我比他要年轻六七岁，自然不知道那时发生过什么，但是在我的记忆中，他最早的作品是《地狱之花》。他那时刚好节选翻译了左拉的《娜娜》，也许受过左拉的影响吧。在我看来，《地狱之花》——我是在二十年前读的这本书，所以无法断言——感觉像是模仿左拉的文章。当时，这本书在文坛得到了空前的关注，不过是因作品可以窥见作者早熟的才能，如今看来，却只是本放

1 广津柳浪（1861 — 1928），本名广津直人，小说家。自小阅读传奇小说等，并对文学创作产生兴趣，后加入砚友社。作品以描写人生与社会的阴暗面为主，被称为“深刻小说”，其代表作为《黑蜥蜴》。

任血气方刚的青年时代妄想的幼稚作品。荷风真正得到文坛认可、声名大噪，应是他自外国归来后创作并发表《美国物语》之后的事了。

当时的日本文坛正处在自然主义大行其道的时期，而荷风正值壮年，又受了左拉的影响，曾留学自然主义的大本营法国，却敢于在归国之后，挺身反对文坛风气，一反文坛写实风格，陆续发表享乐主义和耽美风的作品。荷风在《美国物语》《法国物语》中，或咏叹，或赞美，或兴奋，肆无忌惮地发表其主观的意见，比起小说家，更像是个诗人了。

我手头并无《荷风全集》，所以要追溯作者的年谱来查考其轨迹尚有困难。不过如我所记不错，在之后的一段时光里，荷风曾有对社会不公正进行过斗争的一段历史。在这段时期结束，他的情感再度平静下来后，最初发表的是《隅田川》这样一类以客观叙事为基调的作品。当年我读到此文以后，不禁觉得“荷风也变了”，还略觉感伤，细细想来，这类作品没有了荷风往常的热情和新鲜感，有的只剩下类似于江户传承和物语性质的“竹筒倒豆子”式的流水账。即使是这类作品，也不免在最后来上一段类似于往日荷风式的嗟叹，给人留下一种淡淡的哀愁。直到数年以后，荷风发表了花柳小说《掰腕子》，至此才可以说其纯客观式的写实文风终于圆满。

当时，佐藤春夫极力向我推荐此书，并说“此书可以说是荷风既往的集大成、其艺术的总决算，浑然天成之作了”。想来，此书写作时，荷风也已年届四十，或将至四十了吧。当此时，他回首自己作为作家的二十年人生，将自己的艺术技法中不需要的枝节全部清除，其选择精之又精。他用这些精湛的技法，在幽巷中取其素材，终于得了这部小说。可以说这部小说的成功之处，就在于以四十岁的经验审视二十岁的激情，把那些羞涩的、不通情理的、生硬的东西逐一洗去，将剩下的内容，由现今已是老成的艺术家的自我来进行精炼整理，最终得到了这样的成果。

但是，即使佐藤春夫向我如此推荐本作，我始终不能像他那样产生共情。诚然，本作有一种圆熟而整齐的美感，但是，题材毕竟取自于为永春水以降的花柳文学这一有限的世界，过分限制了作品的想象力，反而让人觉得与当下的现实有些脱节了。这不禁让我对佐藤春夫发出感叹：“作品巧则巧矣，这样的作品，无论是在为永春水的时代，还是在砚友社时代，都是出现过的，并不新嘛。”

不过，这里我们倒是可以认同一点，就是作者青年时代的诗人浪漫气质，自《掰腕子》以来就逐渐向红叶山人的写实风靠拢了。虽然他偶尔也发表如《雨潇潇》一般的浪漫派作品，但其后却立刻发表了如《五叶箬》《豆蟹》这些写实主义的作品，这也如实地证明了他的倾向。这些小说题材全都以现代为背景，但其形式也好，文章也罢，无不令人感受到一种古风。

若说这些小说是明治时代的《新小说》或者是《文艺俱乐部》杂志上的连载，或许也有人会信。不过，无论作者自己如何自觉，我对近年荷风的创作的看法是他已经进入了停滞期。至少在读者的眼中，作者的巅峰在于《掰腕子》，自此创作是一路下坡。

就我个人而言，我最担忧的是，作者的笔力在《掰腕子》里达到了巅峰，自后没有一部作品能匹敌其文字的典雅润泽，无不显得干燥强硬。如果要评论这个时期作者的佳作的话，我可能会首推在《明星》杂志上连载的《化雪》的第一章。在我初读此文对于雪停初日的大晴天的描写时，不由感叹“荷风先生笔力不老”，不过之后的描写却没有出彩的地方，第二章往后颇有潦草之感。已经去世的芥川龙之介也曾在此作问世前后评论说：“荷风的作品，结果还是《西游日记抄》最好啊。”

读《梅雨前后》

一

现在，我们读的是《梅雨前后》。从这部作品中，我们也可以读到满满溢出的古风。这部作品，无论从文章体裁、场景调度还是人物设置来看，也许是荷风最为古风的作品了。篇中处处有人物的偶遇，而这些偶遇往往又起到推动情节的作用，这是近世小说和戏曲多用的手法。即使如此，荷风以这种古风手法描写近代场景，其间古今微妙的色差，带来了一种反差而成的风韵。作者不动声色地以一种郑重高雅的手法进行叙事，笔触看似是对人物毫无兴趣的，但是读到最后，读者不禁发现女主人公君江的形象却跃然纸上。

不仅如此，这部作品也可以说是一部以银座为中心的昭和风俗史。自关东大地震发生以来，东京人今朝有酒今朝醉的生活样态我们也得以尽收眼底。的确，这些内容是为永春水和红叶山人所不曾写到的东西。因此，如果我们说《掰腕子》是作者的集大成之作，那么不如说《梅雨前后》是标志着作者年过五十之后，再次超越自我的一部作品。在此一并为我们敬爱的荷风先生笔力未衰感到高兴。

二

现在看来，自然主义和写实主义已经是上一个时代的话语了。不过读到这样的作品时，人们不禁会想起旧日那些东洋风的、作者不在的客观叙事，即绘卷风格的小说。我想只要依据用法，它在哪个时代都有运用方式。

本来运用心理描写和官能描写，甚至是意识描写来展现作品人物的内面性的技法，直到近来才开始普及，我国古代的小说家们只在故事走向上下功夫。这种下功夫的结果就是小说中的登场人物、登场形式和场景调度日益发达，但这些大多不过是为了让故事本身有趣而作的道具，因故事的情节需要，人的性格也会出现微妙的扭曲，前后没有一致性。这就是说，有许多登场人物不过是作者为了活跃整个小说盘面而摆布的棋子，因故事的走向，他们可能随时被弃置不用。即使是在当下，我们也可以在那种纯为情节精彩而作的低级侦探小说里看到这样的人物设置，不过古代小说不论其文学价值高低，其设置的人物绝大多数都是这样的平面人物。到了幕末，一些小说比起故事情节更重视起对话来，不过这也不过是把情节置换成了对话，只要对话有趣，是由谁来讲有什么重要？只不过是把对话场景交代完整，而此时对话人物性格的重要程度就又显得等而下之了。故此，当时的长篇大作，最终也不过是用事件的生发变化，来强行推动全书的情节发展罢了。

不过，我倒不认为这种文体的问题光是在于当时文学技巧的不成熟。我想说的是，东洋古代的思想把人看作与路边草木一样，和自然是浑然一体的。这样一来，人的个性也就自然被漠视了。这种思想的来源或与老庄的虚无主义有些联系，而对人的性格漠视的思想，在人们不知不觉间体现在了他们的字里行间，从而进入了文学的领域。

一般读者在阅读硬派侦探小说时，不禁感叹于这种无视人物性格、将人物自由摆布的描写，禁不住会感到一丝冷酷与虚无。而古代东洋小说也与此不相上下，无论是激情场面、色情场面，还是充斥着功名爱欲这种人类独有的情感纠葛的场面，读者都能从字里行间感受到冷酷无情。其中又以中国小说为最甚。[1]

例如《水浒传》的背景，有人说是文人愤慨于官吏恶政之苛酷而作的文章，笔下有慷慨激越、愤世嫉俗之情感，而我读来却毫无共情。我感觉到的却是书中有数百英雄豪杰，他们的性格境遇颇有雷同之处，且聚于梁山泊上，却被作者如木偶一般任意摆布，扔进一个个事件里推动其发展。简直像是一个闲人为了排解寂寞，做出几百几千人偶，排兵布阵互相攻防，实在令人感到空虚。

我并不了解作者施耐庵，他创作《水浒传》的动机也许是抨击世象，但从字里行间不难看出，作者还是有那么一丝虚无的倾向，而正是因这虚无，他才创作了这部排遣之作。我们假设，有一个感觉人生甚是无聊的人，他一口咬定人生没有意义，蔑视人这一存在。他在极度无聊和极度痛苦中，想到一个排解方法。他做了无数人偶，给他们涂上色彩、穿上衣装，再给他们做用来起居的宫殿茅房，无一不是精雕细作、大花时间。完成后，他将场景排列，自我欣赏。当然这么多的工程，都不能给他带来一文的收入，他也只是为了自赏，绝不给

---

1 这里作者对中国小说的评价和下面几段中对《水浒传》《红楼梦》以及对中国作家的看法并不准确，是片面的、肤浅的，其并未深入了解两部文学作品的创作背景和批判现实主义的主题主旨。

人观看。但是这种工程越是无意义，越是无目的，他就越热衷于此。

《水浒传》中的事件一个接一个发生，人物一个接一个登场，他描绘得越是细致，就越能给我这种无尽的虚无感。一个人不喜欢说谎，那他说的谎话肯定不圆。如果他越是喜欢说谎，那他的空中楼阁就做得越美，正同此理。同样，幸田露伴在评价《红楼梦》时，也不禁提到“这本书里尽是大家聚在一起吃饭的场景啊”。我想这也是一样的道理吧。

当时的小说是不入流的，士大夫写小说不符合身份，只好起笔名写作，因此他们和现代作家不同，不能用版税和名气来当饭吃，所以创作动机里自然没有出人头地的要素。即使如此，为什么还要花这么巨大的精力，来建造这么精美的一个空中楼阁呢？这简直让我感到寒气逼人。诚然，日本的作家们不似中国作家，有他们的风流韵味，有人情冷暖，甚至还会有一丝温馨。但是他们在描写到人生的时候，仍然不免有重外表不重内容的恶俗。他们同样把个人作为一个基本单位，以事件的推进为轨道，以人物为车具来承载这些事件的前进。出现这种情况，单纯是因为小说作为一种文学体裁，尚未发展成熟，还是因为东洋知识教化中特有的虚无主义因素作祟，使得作者在无意识中无视人物自身而走向奇技淫巧所致？

荷风的《梅雨前后》，自不消说，不是如《水浒传》《红楼梦》一般的玲珑楼阁，也不是放肆的妖妄与荒诞。但就其在杂志上连载的篇幅而言，虽然算得上是难得一见的重量级作品，却也不过是二百五十页的中篇。故事情节虽然也算得上巧妙，却仍然是忠实的写实作品，读后觉得其长度并不会显得过长或过短。

不过，作者在这部作品中，却凸显了至今在日本小说中难得一见的虚无冷酷笔触。作者的这种态度使得对于主人公君江这位颓废女性的描写十分协调。也就是说，我们可以知道作者笔下的人物，正和作者的心境相同，二者得到了调和。何况，作者并未深入描写君江的性格和感官活动，不过是做了对举手投足所附随的心境说明，远没有到心理白描的境界。

在本作中，作者严守客观的立场，对君江这位女性的态度正如对人偶一般，完全不做任何摆布地叙事，不过本作中的人偶棋子恰好与作者的心境吻合，因此作者仅仅描写其举手投足，便仿佛为之赋予了动作的意义。

之前我也提到，荷风的文笔近年来显得干燥生硬，没有往昔的丰润饱满。但在本作中，这种描写却更显冷酷无情，得以将感情提升出来。这种生硬的文笔，反而大有其可取之处了。这不禁让人感叹二十年前的作者，下笔是那么饱满、那么充满生机，到了二十年后，为何如当年的正宗白鸟一般，写起这么冷漠无情的东西来了？文章从一个极端走向另一个极端，仿佛意味着位于两个极端的巨匠们的文体已经无限接近对方，不由让人慨叹时代的变迁。

三

在此我想插入一些私交上的往事。近年，我和荷风有信件往来，但却可以说是往而无私交的。若要说有，那不过是因为荷风作为我青年时代最尊敬的文坛前辈，最早对我的创作给予肯定，在《三田文学》杂志上不惜对我作溢美之词。我是一个害羞的人，他如此地夸赞我，我还怎么去接近他呢？

荷风本人似乎对于交友不热心，因此我上一次见到他已经是八九年前了。当然，我对他的生活也一无所知。只有在大正九年到十年，我读《雨潇潇》的时候，才愕然于他那孤独悲惨的境遇。

原文我已记不清楚，但记得有“若有诗兴之时尚能聊慰一二，若无此则终日肃杀之情无处诉矣”一句。当时我也因家庭纠纷或许不得不独自生活，读到这种四十出头的独身男性的孤寂，实在是渗入骨髓，宛如亲身感悟。假若我也如荷风一般，无妻无子、无友无类，偶尔与人饮茶，其余时间完全孤身一人的话，说不定也能自享花鸟风月，全身心沉浸在创作中，整个人也就沉静安稳了吧。

我也曾自远处看着那样的荷风，自己幻想艺术家就该那样过活。但读到“若有诗兴”一句之时幡然醒悟：创作不过是生活的一部分，如果热情衰竭，艺术感性耗尽，再加上年龄大了，鳏夫寡人一个，岂不是没有比这更惨的生活了？若有充沛的体力和不知满足的情欲，也许有其他选择，但日本文人比之西洋文人则远远不及于此道，早早就体力衰竭了。或许正是因此，无论是享乐派还是耽美派的文人，如果他到了体力衰竭的年龄，对于自己的艺术态度也会发生变化吧。

荷风长期陷于心境消沉的孤独苦境，日复一日地活在这种索然无味的环境里，青年时代充满霸气的诗兴、梦想与热情也逐渐被磨灭，渐渐地开始冷眼旁观人生。想来，享乐主义者一旦疲于享乐，就很有可能变成虚无主义者，他也许正有这样的经历。

但是，令我惊讶的是，荷风常年生活困苦，心灵陷于空虚，竟还能笔耕不辍直至今日。他虽说与我们一样活在当下，算是现代作家，但他成名早，他的生活与我们为稿费所驱策的生活相比又上了一个档次；如今他亦是文坛大家，求功成名也不是他的创作动机。他本就是一个厌世之人，对于社会上和文坛上的批评，估计更是不放在眼里。那么他如此创作，难道动机竟然和古代中国文人一样是聊以自慰吗？

对于这样的断言，我在感到战栗的同时也不得不承认，在这部小说里，的确有那么些符合这种动机的地方。仿佛作者在说："所谓艺术的感性，于我已经是过往云烟；心理性格，深究那么些有什么意思呢？我只管把自己看到的男女形象白描出来，当作玩具余兴一下罢了。"

更加可怕的是，这部小说的趣味正是在作者这种跳跃式的写法里。所以我们可以知道，本作中偶遇之多，一是回归了作者感兴趣的古典叙事形式，二是作者认为，这样对于推动情节有帮助，故此不惜采用这种不自然的叙事方法。即使如此，作者在这二十年生涯中历练出的文学之镜仍然是雪亮的，其结果便是这面镜子仍然把往来的实景原原本本地以文字反映了出来。正如镜子自身不动便能反映外物一般，这都要归功于长期笔耕以至技艺纯熟的影响。

至此，我看用一时兴起或者创作热情之类的动机来描述本作都是有些多余的了。这部作品恐怕是作者强忍睡意，以玩心来创作的一种余兴之作吧。

总之，作者将这个事件中最有情欲、最为淫荡的故事，用最为超凡脱俗的态度讲出来——他摒弃一切大道理，只是平淡地描绘发生的事件。这是多么具有东洋文人特点的行为啊！当然，我不希望所有作家都去模仿这种态度，我也并不会以这种态度进行创作，但是我希望在今后的文坛，还能出现一些这种作家和这类作品。

从我们文学传统的立场上来说，小说对于人物动作的描写，做到这样已经是恰到好处了。至少不需要对这类作品大肆批评，说它“缺乏性格素描”或“人物陷于定型的窠臼”之类，而应该多学习作者对材料的取舍和运用。毕竟艺术的美点就在于你不知道它在哪里美，就文学而言，也不是只有性格描写这一个重点。登场人物一多，就有分别描写他们的需要，即使是人物描写流于定型，但也是有许多的种类。而且从根本上来说，这么多人物也没有篇幅一一描写。

当然，我们不妨学习西方小说，深挖人物性格。但越是写得深入，就越容易给人一种造物感，进而变成“人物没有真实感”“人物性格不讨喜”“人物塑造脆弱”等等，反倒成为一种破坏性的东西了。如此看来，古代作家之所以和人物保持距离或将人物完全当作机械，我想是有他们自己的道理的。

四

说到这部小说的文字枯燥，我认为小说开头的一、二两章最为如此。

“这家伙，真过分！”矢先生像要打谁一般，却弄翻了放在桌边的一瓶汽水。四五个女招待齐声发出尖叫，从椅子上逃开。她们只管提起自己的和服袖兜或是和服下摆，不让它沾上从桌子流到地上的汽水。君江无奈地看着这场因自己而起的骚乱，她连忙拿来抹布，用嘴咬住袖兜，擦拭着桌子。正在此时，店里来了两三个新客人。年纪稍大的蝶子说着欢迎光临，去迎接客人。她还没问客人要点什么，却先尖声叫值班的女招待来。

整个叙述的格调就是如此，从君江早上起床去日比谷找算命先生算卦，回到数寄屋桥遇到同辈女招待，再回到工作的咖啡馆里，接着就是如上描写的咖啡馆中员工与客人的互动，例如某个女招待手拿十元纸币站在收银台替客人买单，出纳交给女招待一张小票和零钱。这些毫无意义的动作描写却一一精细到每分每秒。

整篇文章像剧本的动作指示一般，多用现在完成

银座街景
东京 1954

时态或体言为句子结尾，这样的写法可以在古代的小说中找到，如《浮世澡堂》[1]和《膝栗毛》[2]，或最近的《当世

1 式亭三马创作的通俗小说，自 1809 年至 1813 年刊行。

2 指十返舍一九（1765 — 1831）创作的《东海道徒步旅行记》，1802 年至 1814 年刊行。

书生气质》。作者本人已经不是第一次用这种文体写作，也许他对这种老式的表现方法有眷恋，但是这本小说竟连不必要的部分都进行精细描写，让人心想这要做到何种地步，读的时候感到些许不可思议。

在这里，作者的虚无主义倾向之冷酷得到了充分体现。如果我们更进一步展开想象，不妨这么看：作者起初是在一种疲劳倦怠的心境里强行提起了笔，但是在创作途中渐入佳境。这也就是第一、二两章显得作者下笔漫不经心的缘故了吧。这不仅在打底的描写里有体现，在君江和松子的对话等之中也可感受到。

但是就像刚才所说，文章始终以散漫的态度铺展开，但是从第四、五两章开始，无论是作者还是读者都已经从慵懒状态渐渐醒来了。特别是第五章中舞台突然转变，第六章又再度转变，小说的节奏感逐渐加强，故事渐渐复杂，对话中蕴含的线索向各处发展，产生意想不到的情节，到第七章迎来最波澜壮阔的高潮。但是在我看来，第八章中鹤子离开后，作者又叙述了发生在狂风雾雨的夜晚中的一件事，这才是这部小说最妙的地方。如果这是一场戏剧，那么在夜雨中，舞台就应该转

---

1 坪内逍遥创作的小说，1885 年至 1886 年发表。

换两三次，第一次应转向在银座咖啡馆的村冈和清冈，第二回转到在荞麦面店前偶遇君江，再转一次到津守坂道上的车祸。

古代小说也常用这类场景转换，在今天，人们或许还能在武侠小说之类的大众文学中，找到这类对舞台转换的应用，可是现代艺术小说里已是许久不用这种方法了，我不禁感到一丝怀念。而且伴随着鹤子急急离去，作者巧妙地运用了一场随之而来的大雨，接连地触发事件，令读者感到他们似乎能听到喧嚣的风雨声。我现居风雨不多的关西，但是读到这些景物描写，总能感受到这像是描写晚春到初夏的东京的夜晚，令我回想起以前住在东京时对夜晚的一些记忆。

载了君江的出租车司机突然开始搭讪她，这一段到底是从有经验者那里听来的呢，还是作者的临时起意？无论是何者，这一段的描写真实得精彩。到了这里，读者眼中名为君江的人物形象更为鲜明，给作品又增添了几分精彩。可以说，这里是作者的神来之笔。

作者虽早早地摆脱了左拉的影响，反对日本的自然主义运动，但到了这样的场景，还是露出了他留法的本色，令人想起福楼拜和莫泊桑。我在以往会批评自然主义作家的眼界之狭窄、题材之贫乏、色彩之枯燥，但我还是要说，这部作品居然如此接近莫泊桑等人的自然主义！在日本自然主义运动衰亡的十几年后，竟然由荷风写出了如此作品，实在是讽刺。

五

话又说回来，尽管我家祖辈是东京人，我却难以喜欢上东京。常有人说东京人没有故乡。我又出身于东京的平民街区，时至今日老街已经被改造得面目全非，我更没法喜欢上东京了。而且我早在震灾前便开始厌恶东京，偶然前去看过目前重建后的样子，见到这现代化的都市景观，的确是被改修得美观进步了，不过东京的空气中那种灰蒙蒙的、不安定的、急躁紧张的气氛倒是一点没变。无论道路建筑变得如何气派，市民中却没有那种积极进取的复兴气氛，往来中遇到的人们，仍然挂着一副没有血色的铁青面孔，眼神像狼一般尖锐，让我心生畏惧。即使他们看上去忙碌，也不是为希望而工作，却是因为人心不古，只能绝望地为小事操劳。也许这只是因为日本当下的人心变得如此，而政治中心的居民更能体现这一点吧。

这种东京的地方特色，在《梅雨前后》里体现得很好。作品里的登场人物如女招待这一群体、二楼出租的老婆婆、算命人、出租车司机、围着清冈转的跟屁虫们、那些有闲阶级的绅士们，虽然只露过几回脸，却都是在东京常见的人。作者只不过用了两三行描述，就让我能够立刻想象出他们的音容。或许住在东京的人们反而容易忽略这些细节，但我是个了解东京却离开东京的人，因此更有体会。如果一个个地观察这些人物便算不上什么，但他们一旦集合起来，便能闻到东京那种满是灰尘的风的味道了。

说到这里，我不禁想到现在日本的小说家约有九成住在东京，他们描写的现代故事几乎全部以东京为舞台，可是我至今没有见到特意描绘东京地方特色的作品。大多数作家的作品各有题材和目的，也许没有从合适的距离远眺这座大都市的闲暇，也许他们对此没有兴趣。但是哪怕只创作一部在文学史上记录昭和时代的东京百态和风俗史的作品也好，说得不好听一些，这也是住在东京的文人的义务。就这一点而言，我认同《梅雨前后》的不同之处。在这部小说里，荷风不仅在描写人物事件时下了功夫，他明显地特意努力描写了东京的景观。作者时常描绘他自己最为熟悉的银座、牛入市谷、皇居外护城河堤的景色：

总待在同一个地方于事无补，君江边想着边走过城门，一路走到了四番町河堤旧址上的一个公园。她看见路灯下有把长椅，便坐在上面。也许因为今天是周日，附近常有的那些搭讪过往女性的夜校生都不见踪影。电车不断在铁丝网拦着的河坝下方与没了水的河尽头的道路间来回，可是每当安静下来，便能听见黑暗的水面那边传来出租游船静静的划桨声，还可以听到其中混杂着年轻女性的声音。每逢君江在夏天看到夜夜笙歌的出租游船，她总能回想起京子被包养时，住在小石川的家中一起生活的事情……

作者如此这般在第九章篇尾让君江一边散步，一边从新见附[1]走到了市谷见附，顺便介绍沿途景色。我因此第一次知道护城河里现在还有花柳船，不过我近年总是乘车路过那里，多年不曾在那里散步，所以当我读到这里的景色描写时，真的有时隔很久再度看到东京样貌的感受。不过更能打动我的，是那个叫松崎的男人从尾张町四丁目路口眺望银座光景的描写：

松崎拥有法学博士学位，曾是木挽町附近某个政府

---

1 即监视用的城门。

部门的高级公务员……他天天乘坐人力车从麹町的旧宅出发去上班，那时每天都会经过银座大街。这和震灾之后日新月异的当今相比，只像是一场梦。虽说如梦，这种心境并不像今天的罗马市民缅怀古罗马那样沉重。只不过是戏院里的看客看到了戏台上魔术师的精彩戏法，微微惊叹的感觉而已。这座城市的风光竟能模仿西方到如此地步，真让人惊叹，却也让人感到一丝悲凉。

这一节里的情感，我想无论哪位四十岁以上的东京人，只要他站在银座四丁目路口，便会发出这番感慨。而作者将它像棋子一般安插在了第七章的两大波澜之间，在手忙脚乱的时候突然驻足，不由得发出如此感慨，这个做法很有效果，能够有效地调动读者的情感。

说起来，刚才引用的部分之后，就有：

君江虽然也是个陪酒女，但是她这种人和从前那些艺伎却又完全不同，她更像是西方社会中的私娼。像她这样的女人竟然走在东京的街道上，想到这是当今时代的氛围使然，便不觉得这是比时代变迁更值得惊讶的事情……在那之后已经过去二十多年了。像自己这样曾经被世间广为议论的老头，如今却能安心地坐在银座街头的咖啡馆里喝咖啡，即使被人认出也无所谓……他想，人生在世，过去和将来都是虚无，只有当下的苦乐才是真实的，毁誉褒贬不过都是过眼云烟。如此想来，自己的人生可谓是最幸福的。年届六旬仍身体健康，甚至能怀抱二十岁的女招待，毫不忌讳世人的目光，像年轻时一般玩乐，且更不觉得羞愧。仅是此事带来的幸福，可能已经远超古代王侯。想到这里，松崎博士忍不住笑出了声。

这个叫松崎的男人，此后再无登场。他不算是个重要人物，但是这个老绅士的述怀，确有几分和作者的心境暗合。仔细想来，像作者一样执着于创作花柳小说的人并不多。年轻时的《掰腕子》写花柳街显得华丽不羁，年老时的《梅雨前后》写咖啡馆女招待显得冷眼旁观，有时写法和题材产生变化，但他总在描绘男女缠绵的痴情世界。作者老来显得文笔枯淡，因此，这个故事情节中的男女情事就愈发破格，虽然远不及法国和中国小说一般描写过头，但作者却因失去青年时代的诗意，反而愈发逼近本质了。

在这部作品里，我甚至读到了一丝老史尼兹勒[1]的作品一般的情色感。本作最后有一位名为川岛的老人登

1 亚瑟·史尼兹勒（Arthur Schnitzler，1862 — 1931），奥地利犹太裔医师、小说家、剧作家。代表作有《绮梦春色》《轮舞》等。

场，在君江的枕边留下一封遗书，有人觉得有些矫揉造作，我却把他看作是沉淀在作者寒冷干涩的虚无主义深处的、以往享乐主义的渣滓。

六

最后我想多说几句。自从进入老年便倾向自然与怀古，避免使用新的表现手法，试图向过去学习等，这在很多艺术家身上都有体现，不仅荷风一人。但是这些人的怀古兴趣顶多停滞在德川幕府末期、江户化政时代的大众文学上，为何少有人继续探寻更古老的时代呢？为什么他们只在狭窄的江户文学范畴内徘徊，不去看看广阔的室町、战国和元禄期的关西文学呢？为什么较为近代的江户情调更能吸引他们？这实在令我感到不可思议。

《富士山筑波白鹭图》屏风局部
铃木其一（1796－1858）绘

关于故乡

关于“故乡”，我已经在几年前发表的《幼少时代》里详细地写过了。可是我没有再回去看看那些地方现在成了什么样子。虽然我偶尔经过那片土地，但也只是乘车经过，从未下车留步。以前的偕乐园位于龟岛町[1]一带，我曾走遍这里，但这已经是十五六年前的事了。我可能已有三十多年不曾拜访我出生的蛎壳町[2]、成长的南茅场町。这次为了杂志的企划，我以这七十三岁的老身子骨回到六十年前，再度踏上故土。

我在位于京桥二丁目[3]的中央公论社[4]乘坐大型汽车

---

1 位于现在的东京都中央区日本桥茅场町，在 1933 年，龟岛町、南茅场町和北岛町合并为茅场町的一部分。

2 位于东京都中央区日本桥，曾是米谷交易所所在地。

3 即东京都中央区京桥二丁目。

4 日本的出版社，创办《中央公论》《妇人公论》等杂志。

都江东区都电银座线
东京 1960

出发，同行者有摄影家滨谷浩先生[1]、小泷先生[2]，再加上竹森先生[3]和纲渊先生[4]。我们五人先穿过昭和大道[5]，走过

---

1 滨谷浩（1915 — 1999），日本摄影家，主要拍摄新闻图片，在 1960 年成为玛格南图片社的第一位日本摄影师。

2 指中央公论社编辑小泷穆（1914 —？），小泷与谷崎于 1944 年相识。

3 指竹森一男（1910 — 1979），日本作家，主要撰写以白领为主角的幽默小说。

4 指纲渊谦锭（1924 — 1996），日本小说家、随笔家，曾是中央公论社编辑，并参与编辑《谷崎润一郎全集》。

5 又译为“昭和通”，“通”即“大道”，是关东大地震灾后复兴计划的一部分，于 1928 年建成。

久安桥[1]。在还没有昭和大道的时候，东仲大道是主干道，不过现在很少有人知道这个名字。京之藁兵卫[2]开的文禄堂书店不知在何处，现在剩下的只有我小学同学家开的峰岸商店。

过了久安桥，再往东走过电车轨道就到了八丁堀[3]。我看到俗称“马场药房”的仁成堂药店的招牌，得知这家店如今还在。早在明治时代，这个药房的门口总是聚着来买药的客人。药房里有两三个老查柜围着装饰着狮子头的火盆坐在一起，细细问了病人病状，然后当场抓药调和。可知这里的查柜和别家的不同，兼着医生和药剂师的活计。

接着我们就到了现在的茅场町三丁目，这是以前的龟岛町一丁目二十九号地，也是偕乐园的旧址。对我来说，这里就像老家的旧址一般令我怀念。我上次拜访此处还是在战争时期，那时偕乐园还没有被焚毁，笹沼[4]夫妇就住在此地。我记得自己上次和喜代子夫人打招呼，她送我从边门回去的时候，我对她说：“要是我们

1 位于东京都中央区，原名“越中桥”。

2 指堀野文禄（1870 — 1936），明治时代的出版业从业者、江户文化研究家。原名堀野与七。文禄堂曾出版许多砚友社相关作家的作品。

3 东京都中央区的地名。

4 即笹沼源之助夫妇。

还活着，一定再见面呀！”可是过了不久，这一带全被烧毁了。现在这里成了金商仓库运输株式会社的茅场町仓库，我站在门前，感慨万千。偕乐园原先是这儿拐角处的第二幢房子，我走去拐角一看，那里原本有家桥爪医院，门口有一条小沟，沟上建了一座“地藏桥”，桥的对面是个派出所，可是现在只剩下一条暗渠了。这里在大地震和战争中被烧毁两次，我少年时代的梦早已无处可寻。

我向回走，走过电车道再向西走，就到了位于新场桥[1]前的阪本小学校。现在还在放春假，我站在紧锁的正门前。原来新场桥的位置更靠近北边，它的原址在战后曾被保留过一阵，我想学校的正门原本也应更靠近北边。原本两层楼高的校舍正面挂着三条实美[2]写的“阪本小学校”的匾额，它肯定也在战时被烧毁了。

我们接着绕到隔壁的坂本公园。以前的公园是面向枫川河的，那儿有个消防署，现在公园大门却面朝电车路线。公园里有一个小小的铺子，就像缩小的上野韵松亭那样的铺子，我们曾不时在那里举办同学会，可是这

1 桥名，位于东京都中央区日本桥兜町。

2 三条实美（1837 — 1891），日本政治家，公卿家庭出身，是推动明治维新的重要人物之一。

铺子如今也不在了。

我小时候听大人说，明治中期，疟疾在东京暴发流行，有许多人丧生，便有许多不知如何处置的尸体被堆放在这里。我在这里游玩的记忆数不清，要是写起经历就无穷无尽了。不过我小时候是个爱哭的胆小鬼，几乎从未与人打架。可是我突然想起，在我十一二岁的时候，曾看到这里有两个年纪相仿的女孩儿在玩闹，我当时故意给她们找麻烦，做了坏事儿。她们俩恨恨地看着我骂了好几句，之后逃跑了。这算不算是我“性的觉醒”呢？

我们往电车轨道的更东面走，就到了茅场町药师堂[1]的领地内。药师堂、阎魔堂、大师堂、日枝神社、神乐堂、浅间神社、翁稻荷和天满宫等都位于这一片区域，这些地方像小公园一般大，其间尚有如西洋菜馆弥生轩、日本料理草津亭、泥鳅馆子丸金，还有宫松亭那样的演艺场，还有卖糖、卖小零食以及米粉点心的摊贩在此地摆摊，现在这些地方的面积都变小了。我记得最清楚的是阎魔王木像的脸，可是阎魔堂已经消失，不留一点踪迹。

1 寺院名，现在的名字是智泉院。

我们于是去变了样的药师堂和日枝神社拜了拜，又往大殿后面看了又看，往昔的幻影却从未浮现。唯有卖泥鳅的丸金，过了六十年还在这里热火朝天地营业，令我感到无比惊奇。可惜现在还是早上，我想以后有时间一定去斟上一盅。

丸金的店门口，合并祭着明德稻荷和翁稻荷[1]。读过我的《幼少时代》中“神乐和戏乐”一节的读者应该明白，明德稻荷与我的幼年关系匪浅。明德稻荷原本位于南茅场町五十七号，就在今天的千代田桥和永带桥的电车轨道那边，在离灵岸桥西侧大概一百多米的路上。

我家就在去五十六号地的路上，沿着路向里茅场町[2]走，拐角处就是稻荷的祠堂。祠堂门前有神乐堂，神乐堂屋檐下一片漆黑，令人在晚上不愿路过这里。每月八日晚上神乐堂里会演戏，只有那天晚上，这条通路上才有光照且人来人往。如今明德稻荷摆在此处，与翁稻荷一同被祭祀，比起完全被人遗忘，也许只留下一个名字更好些。

我们接下来去了位于里茅场町我的老宅所在旧地。我六七岁以后搬到了五十六号地，之前也曾住过四十五

---

1 明德稻荷和翁稻荷为日本的稻荷神，是掌管农业和商业的神明。

2 现位于茅场町一丁目，在命名为里茅场町之前曾被称为“铠岛”。

平民商业街街头系列

［美］阿诺德·根特（Arnold Genthe，1869—1942） 摄

日本 1908

平民商业街街头系列

［美］阿诺德·根特（Arnold Genthe，1869—1942） 摄

日本 1908

号地。现今五十六号地已经成了电车轨道，而四十五号的人家却仍然还在。战前那地方的拐角开了一家叫保米楼的西菜馆，它旁边就是我家了。现今保米楼所在之处已经变成了一座叫茅场寮的住宅，我家就曾在它旁边，不过现今已经是西式服装店和麻将馆了。

在我年少之时，还觉得此地里茅场町道路宽广，现在回来看看却感觉狭窄。我在这一块地方不断走动，两三次驻足凝视。刚才上车又下车，我已不胜脚力，已经有些疲惫了。今天是四月五日，一个大晴天，户外的气温甚高。我们又去了灵岸桥的另一端稍稍看看，马上奔赴位于连雀町[1]的“薮”[2]去吃午饭。我先要了一瓶啤酒解渴，又要了一笼荞麦面和一碗山药泥充饥。

下午我们去了兜桥，先拜过兜神社[3]，再走过以前的涩泽[4]大宅，即现今的日本证券会馆门口，便到了铠桥。在战后，因为主干道转移到昭和大道上的茅场桥，因此铠桥日益荒废，后来连桥的形迹都没留下，这里一时又回到原先的铠渡口的样貌。不过，正如最近在画报上刊

1 现位于须田町一丁目和淡路町一带。

2 荞麦面店，江户时代创业的老店。

3 位于中央区，守护证券业界和商界的神社。

4 指涩泽荣一（1840 — 1931），武士、官僚、实业家、慈善家。涩泽家旧宅在关东大地震中被烧毁，后文中的日本证券会馆建于1928年。

登的，这里最近建了一座近代化的桥。站在新铠桥的标牌前，我不由得回忆起以前的铁桥。当我小时候渐渐长到与桥栏一般高的时候，常常把下巴搭在栏杆上，呆呆地看着桥下奔流的日本桥川。那时我总觉得仿佛不是河水在流，而是桥在不断游动。

我有个朋友是船夫家的孩子，他家的船一直停在桥西南面的河岸，我以前经常去他家的船上玩。著名的西餐馆“鸿巢菜馆”以前位于小网町[1]的河岸边，从桥上就能看到。现在又在哪里呢？

我们没有过铠桥，而是从表茅场町过了灵岸桥。仓库林立的表茅场町一如往昔。过了灵岸桥，我们就往左拐，从大国屋再转弯向凑桥走去。关于大国屋，我曾在《细雪》里提到过，这家鳗鱼饭馆子在我开始记事儿的时候就已有了。

在大国屋的旁边应当有家荞麦面馆，再往旁边曾有一家叫真鹤馆的旅馆。虽然这里已经成了坂井商店，但我的祖父以前在深川小名木川[2]的釜六老店当查柜，他独立以后用百两黄金买下旅馆的股份并经营它。祖父后来搬到蛎壳町开起活版印刷所，真鹤馆就交给我

1 现位于中央区。

2 指位于东京都江东区的小名木川，北侧曾是深川村。

的二姨夫经营，我住在茅场町时，不时来这里玩耍。有一晚附近着了火，他家和我一样大的女儿阿稻和姐姐阿光包着头，一边打灭火星儿，一边逃来位于四十五号地的我家。

至于凑桥的另一边，那里有一家似乎叫港寿司的寿司店，我们常去那里吃饭。从凑桥往箱崎桥走，又有一家叫远州屋的棉花铺子，以前母亲差我跑腿，我也常去那里。

沿着电车道，我们过了永代桥，再过了丰海桥，在箱崎桥前右拐，又过了新永久桥，就到了永久稻荷神社。我记得以前的永久桥，还要从此地再往东去些。现在此地的东面是一座土州桥，过去没有它。在还没有土州桥的时候，现在的箱崎町四丁目一代仍然是一片茂密的芦苇荡，中洲里有山内侯爵的别院。山内容堂[1]侯爵生于明治初年，据说他在晚年有些疯癫，曾把上房的天花板改作一面大玻璃，在上面做了个大金鱼缸，听说他本人喜好在这下面观鱼。又有传言说他去人形町处游荡时，遇到美女，将其掳进家门。这些闲话都是我听母亲说的，母亲又是从哪里听说这许多的事的呢？也不知是

1 山内容堂（1827 — 1872），别名鲸海醉侯，是幕末时期的外样大名（地方诸侯，没有参与幕府政治的权利）。

真是假。

我只记得，每年某月永久稻荷神社举办祭典，在那一天，旧土佐的藩士中的不少高官在这别院齐聚一堂。日清战争时，在旅顺口作战的山地将军[1]是个独眼龙，他从永久桥那边坐马车前来，有一年我恰好在路边守候，得以一睹真容。将军戴着军帽，他的脸比起三连的世相小报[2]里或是照片里的都要小。不过，他的面貌，真是有在千军万马间来往、枪林弹雨间历练过的铁一样的威严。

自从土州别院被拆，蛎壳町处便建起了土州桥。那时箱崎町四丁目新造不久，我家也从神田搬到了此处。我和我的弟弟精二，就在此地度过了我们青年时代的大半时光，可是如今在此处已经找不到以前的宅子了。

我以前常常走过可以一眼望见大河的河岸，眺望对岸的万年桥和浅野水泥的大烟囱；也曾去现在是中洲桥的一带，在那里向着中洲的真砂座方向远眺。我最近才知道中洲和箱崎之间有了这座新桥梁，今天算是头一回从桥上去中洲。真砂座一带现在已经成了日本钢管继

1 指山地元治（1841 — 1897），土佐藩士、日本陆军军人，中日甲午战争时期旅顺大屠杀案的发动者。

2 讲述当时时事的浮世绘，由三张画面构成。

手公司的仓库了。小山内薰和伊井蓉峰[1]就是在这小小的屋子里，一起发表了关于近松[2]戏曲的研究。还有河合武雄[3]的父亲大古马十[4]和山崎长之辅[5],以及可被称为如今举止女性化的男性的先驱、举世的美青年若水美登里[6]等人，他们在舞台上的身姿浮现在我眼前。

我们过了女桥，又到了浜町三丁目的河岸边。也许因为这里刚退潮，干涸的河川飘出一股臭气，令人难以忍受。刚才在铠桥边上我也有此感，却不知此地气味更大。河边的居民更是受不了吧。桥上晾着一堆堆煤球，旁边晒着海带。我不由得心想，在这里晒的海带该有多臭啊。

过了菖蒲桥和中洲，我们又到了清洲桥。我想到，此桥刚造好时，久保田万太郎便说过“东京赏月名所乃清洲桥”，可我今日却是第一次过此桥。

接下来又往和我缘分颇深的小名木川方向前行，经过万年桥，到了新大桥上眺望三岔口，从浜町的河岸过

---

1 伊井蓉峰（1871 — 1932），日本演员。

2 指近松门左卫门。

3 河合武雄（1877 — 1942），活跃于明治中期的歌舞伎女装演员。

4 大谷马十（1842 — 1907），歌舞伎演员。于 1889 年继承名号，成为三代目。

5 山崎长之辅（1877 — 1924），本名山崎长吉，演员。

6 若水美登里（1882 — 1934），本名北泽浜之助，女装演员。

招待客人的艺伎

日本 1955

与客人谈笑的艺伎

日本 1955

了川口桥，路过有马小学校门口，就到了水天宫后面的小路。这一带就是我青年时代写作的《少年》的舞台。我上的虽是阪本小学校，亲戚却大多是有马小学的毕业生，所以我并非没有关于这座学校的回忆。以前在水天宫的后门前有一个叫“武内”的艺伎茶房，当时有许多著名的文人墨客、名优名伶在此聚众玩乐。记得以前，正宗白鸟和已故的近松秋江[1]还在这里为了女子起过争执。白鸟以此事为原型写了《微光》，秋江也写了什么小说。今天来此一看，“武内”竟还在原址，令我十分惊讶。

我们悄悄地从后门进了水天宫。以前水天宫凡不是缘日，皆闭门不应客，据说现在没了这种规矩，而且今天是本月五日[2]。《少年》的开头写道：

……我还住在蛎壳町二丁目的家，每天去水天宫后面的有马小学上学的时候——人形町的天空有些许模糊，和煦的阳光照在鳞次栉比的街边商家的红色暖帘上……

今天的天气就是这样。水天宫内仍然如往昔一般广

1 近松秋江（1876 — 1944），小说家、评论家。本名德田浩司。

2 每月五日是水天宫的缘日（即供养日或举办祭典的日子）。

阔，走在从后门往前门的大路上，路过不少摊贩，这景象一如往昔，令人怀念。

……人形町街道上的那些摊贩挂出石油灯，把剑术表演时招客的法螺吹得呜呜响，响彻傍晚的天空。有马伯爵家门前聚起乌泱泱的人群，药贩子指着怀孕人偶的模型，不断高声地讲解着什么。我那时最喜欢看七十五座的神乐舞，还有永井兵助的居合斩……

这些摊贩现在虽然没了，但是各种生意人在招徕客人时的叫卖声却是没变。在札所[1]，还有人正用扩音器对大家讲述水天宫的由来。我已许久不曾有这样春风荡漾的心情了。在京都时，我曾遇上壬生念佛[2]的队列，见过这种熙熙攘攘的景象，但是许久未在东京遇到。

我们到了一个卖甜酒的铺子，不禁令我想到以前的人形町甜酒铺，就带着竹森君一起去看了看。我又想起了《水天宫利生深川》[3]中笔屋幸兵卫的表演，心想着如

1 授受参拜证明的地方。

2 京都市中京区壬生寺举办的念佛法会，每年自阴历三月十四日开始，举办十天。

3 河竹默阿弥创作的歌舞伎，于 1885 年首演。主角船津幸兵卫卖笔为生，故而又称为笔屋幸兵卫。

今是否仍在出售绘有锚图案的绘马[1]。我前去一看，果然没有了。以前，水天宫不到缘日不会开门，保姆曾带我从门外向里窥看。门上嵌着带栅栏的窗子，明亮的窗子里面有功德箱。我至今还记得，我小的时候努力伸手够到窗子，把钱币往里一投，只听“叮当”一声，钱落了进去。

我们又往人形町去，从三原堂那里拐弯，向着芳町前行。我曾在《幼少时代》里写下：

> 在人形町的拐角，有一个卖世相小报的清水屋，那时候连日进了关于战争的三连浮世绘，挂在店头出售。其中尤以水野年方[2]、尾形月耕[3]和小林清亲[4]这三位画家的作品居多，对于少年来说可真是无一不想拥有……

这个清水屋现在已经成了一个玩具店，不过招牌还在，我不禁微微一笑。旁边有家卖河豚的餐厅“金万”，

---

1 神社中用于许愿的木牌。

2 水野年方（1866 — 1908），浮世绘师、日本画家。月冈芳年的门生。

3 尾形月耕（1859 — 1920），浮世绘师、日本画家。本姓田井，名正之助，是琳派画家。

4 小林清亲（1847 — 1915），版画家、浮世绘师。与月冈芳年、丰原国周共称明治浮世绘界三杰。

它对面的拐角处原本是濑户物产店，现在成了个佃煮店。原本听说卖鸡肉烤串的“玉秀”还在那里的二楼营业，现在搬去了更西一些，大致离原址不远。“玉秀”再往西一些，就是现在的芳町一丁目四号地，以前是蛎壳町二丁目十四号地，这里就是我呱呱坠地的地方。

明治十九年（1886年）七月二十四日，据老人们说，当年夏天热得出奇，而我就在这酷暑最盛之时，在一个仓库里出生了。当时，我的父母因故和我的祖父久右卫门一起住在谷崎本家，那个仓库原本是祖父建的谷崎活版印刷所的仓房。直到我五岁，我们一家人还在那里。每到傍晚，我就从宅子里跑出来，到了前台的账房处——

或和小伙计们玩耍，或抓住窗上的铁条踮着脚看行人。我当时五岁，这铁条的间隔大概刚能放得下我的一张脸。我把脸埋进窗上冰冷的铁条空隙处，直直看着印刷所对门的牛肉店今清的二楼。今清的西边有一家米饼店，从这里到旁边的大街，中间东边一带都是弓箭店。人们将这些店称为“射箭场”，不过大致都是游戏用的箭靶和用来射击的弓矢，一字排开。我知道这只是个幌子，它们就像后来的十二层凌云阁[1]下的那些酒馆，都是私娼的掩护所。射箭场后面的玻璃拉门之后的女人们，不时招呼来往男人，男人就进了帘子后面，这些我都能从斜对门的活版印刷所的窗口看到。

以上写的，就是我在这儿看到的对面各种店里的光景了。当然，现在射箭场没了，“今清”也没了。据说米饼店一直开到大地震以后，后来搬去了神田。现存的“玉秀”也已经搬到离我家有一两幢房子的位置，听人说甚是美味。我从未去店里吃过，总是让人带回家里吃。这活版印刷所的房子由我叔父二代久右卫门过继给伯父久兵卫，久兵卫去世以后被一个叫冢越的人买下，直到地震为止仍保留着原先的风貌。现在那里围着布幕，看不见里面，不过我看到外面立了一个木牌，写了“堀越商事株式会社临时营业所”的字样。无论如何，我的出生地总算是以明确的位置得以留存了，我应当为此感到满足吧。

我又觉得口渴，于是去“玉秀”附近的一所小咖啡馆“快生轩”休息。不过，我到此时还没有产生回归

1 明治时代建于大阪和东京的眺望用的十二层建筑。当时在浅草，“十二楼下的女人”是私娼的代称。

故土的情感。从明治二十七年（1894 年）六月地震时“母亲把我紧紧抱住”的地方出发，我去了当时的蛎壳町一丁目和二丁目之间的大道，还有再往后走的米谷交易所（现在的东京谷物商品交易所）、伯父的山十事谷崎久兵卫商店旧址，又到鳗鱼饭店“喜代川”和点心店“三桥堂”转了一圈，再回到人形町去看大观音。我曾写过：

以前，从大道稍往后走，进到后巷，在石板路的两边并排列着许多如浅草平民街一般的店铺，只是相比之下小了不少。

如今只剩下一对写着“人形町大观音”的大灯笼能让我回忆起往昔，还有一个小小的祠堂。以前，我在这里的玩具店被猫抓破脸大哭，玩具店的老阿姨觉得过意不去，就把一把玩具刀便宜卖给了我。还有观音堂的瓦片顶上放了《八犬传》中在芳流阁上打斗的人物的人偶，人偶有一天自己动了，引发了一场大骚乱等等，这些事都在《幼少时代》里写了。

我们接着往人形町走，走到末广亭门口，拐弯到了芳町大道。我们接着经过了宝来屋、猿屋，沿着昭和大道北去。本月歌舞伎座上演《四千两富藏》，我们就去了故事里出现的、位于传马町的幕府牢房旧址门前的弘法大佛处拜了一拜，又去参观了石町的大钟，还去了位于筑地明石町的外国人居住地旧址。以前有一对叫萨默斯的外国人姐妹在此开英语私塾，我到了小学高年级的三四年级，每晚从茅场町到八丁堀的三角洲，再从此穿过铁炮洲去上课。当时的夜路黑暗，那种恐怖我至今难以忘怀。这个萨默斯学校的正式名称叫“欧文正鹄学馆”，壁面用的是斜面壁板，外墙涂了油漆，是一幢二层建筑，如今不知在哪里。我想它也许在圣路加医院的一角，但不确定。

我们往以前曾有大都市酒店的海岸走去，路过了电信创业碑，到了东京都观光汽船码头前，拍下了本次故乡巡游的最后一张照片。

大佛次郎[1]写的《江户的夕阳》被拍成电影时，里面的旧幕府时候的海关和外航码头，也许正是在这一带。过了明石桥，我们从小田原町到了胜关桥。这时日头还盛，刚好是下午三时，我们就这样结束了今天的一日游。

1 大佛次郎（1897 — 1973），日本小说家，代表作有《归乡》等。

文坛旧闻

《松林图》屏风左扇
长谷川等伯（1539－1610）绘
安土桃山时代至江户时代初期

『文坛红露』

以前，德田秋声老人对我说过 :“要是红叶山人还活着的话，那他肯定会把你捧在手掌心里。”

红叶山人是在我十八岁时，也就是明治三十六年（1903 年）去世的，要等到我以写作为志业，那还得再过七年，也就是得等到明治四十三年（1910 年）才行。要是山人能活到那个时候，我或许真会拜山人为师吧。至于山人会不会像秋声老人那样宠我，我可就没信心了。虽然山人和我都出身于东京的老城区，谈起话来肯定会投机，但是我俩毕竟都是江户人，有些什么短处缺点可是知根知底，到头来或许会看透心肠，免不得要撕破脸。况且我也不打算像山人一样一辈子用江户人的面貌示人。我本人虽然是江户出身，但是处处体现着反叛气息，估计仅凭这一点就不会让红叶山人高兴。至于我是会被他破门赶走，还是自己一气之下自立门户，这就不得而知了。

按照秋声老人自己的说法，“其实比起红叶山人，我更尊敬露伴，但是因为露伴的脾气太可怕，所以我才入了红叶的门”。

不过，虽然同是红叶门下，泉镜花就和秋声老人很是不一样。镜花真心实意崇拜红叶山人，他在师父离世后，每天早晨洗完脸、准备用早饭前，都要跪在师父遗像前拜三拜，可谓风雨无阻。读者不难知道，《妇系图》里出现的那位在真砂町的师父，其原型无疑是红叶山人。听创造社的山本实彦社长说，有一次他去参加座谈会，秋声老人当时说“红叶山人也不算是个很伟大的作家”，惹得在场的镜花愤然抄起东西向他砸去。我想，崇拜师父的镜花的确会这样做。如此说来，假若我也入了红叶山人门下，估计也会被镜花如此对待。

镜花虽然和我年龄有差，不过那种古风古气的作家，于今却难以再见到了。如此说来，在明治年间，红叶山人和露伴并称“文坛红露”，实在是人气难分高下的两座高峰。甚至因此，心向师父的镜花还对露伴抱有敌意。我每每和他谈到露伴，他总是一脸不屑，我已经忘了他怎么评价露伴的了，不过记得他说过露伴“假豪杰”一类的话，镜花护师竟至如此！

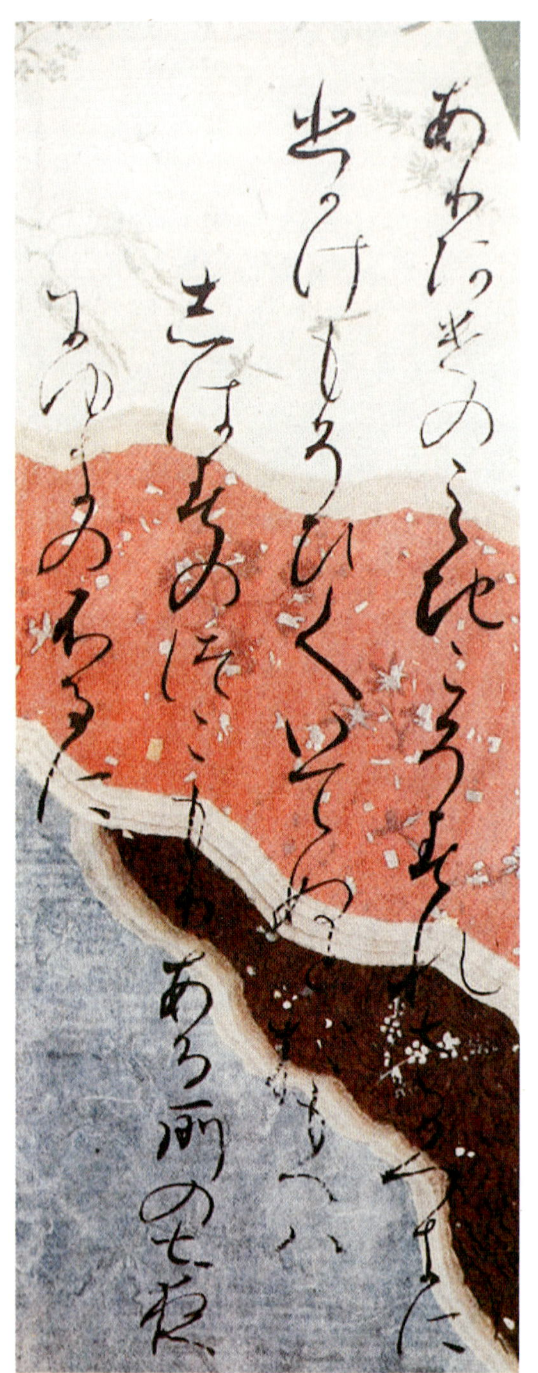

《能宣集》局部，出自西本愿寺本《三十六人家集》
作者不详
平安时代后期

文坛诸人

红叶山人离世于明治三十六年。在那一年的春天，五代目菊五郎也去世了。到了秋天，又传来了九代目团十郎的讣告。当时，文坛有其“红露”，而梨园也有其“团菊”，实在是当时戏曲界的两大巨擘，而我竟有幸记得他们的音容。

文坛上，因为年龄有差异，竟至于未能见得一面的例子比比皆是。拿砚友社的岩谷小波山人[1]来说，我和他只见过一次，还是在大正时代的有乐座自由剧场某次排练时，由小山内薰介绍，我俩在走廊里站着说了一会儿话。那时，我和山人互相打了招呼，他对我说“我以为的你个子还要高一些呢”，结果站着一比，山人比我

---

1 指岩谷小波（1870 — 1933），本名岩谷季雄，儿童文学作家、俳人、德国文学研究者、记者。

可高多了。我爱读《少年世界》，和小波山人一样热爱江见水荫[1]，结果我和他却未曾见得一面。我记得小波山人临去世前说过“江见啊，兄弟我先走一步了”，那水荫先生应当比小波山人活得久。我也曾想，要是那时去见一面该有多好！

我和小栗风叶[2]也只见过一次，那是在中央公论社还在本乡西片町的麻田社长自家二楼办公的时候了。因泷田樗阴[3]引见，我得以和他谈上二三十分钟。

幸田露伴、岛崎藤村[4]、泉镜花、德田秋声这些直到昭和时代还活着的作家我自然是见过，其他我见过一两次的人，还有森鸥外、上田敏[5]、内田鲁庵、小杉天外[6]、

---

1 江见水荫（1869 — 1934），小说家、翻译家、编辑、冒险家。曾创作推理小说、冒险小说、探险记等等不同领域的作品。

2 小栗风叶（1875 — 1926），小说家。他是砚友社的一员，也是尾崎红叶门生，曾为尾崎未完成的遗作《金色夜叉》创作《终篇金色夜叉》。

3 泷田樗阴（1882 — 1925），本名泷田哲太郎，曾任《中央公论》总编辑。

4 岛崎藤村（1872 — 1943），本名岛崎春树，诗人、小说家。被视为自然主义文学的代表性作家，代表作为《破戒》。他的许多作品曾被译介为中文。

5 上田敏（1874 — 1916），评论家、诗人、翻译家。曾于京都帝国大学（现京都大学）任教，是菊池宽的老师。代表作为《海潮音》。

6 小杉天外（1865 — 1952），小说家，本名小山为藏。一时因受左拉等影响而创作自然主义文学，后改为创作通俗小说。

岩野泡鸣[1]、真山青果[2]、有岛武郎[3]这些人了。

在我上一高英法科的时候，夏目漱石在那里教英语，所以每每可以在走廊上和校园里遇到，但也不过是点头之交，我又不在他的班里，所以非常遗憾，未曾直接交谈。后来我上了帝大，那时候电车最远只停到本乡三丁目远端的“兼康”百货店那头，夏目漱石从那儿下车以后就打人力车走了。他穿着一身气派的绢布和服、在青木堂门口停车买雪茄的身影，至今还能浮现在我的眼前。那还是夏目漱石跳槽去《朝日新闻》以前的事了。当时我常常想，作为一个大学老师，他过得可以说是非常奢侈。

---

1 岩野泡鸣（1873 — 1920），小说家、诗人，本名岩野美卫。曾创作自然主义文学，代表作为《耽溺》等。

2 真山青果（1878 — 1948），剧作家、小说家，本名真山彬。曾拜佐藤红绿与小栗风叶为师。曾创作自然主义文学，但时隔不久便因性格等暂别文坛。后以创作歌舞伎回归文坛，曾研究井原西鹤。代表作有短篇小说集《南小泉村》等。

3 有岛武郎（1878 — 1923），小说家。他信奉基督教，是白桦派作家的代表人物之一。他曾参与文艺杂志《白桦》的编辑并发表作品。代表作有《诞生的苦恼》等。

泉镜花

我记得在京桥的大根河岸那里，有一家镜花非常爱去的烧鸡馆子。镜花、里见弴、芥川龙之介和我四个人以前常去那里围坐吃汽锅鸡。我是个胃口很大的人，吃东西又很快，所以在汤还没完全煮开的时候，就开始一筷子一筷子地捞鸡肉吃了。镜花和我正相反，他十分注意卫生安全，要是觉得东西还没煮熟，便肯定不会下筷子吃。所以，往往我和镜花同吃一锅时，等我吃了个精光，镜花还没能动手夹上一块来。所以镜花之后就学乖了，每次和我一起吃饭，就早早把锅里的鸡肉分成两半，对我说："你呀，今天这些归我，那些归你，你记住啦。"可是一旦说起话来谁还记得这些，我一激动就连连动筷子，把他的那一半也吃了。镜花一旦发觉，刚要提醒"别吃我的那一份"，却往往为时已晚，他无奈的表情真是令人感到可怜又可笑。

我常常觉得对不住他，但是一想到他那副可笑的表

泉镜花（1873 - 1939）

情，就不禁会故意越线惹他生气了。在那个餐馆里，芥川也常开镜花的玩笑，看到他不跪下来正坐，而是抱着腿坐，就会揶揄他说："你这样哪里有江户人的样子。"众所周知，镜花虽然是金泽出身，但平常以东京人自居。诚然，我和芥川都认同他这位大作家的文学地位，只不过觉得他这个东京人真是丝毫没有东京气。

岛崎藤村

虽说人有好恶是不假，但是东京出身的作家，却有不少人极为讨厌岛崎藤村。就我认识的人中，永井荷风、芥川龙之介和辰野隆都很讨厌他。从夏目漱石对《春》的评论来看，虽然他并没有太露骨地表现他的好恶，字里行间还是能体现出他对藤村的厌恶。批评藤村时最不留情的可能还要数芥川龙之介了。他不是一个会随便骂人的人，何况是在文学批评里。看他文论中那种不留情面的感觉，只能说他毫无疑问真的讨厌藤村。虽然他只在文章中骂过一次，但是在私生活里，凡提到藤村，都是恨不得马上把他干掉的口气，这我可是听过无数次。

我虽然不像芥川那样敢于公开骂战，总归也是写了好几回指桑骂槐的批评文章。作家之间对于个人好恶的嗅觉十分敏锐，藤村似乎也知道我不喜欢他，空气中弥漫着火药味，所以他待我总是小心翼翼。关于这一点，

岛崎藤村（1872 – 1943）

我当然心里有数。但是藤村不乏真正拥护者，例如我的旧友大贯晶川[1]等人就把藤村视为神明。当年大贯虽然和我一起读东京一中，但是出生在多摩川对岸的沟口，所以也算不得真东京人。正宗白鸟大概也知道我讨厌藤村，几年前在热海的翠光园相会的时候，他也许是故意对我说的，如今回顾自己读过的作品，还是藤村的书最能打动人云云。

1 大贯晶川（1887 — 1912），诗人、小说家。

泷田樗阴

一

著名编辑泷田樗阴可谓《中央公论》的台柱，他在大正十四年（1925年），也就是四十四岁时因病离世。直到他死前的两三年，我和他还是相当要好的旧友，前前后后有着十年的交往。不过，一起去茶屋找艺伎玩这种事却是屈指可数。当时因为某会议，我们在会后感到无聊，近松秋江、长田干彦[1]，再加上我和泷田樗阴四人就去了神乐坂的一个艺伎茶房玩耍。只是大家个个囊中羞涩，只得第二天早上联名写了一封借

1 长田干彦（1887—1964），小说家、作词家。曾因创作唯美主义作品，一时与同样刚进入文坛不久的谷崎润一郎被并称为“干彦润一郎”。后转向歌词创作。

款书，请老板娘去位于矢来的新潮社借钱。因为泷田樗阴的确也签了名，所以我虽然不记得为什么要问新潮社借钱，不过他当时确实和我们在一起。当时我和长田干彦正当红，所以秋江老人说“有你们两人的名字不愁借不到钱”，果然过了不久，派出去借钱的下人真的拿着钱回来了。此外 ，我还真的没有曾和樗阴一起在外过夜的记忆了。

他来收原稿的时候，总是叫人力车来我家，让车夫在门外等。他站在门口和我寒暄两句，收下原稿就飞也似的回出版社去了。他很少在我家坐，最多只有几次。记忆中，我也去过位于西片町的樗阴家好几次，他却没有主动邀请我进去坐坐，只是在玄关的地板上拿了个坐垫请我坐下。他自己坐在我面前的榻榻米上，故意把脚伸到前面，就是不让人进去。有时候，我们就那样在门口谈个把钟头。

我去他家时一般都是求预支些稿费。有时或许是好几个人来求预支，现金不够，他就请我稍等，不一会儿进去拿了个刻了花样、两面开盖的大金表，对我说“实在不好向麻田社长（当时的中央公论社社长）多借，这个请拿着应急”。当时我因为还没开口，小心思就被看透了，感到很不高兴，不过生计所迫，只好拿了这表去常去的当铺，连表带链子当了六十日元。回家路上，我顺路去了同在西片町的长田秀雄[1]家，气呼呼地对他说："刚才我去了樗阴家，结果他拿了个金表叫我自己去当钱。"长田秀雄便说："樗阴这个人也真是脾气古怪，这样做没必要。我借你钱，你把表当回来还给他吧。"就当场借了钱给我。

二

樗阴一直坐人力车，换到现在来说，就等于是用自家汽车出门了。最初，这车似乎也不是他长包的车，而是从附近车行随用随借的，后来他就借了一辆带车夫的长包车。他是个大胖子，坐着人力车如一阵风似的从本乡的大路上经过，在行人眼中显得尤为突出，所以从远处就可以知道他正往这里来了。

当时，我对坐着人力车的他印象最深的，还要在于他常穿和服。当时的人也多穿和服，但他完全不穿西服，所以我的脑海里完全没有他穿西服的形象。他的脸型和当时的丰竹古韧太夫，也就是现在的丰竹山城

---

1 长田秀雄（1885 — 1949），诗人、小说家、剧作家。曾与北原白秋、木下杢太郎共同创立诗歌杂志《屋上庭园》。长田干彦的哥哥。

平民商业街街头系列

[美]阿诺德·根特(Arnold Genthe,1869—1942) 摄

日本 1908

少掾十分相似，以至于今日看了山城的戏，我还会想起樗阴。不过，山城是纯粹的浅草人，而樗阴出身于秋田，樗阴的脸显得饱经东北地区的风霜，和山城那般圆润柔和的脸又有所不同。也因此他说话时总是带着东北口音。例如他说“昨天玩得真痛快”时，总是说成“昨儿个可整了个痛快”，我也老是模仿他的口音博人一笑。话说回来，山城是今日人皆称道的美男子，我却在樗阴身上看到了一丝秋田好男儿的影子。

听闻樗阴在下田边有个相好，但是我和他也没有这种私交，所以这传言的真假也不得而知，我也始终没见过他的相好。这类桃色消息，故人中有田中贡太郎[1]，今人中有村松梢风[2]，还是交给这些风流名士去评说了。不过，我听说他和上山草人的正室，也就是山川浦路的妹妹，后来不幸早逝的女演员上山珊瑚却是十分要好。这段关系到底仅止于朋友，还是有更深的关系呢？我不得而知。不过当年，《中外》杂志的内藤民治社长资助上山夫妻赴美，直到开船前内藤社长的钱还没到，引得草

1 田中贡太郎（1880 — 1941），作家。主要创作传记及怪谈故事，对中国民间故事亦有研究。

2 村松梢风（1889 — 1961），小说家。曾数次游历中国，并与郭沫若、郁达夫、田汉、欧阳予倩等人交流。曾以上海为舞台创作小说《魔都》。

人一阵大怒，结果去了樗阴那儿一阵哭诉，却得了他五百日元资助。有传言说，皆因樗阴和珊瑚有关系。当时也有人说草人性情易怒，总向珊瑚发火，二人去了美国或许能还珊瑚自由等等。

三

从前的杂志编辑都是颇有见识的知识分子，性格也是过分乖张。我在此引樗阴的两三事来为证。说起樗阴最讨厌的人，就是铃木三重吉[1]。我从樗阴那儿听了他不少的坏话。三重吉也毫不示弱，在人前常说樗阴的是非。这二人缘何交恶，我早已忘记了。不过我记得除了三重吉，樗阴第二个讨厌的人就是小山内薰。这段恩怨的起因就是樗阴对于小山内的稿子感到不满，详细写了

---

1 铃木三重吉（1882 — 1936），小说家、儿童文学作家。十五岁起进行创作并发表作品，曾是夏目漱石在东京帝国大学担任英文讲师时的学生，后来作品《千鸟》得到夏目漱石推荐，得以在杂志《杜鹃》上发表，并成为夏目漱石门生。大学毕业后成为教师，并创作小说。但是仅仅过了数年，铃木自认没有创作才能，暂停创作。又过了数年，铃木为女儿创作了童话故事集《湖水之女》，以此为契机开始儿童文学创作，直至离世。其于 1918 年创办的童话杂志《赤鸟》，是日本现代儿童文学形成的标志。

一封长信解释退稿原因，连稿子一起寄了回去。这件事小山内自己在《忆泷田君二三事》里有提到，我这里婉引一二。

听说泷田去世了，第一个跳入我脑海的念头就是，“哎呀，到头来也是没能跟他和好啊”。……

我们之间，并没有唇枪舌剑地吵过架。现在回头好好想想，这件事其实我也有不对的地方。

那是我在《中央公论》上连载了两回小说《高师直》的时候。当时，第二回的原稿拖了很久——其实第一回和第二回的稿子应该是一起交的，一直拖到后来——直到截稿前，我都只是每天三三两两写个五张七张稿纸，终于把泷田给惹火了。到了我差不多写完的时候，他写了一封批评这部作品不行的信，连同交给他的原稿一起退了回来。我是第一次被人骂得这么狗血淋头，怒火“嗖”地一下涌上心头。就算我拖稿是不对，他也不用把我的文章说得一钱不值吧。再说了，我给《中央公论》投稿是我的自由，不是为了给泷田樗阴批评而写。如果我拖稿给他们添了麻烦，那骂我拖拉不就好了？何至于把我的文章骂成这样？想到这里，我不禁气得脸红。

如上所述。可是，樗阴对我说的却非如此。他总说，此事不是因为拖稿而起，只是因为小山内此文写得幼稚拙劣，敷衍对付，实在难以阅读，所以才写信批评他。其实，小山内的本业是戏剧，写小说只是为了糊口维生，在我看来，《高师直》也算不得什么好文章。

就这件事而言，芥川龙之介也为樗阴辩护，说“小山内写的东西，总是没张力（Intensity）的东西”，其实我赞成他这样说。或许我就是在那时说，“论张力（Intensity）的浓度，头奖肯定要给志贺直哉”，然后芥川对我表示无比赞同。

闲话不多说，回到这件事上，当时以小山内的名气，泷田把这样大牌人物的创作只登了前一半，后半却以文理不通的理由退稿了。先不论是非，若不是有勇气的人，肯定干不出这样的事。不过，以小山内那时的文学视角来看，如今时代小说的发达程度简直不可想象。也因此，《高师直》这类作品在现代来说也属于末流了。

四

到了樗阴的晚年，他变得十分讨厌我。即使如此，我也不记得曾被他退过稿。可是我给他的投稿，以大正十二年正月创作的中篇为终结，直到他去世的大正十四年，我确实再也不曾给他写稿。何止如此，在此期间，他还写了两三封长信给我，都是些“最近观君作品，皆无共感之思”之类露骨的批评。记得那阵子，里见正在《时事新报》上连载《多情佛心》，我也在《朝日新闻》上连载《肉块》。樗阴写信给我说：“比起里见君的作品，你的作品差得太远了，需好生努力。”这段话如果从好了说，算是绕圈子在激励我继续努力；往坏了说，在收信人看来难免就有那种“你这样的文章实在不好读，我和你没什么好说的”恶意了。

作者正在这种生死关头，他作为编辑不仅不给约稿作为激励，还自己跑出来挑衅，除了樗阴，我再没见过第二个。只是当时我正陷于低潮，自己写的东西自己都没法满意，樗阴的信也算是说到点子上了。所以我也不是很生气，只是回了一封“这阵子对自著也并不甚满意，你所言也不无道理”云云的信罢了。

生田长江

说到挑衅，我记得大正五年（1916年）生田长江[1]在《新小说》投了一篇名为《论自然主义前派之跳梁跋扈》的文章，激烈地攻击了白桦派——不如说攻击了武者小路实笃本人，文章写得很是激烈，在文坛掀起了一股波澜。文章开头铺陈了一种“今有武者小路实笃其人，吾人对其作品并无涉猎，不过略读一二，即使如此批评自由，因此等理由受人攻击，实属无理取闹。如是吾人便如下开展吾人之议论”的气氛，接下来——

所谓白桦派，其恶质之处为何？一言以蔽之，如武者小路实笃般“脑里开花”之人，其小说剧本，无讽刺无反

---

1 生田长江（1882 — 1936），评论家、翻译家、剧作家、小说家。在1906年以《小栗风叶论》进入批评界。曾翻译《查拉图斯特拉如是说》《资本论》等。

语，不言而喻，更无谩骂，不过一味“喜庆”罢了。

如是之，吾人再次言之，如此类脑里开花之人，其作品之小说剧本，吾人尚无涉猎，且并不以无涉猎为耻。加之，无需涉猎其小说、剧本等文字，吾人亦能断定，以武者小路实笃所代表之所谓白桦派文艺思潮，不过一时喜庆之物，无真实人间烟火。

像这样，他花了二十多张稿纸把白桦派骂得一无是处。至于骂了什么，简单总结起来不过也是如上这些内容罢了。也就是说，这不过是为了惹对手生气的一种引战而已。

后来，我问过长江：“其实完全不用空洞地谩骂，写一点有实质的东西不是更好吗？”他却回答说：“不，为了挑起辩论，写这种空洞且让人觉得有机可乘的东西最好。要不是这样，对方也不会上钩了。”当时我就觉得原来评论家还要有这种战略战术的眼光，不禁对他佩服了几分。

武者小路实笃当时也正年轻，毫不示弱，回复长江说“这不算挑衅我，不过是掉进了我五六年前设下的坑罢了”，或又骂长江“脑里空空”，最后说“该人以后若能以清醒的头脑示人，吾则静观其变。至于何者为胜何者为负，留待时代评说”云云。

我最初是站在武者小路这一边的，所以不认同长江的批评，认为评论家写这样的文章，不过贪一时之快，哗众取宠，反而是轻薄了自己。要是再过两三年，这二者何者为正何者为负，自有公论，所以此事只能交给时代去评论。要是真的想到了这一层，怎么还能写出这么轻薄的东西呢？自然在公论这一层面上，我是猜对了。不过后来想来，长江何至于如此动气来搞这么一个大辩论呢？这大概是和他的顽疾有关。

接下来是我的猜测，虽然长江患有麻风病，但他心气甚高，自然不甘屈服，要毅然决然向病魔挑战，向社会发声来证明自己。当时风靡一时的白桦派作为他挑战自我的对手，不正是一个绝好的对象吗？这乍一看来荒诞不经，但是我却对此有自信。如果事实真是如此，对于被当作标靶的武者小路实笃来说简直是飞来横祸。

对于长江的病，我不知道社会上了解到什么程度，至少我们这群他身边的人都很了解。麻风病是因为细菌感染引起的，这种细菌的感染性已经很低，但是他的鼻涕还是极容易传染病菌，所以我们都认为不能去长江去过的理发店。用长江剃过鼻毛的剃刀刮鼻毛的话，说不定也有感染的风险，所以我们也曾暗中调查过长江曾去过的理发店。我看，长江也在和我们的交往中，不时试探我们对他的麻风病的看法，看我们有多怕他来自我安慰。对他来说，他确实有“不能向病魔低头”的心理驱动他前行，但是，也正是因为这种心理带来的行为，使得我们忌讳他。

我也曾尽力避开和他会餐，但是有两三回，蒙《中外》的内藤民治社长的盛情邀请，我无奈和他同去赤坂、新桥等地的茶寮喝花酒。长江的样貌那时还颇齐整，一眼还看不出是病人，不过他双眉的上方已经红肿硬化，双手也有两三根手指不能动了。曾有艺伎问他这是怎么了，他就会扯个谎说：“哎呀，大概是关节炎罢。”但他竟然把自己用过的杯子自然地给别人用了。我那时正在禁酒，于是逃过一劫，但不知情的艺伎和勇敢接杯的内藤可是老老实实地接过杯子喝了酒。

又有一天，我和长江带着草人三人坐车出门，他突然对我说“你这手表给我看看”，于是我只好把戴在手腕上的手表摘下，递给他看了。长江拿了手表，不仅好生看了许久，东捏捏西看看，最后还在自己手腕上戴了一戴，再还给了我。这些行动，都是故意惹人生气而做的，所以我也毫不客气，当时就发了发脾气，把手表拿回来时，仿佛要避脏污一般，只用手指捏着拿，做个姿态给他看，直到下了车再把手表用酒精消了毒才戴上。

这还是好的，有一回我看见在有乐座的走廊里，长江把抽到一半的雪茄扔给了佐藤春夫，让后者好生窘迫。虽然佐藤算是他的弟子，也曾在他家做过书生，但这样对人未免太没常识了。不过世界之大无奇不有，还有比内藤更勇敢无畏的人。例如武林无想庵一次酒醉后，曾借醉意把长江抱了个满怀，一边口齿不清地说“听说你有麻风啊”，一边亲了他个满脸。至于芥川龙之介，他更引了松尾芭蕉的门人，和长江一样患了麻风的森川许六的例子，说：“往昔许六以自己的容颜为耻，常与人隔屏风而谈。而后，客皆以此人之才，纷纷愿一见，方才除了屏风，落落而谈俳句。此故事似可引为长江谈乎？如是为止，则天下同情尽寄之矣，断非如今之奇行可比。”

说来长江有个可爱的女儿，我们暗暗为她担心，是否会染上这疾病。因此，我们屡屡议论是否应该推举一人，力劝长江和女儿分开住，这样对二人的将来都有好处之类。最后，还是和长江最熟的中村古峡去劝说了，而长江却说：“我也知道，社会对我得这个病是怎么看的。但是与这样的社会进行斗争，算是我唯一的生活目的。我不是没有考虑女儿的事，但是如果女儿从我身边离开，无异于剥夺了我生活的唯一快乐。为了把她留在我身边，只要她想要，无论是钢琴还是什么我都给她买。把她从我身边夺走，岂不是太残酷了？”说着说着便声泪俱下。古峡也感觉痛苦，实在无言以对，此事就此作罢。长江在距今二十三年前的昭和十一年离世。自那时起，他的女儿又怎么样了呢？最近，我时常想起此事。

回忆儿时味道

关东只有在食物方面完全比不过关西。说到好吃的食物，没有哪里比得上京都和大阪，特别是京都。虽然东京有美味的餐厅，但是如今几乎尽是京都大阪风味。我虽是纯正的东京人，但是只要食物不是京都风味便不尽意。这与是否合口味无关，小时候吃惯了的东西会让人忆起往昔，心生怀恋，所以时常想再回味。可是明治时代的东京食物，如今在东京遍寻不得。简单来说，“关东煮”这个词，似乎是东京的“御田煮”传到关西后才有了“关东煮”这个名字。但是如今在东京的称呼不是“御田煮”，而是“关东煮”。东京的“御田煮”原本用圆形铜锅制作，汤汁既黑又浊。可是最近却开始仿效“关东煮”，用起了四角铜锅，汤汁亦变得清亮，这可没有“御田煮”的感觉。接下来，我在这里试着列举一些小时候常吃，且不时想再回味的食物吧。

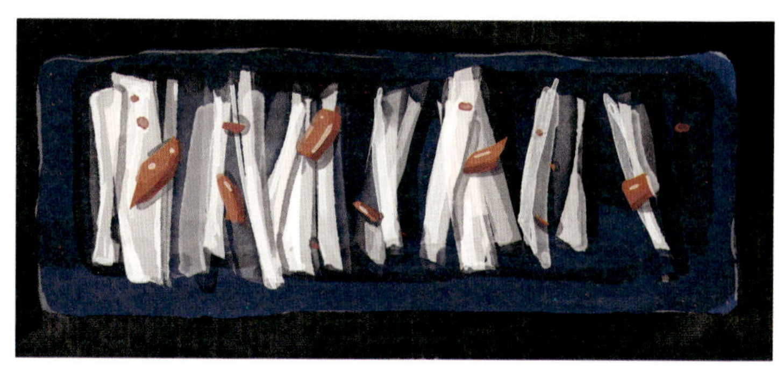

腌萝卜

在我的记忆中最早出现的食物就是腌萝卜。这是将切成细丝的白萝卜干与味啉[1]、砂糖、酱油和醋搅拌腌渍后做成的菜。似乎关西也称其为腌萝卜，但是据出生在大阪的妻子说，大阪的腌萝卜不如东京的甜，且要用生酱油腌渍。记得在我四五岁时，我与老管家婆的面前放着仿佛节庆时才用的可爱小餐台，两人一起吃腌萝卜的情景，至今仍历历在目。

宝来屋的煮豆子

我家曾住在日本桥的蛎壳町，在距离不远的新葭

1 一种源自中国的调味料，类似米酒的料酒。

町有一间有名的煮豆店，名为宝来屋，如今应当还在开张且生意兴隆。我在腌萝卜之后，想起的就是这家的花扁豆、芸豆、富贵豆与黑豆。我记得在关西没有“富贵豆”这个称呼，它应该是写作“富贵豆”吧。它的原材料是蚕豆，做法是将它晾干之后再煮至柔软。它的颜色淡淡的，有些发黄。黑豆的做法与关西不同，不是将它煮得又圆又胀，而是煮得表皮皴缩。虽然我也喜欢关西的煮法，但是在东京的黑豆中，宝来屋的黑豆甚是美味。这家店现在一定还在卖它。

五色天妇罗

五色天妇罗就是蔬菜天妇罗，也就是精进料理[1]中的天妇罗。材料选用胡萝卜、牛蒡、红薯、莲藕和野蜀葵等等。在蛎壳町附近，大致是芳町或是元大阪町一片，曾经有家出售五色天妇罗的名店。可是这家店不叫它五色天妇罗，而是叫它“少女天妇罗”。过去我常吃这种“少女天妇罗”，可是这家店在震灾时毁了，不知如今开在何处。

---

1 举行佛事时食用的菜品。

醋煮江鱼仔汤

这是将整条江鱼仔和切成段状的白萝卜一起煮，再滴些醋即可制成的汤。这是纯正的关东汤，在关西根本找不到，但是恐怕在东京也少有人知道了。它既清爽又美味，我至今仍十分喜欢。

鳕鱼海带汤

这是将微微用盐腌渍过的鳕鱼切成合适大小，再加上青海带煮成的汤。关西没有出售鳕鱼海带汤中用的海带的店，但是最近在东京也很难买到真正的青海带。现

在卖的尽是染色海带，一煮就会将汤汁染成青色，我无话可说。

葱煮金枪鱼

关东煮的材料之一是葱煮金枪鱼。虽然这是将金枪鱼肉和东京葱交错插在两根竹签上制成的菜品，但是以前在东京说到它，指的一定是盛在汤碗中的葱煮金枪鱼，也就是用金枪鱼身上脂肪多的部分和葱一起煮成的汤。似乎关西人将用寿喜烧锅炖煮到咕嘟咕嘟响的葱、金枪鱼和豆腐的汤称作“葱煮金枪鱼”，我记得自己曾在大阪人家做客时吃过它。

牛肉锅

“寿喜锅”这个名字是什么时候传进东京的？总之在明治时代没有这个称呼。大家都叫它“牛肉锅”，从不说“吃寿喜锅”，而是说“吃牛肉锅”。寿喜锅的锅具正中有圆形凹陷；但是牛肉锅的锅具是椭圆形的，锅底一侧有凹陷。关西的寿喜锅会加上许多蔬菜与肉一起煮，但是牛肉锅中只有葱，最多再加上些白魔芋丝。

如果继续回想，还能想起更多菜品吧。在此暂且先列举浮现在脑海中的美食。

昭和三十四年十月

《甘辛》杂志昭和三十四年十二月号

评《越前竹偶》

我近日在赤坂的心脏研究所住院十天，做心脏检查，据说并无大碍，因此我便安心地回到热海，看到桌上放着一本题名为《越前竹偶》的书，原来这是作者水上勉的赠书。虽说我因他是《雁寺》的作者而听说过他的名字，但是我还未曾读过《雁寺》，也没有见过他本人。不对，我以前住在京都的时候，他似乎曾经带着已故的宇野浩二的介绍函来拜访过我，我曾因此见过他一面，但是我完全不记得这件事的细节了。

我将偶然放在桌上的《越前竹偶》取来，随手翻看了一遍。我在读书时总是“哗啦啦”地翻看书页略读，很少一口气读到最后，常常读到十几页就将书放在一边了。可是我不知道世上有竹偶这个东西，更别说面前正有本《越前竹偶》，所以不知为何我对此有些好奇。

而且，虽说我是个很少旅游的人，但我曾在昭和五六年左右前往福井市和芦原[1]温泉地区游玩，与武生市结下一段因缘，所以越前并非是一个与我毫无关联的地方。正是因此，我漫不经心地读到了“这是十一月末发生的事情，那年喜助二十一岁”一段。[2]

正在此处，小说的女主人公玉枝一边说着“打扰了”，一边登场了。起初我根本看不出这是女主人公，更不知道她的名字是“玉枝”。即便喜助询问她叫什么，她仅是回答说“名字不值一提”，只是因以前受过喜助的父亲喜左卫门的照顾，故而来扫墓。直到八页之后，才挑明她其实是芦原游廓的娼妓“玉枝”。这段内容也是渐渐铺展开的，但是作者在写作时并没有故意挑拨读者的好奇心。而且文章中也没有出类拔萃的段落，内容十分平淡，且行文略为缓慢。

我也不明白为什么自己可以一直读到近三十页。我的眼睛不好，因此尽量不读上下分两段排版等页面紧凑的书籍，还好这本小说的排版是一段式，况且只有一百八十五页，这可能是一种魅力吧。而且，因为这故事描写的是算不上遥远外国的北陆的山中、某个白雪覆盖、竹林丛生的乡村中的竹工艺师的生活，所以我对这

1 位于福井县北部。

2《越前竹偶》第一章结尾处。

个故事产生了兴趣。

玉枝是位于芦原三丁町的“观花院”的一名娼妓，她本是京都岛原的游女[1]，但是因流离失所来到此地。她十年前便与喜助的父亲喜左卫门关系匪浅。在玉枝养病休息的房间中，装饰着喜左卫门精心制作的精巧竹偶……第三章中出现的这些内容让我产生兴趣，我便开始认真地阅读这本书了。

……这是江户时代的妓女吧。虽然喜助并不知道这一点，但是竹偶向后隆起、盘成发髻的头发上装饰着莳绘技法制成的木梳，穿着夏天的麻质衣服。

这尊人偶是他的父亲喜左卫门“特意到我这儿，给我带来的”。

父亲迷上玉枝啦。他居然不辞辛

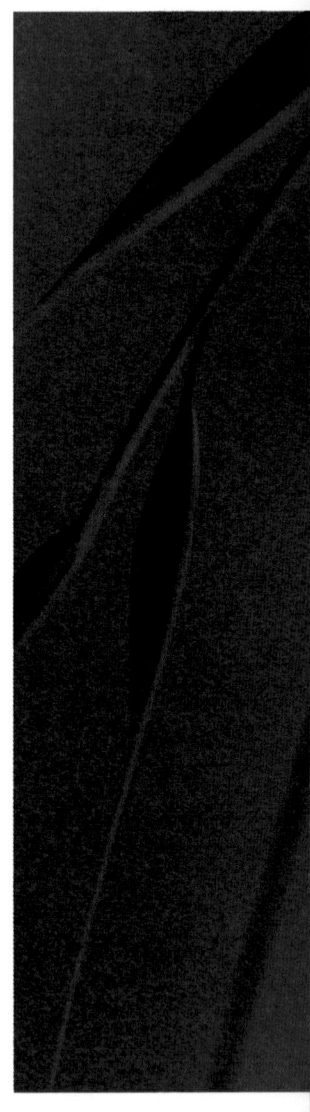

1 在游廓或宿场（类似驿站）之类的地方为异性提供服务的女性。

劳，在雪天送东西来。肯定是因为他喜欢玉枝，所以才做了这人偶呀……

喜助此时恍然大悟。可是在父亲生前，喜助从未见他做过这样的竹偶，因此心想：

看来这是父亲在我睡着之后，悄悄起身做的人偶，绝对没错儿。

读到这里，我首先注意到的是书中有些古香古色的京都方言，和我在旧作《梦浮桥》中使用的京都方言有些相似。其实我用的京都方言是中央公论社的伊吹和子教给我的，她是在京都土生土长的大家族的后人。我最近与她提起此事时，得知《越前竹偶》中使用的京都方言也曾经由她指点。

这么说来，不仅是京都方言，水上的作品在许多方面令我想起我的《梦浮桥》。例如喜助幼时丧母，父亲喜左卫门爱上玉枝似乎是因为她长得与亡妻相像；喜助虽不记得母亲的长相，邻居与兵卫偶然见到玉枝时却说，“喜助，这位长得可真像你的妈妈啊”，说他的母亲有大耳垂和又白又宽的额头，这女人与母亲真像，居然有长得如此相似的人，因此喜助心想“终于明白父亲为什么迷上玉枝了”等等。而且喜助因思念亡母而爱上玉枝，希望玉枝能与他一起生活，他对玉枝说，“只要你每天悠闲度日就好”，甚至说，“要是你不愿意做我的妻子，不做也行”。在《梦浮桥》中，主人公纠因父亲生前的要求，将继母经子当成事实上的妻子；但是在《竹偶》中，喜助直至最后仍将玉枝当成亲生母亲一般爱慕，即便与她共同生活，也拒绝让她做妻子。这一点虽与《梦浮桥》不同，但是玉枝希望喜助能像他父亲一般爱她，期待某日与他同眠共枕。她的心境与《梦浮桥》中的人物不无相似。

我在文章开头提到，这本书在写作时没有故意挑拨读者的好奇心，而且内容平淡，行文缓慢，但是从第三、第四章开始渐渐有了文采。在第九章中，美术品商人鲛岛来访，在竹林中遇到玉枝的一节可谓最为精彩。

“这是我内人。”

喜助低声地向鲛岛介绍她。……鲛岛顿时停住了呼吸。

她太美了。玉枝的身材高挑丰满。白皙的肌肤映在青色竹林中，仿佛画中之人。而且她那对细长微挑、充满妖艳光芒的双眼正望向鲛岛。

——这男人，居然有如此美貌的妻子……

鲛岛看得出了神，甚至忘记问候。阳光射入像梳齿一

般生长着的竹林，仿佛落向地上青苔的雨。玉枝背对金色光柱站着，宛如竹林中的精灵。

不只是鲛岛，我在读到这段时也不由得深吸了一口气。“竹林精灵”这种想象实在是太美好，仅从这一句话就可以联想到泛着金光的作中场景。她曾是在岛原、芦原等地的游廓当娼妓的人，甚至在私娼馆当过卖淫女，所以可以大致得知她是美人。但是当她站在阳光照耀下的竹林中时，简直可以感受到她的美貌闪耀在不可思议的背光中。虽然到此为止的描写略为拖沓，但是此时反而成了亮点。

到京都的人偶店“兼德”的管家崎山忠平登场，故事终于变得紧凑且复杂。（可是绝不像推理小说一般。）玉枝因被忠平玷污而怀上他的孩子，为了瞒着喜助打胎，她借口去兼德收钱，前往京都。故事的舞台转到京都，玉枝悄悄地与忠平商量，寻找能够帮忙打胎的医生，但是在大正时代私下堕胎会被问罪，因此忠平说恐怕没有一个医生答应帮忙。玉枝住宿在位于堀川中立卖[1]的“种安旅馆”，忠平打这里的公共电话联系玉枝，

1 京都市上京区的地名。

说现在因为会被警察抓捕，所以没有一个愿意帮忙的医生或者接生婆，他一大早就开始四处寻找，可是没有一个人愿意碰这麻烦事，他高明地拒绝了她的请求。玉枝一边怨恨忠平的薄情，一边只得下定决心去寻找住在伏见向岛的姨母。

文中到此为止从未详细讲述过玉枝的生平，但是曾经提到她在住在中书岛[1]的母亲身边长大，母亲已经离世，从未见过父亲，而且在她进入岛原工作时不知去了哪里。这些内容虽然很暧昧，但是恐怕她的母亲也是中书岛游廓的娼妓，不由得联想玉枝是否也是娼妓的孩子。而且这姨母只不过是死了丈夫之后为了活下去，在中书岛的“葛城楼”当老鸨的人，白天住在宇治川对面的向岛的桑树林中，到了每天晚上五点多便前往“葛城楼”拉客。这是玉枝唯一有血缘关系的亲人，她心想，也许向姨母说明事情之后，可能会想到什么好办法，也许有什么关系能够处理孩子，要是不行的话也不能回到喜助身边，只能在姨母家生下孩子之后再回到中书岛当娼妓。

她到越前的第三天时，已经在“种安旅馆”住了

1 京都市伏见区的地名。

两天，第三天来到京都车站，因胎动不得不在长椅上休息，直到车站两点的钟声敲响时才恢复精神，坐上前往中书岛的电车。过了三点半，她终于到了向岛，依靠模糊的记忆在桑树林中寻找姨母的家，可是姨母偏偏不在。渐渐地到了游廓开始聚集人气的时候，玉枝在游廓不方便见姨母，可是她的肚子越来越痛。想到腹中的孩子，她不能再浪费时间。玉枝考虑将姨母从“葛城楼”叫出来，到辩天神社里和她讨论该怎么办才好。

她坐电车到终点中书岛，沿着芦苇茂密的宇治川河岸向东走，走过观月桥，终于到了向岛。可是她已经没有体力再走到中书岛了，她知道向岛有到中书岛的渡船，决定坐船去。

桥边的船场没有一个客人。只有一艘和式木船向着河，系在栈桥上。

——接下来到第十七章结束的八页迎来了这个故事的最高潮，作者在这个故事中追求的核心部分也在这里。我不知不觉读到这里，不由得点头感叹“原来如此”，并为之感动，为之叹息。假若对中书岛附近水乡的描写再精细些就好了，我想是不是因追求结局而写得太匆忙？我非常喜欢这片地区的风景。虽然这篇小说的故事发生在大正末期，但是我刚爱上这片地方风光的时候，巨椋池[1]尚未被围垦。后来，我记得自己恰巧在故事中的时代，前往伏见的寺田屋游览，至今仍觉得十分怀念。

宇治川的水很深，水流像急流一般迅速。玉枝在小时候听说，如果不是熟悉水性的船夫，就渡不了河，但是现在映在玉枝眼中的川流仿佛大海一般湛蓝深邃，直向自己逼来。水花溅在船边，每当撑船时，小船便左右摇晃。沉默寡言的老船夫全力地将船篙插向水底，小船缓缓前行，他从不回头看。

……

“怎么了呀，痛吗？很痛吧。”

玉枝听到船夫的声音，仿佛从远处传来一般。此时，河浪打得船狠劲儿晃了一下，玉枝感觉胎儿也翻身落了出来。……玉枝手扶船舷，感觉河面的颜色愈发地紫，渐渐向她涌来，她看着看着便失去了知觉。

“你醒啦。太好了，太好了。”她听见船夫温柔的声音。

“你把孩子生出来了。孩子已经不在你的身体里啦。哎，你看这水流多美。你刚才坐在这儿。”

……

---

1 位于旧京都府南部，现在的京都市伏见区、宇治市和久御山町之间的湖泊，面积颇大，后变为农地。

“如果是真的，就再好不过了。……我本想让你看一眼孩子，可是被人看见就糟了，所以我立刻把孩子抛进河里了。没有人知道，也没人看见。宇治的水流很急，你的孩子现在已经被冲到大海了。”船夫眨着眼，微笑着说。

玉枝手扶船舷，低下头。“这份恩情我一辈子不会忘记。大叔，把船摇回去吧。……”

宇治川向西流到南伏见，在三栖町有一个水湾。与水流湍急的主水道相比，这里的湖面像镜子一般平静。这水湾的水面看上去好似遥远的大海，倒映着茜红色的晚霞，闪烁着宛如撒着玻璃粉末一般的潋滟微光。船夫熟练地掉转船头，回到向岛一侧的岸边。

“大叔，感谢您的大恩大德。”

玉枝在寒风中捏着冰冷潮湿的衣服下摆，静静地听着老船夫摇船的声音。船溅起茜红色飞沫，在宇治川上穿行。

“哎，到我家烤烤火吧。你的身体肯定冷得不得了。”

……

整体叙述不拘小节，笔触不紧不慢，所以我想如果在这里像绘画一般精细描写四周景象不知会如何。从我的喜好来看，景物描写有些不足。接下来——

老船夫加快摇船速度。

这是第十七章的最后一句话。玉枝终于在十二月十七日傍晚回到位于越前武生的竹神村，这是第十八章的开头。不如说第十七章是之前所有内容的收束，如果省略第十八章及之后的部分可能会更有余味，可以思考一番。

总之该如何评价这本书呢？最近令我如此兴致勃勃地读完的书，除了它恐怕没有别的了。我很少读年轻人的作品，所以不敢妄加评论，但是我上一次如此感动，还是在读完深泽七郎[1]的《楢山节考》之后。这么说来，这种不紧不慢的笔法与《楢山节考》有几分相像。而且这两本书都没有受到西洋风格影响，描绘了纯正的日本乡间世界。我还没有读过水上的其他作品，但是据说他的作品自《雁寺》始，多为推理小说。不过这部作品完全不是推理小说。我不是说推理小说不好，而是如果拘泥于推理，就会使得作品格调下降，变得不自然。玉枝与忠平的故事，还有流产的部分本可以写得更恶毒，但是故意避开这一点来写，很好。不知作者是不是有意为之，但是我感到了阅读古典文学的余韵。故事没有造作、发展自然而然这一点也很好。也许是因为作者将玉枝比喻为"竹林精灵"，我不由得联想到原本毫无关联的《竹取物语》[2]的世界。

《每日新闻》昭和三十八年

九月十二日至十四日

---

1 深泽七郎（1914 — 1987），小说家。1956 年以作品《楢山节考》参与第一届《中央公论》新人奖的作品募集并获奖，作品得到三岛由纪夫等作家推荐，并于 1958 年及 1983 年改编为电影。

2 又名《竹取翁物语》，是日本最早的物语作品，以女文字（假名）所写成。作者与创作年代不详。

谷崎润一郎 年谱

1886年（明治十九年）诞生

7月24日生于东京市日本桥区蛎壳町，是父亲仓五郎、母亲关的七个孩子中的长子。

1892年（明治二十五年）6岁

入学阪本寻常高等小学寻常科（日本旧制学校课程分为寻常科和高等科。寻常科是义务教育阶段，相当于现在的小学。高等科则相当于现在的初中），成绩突出、头脑明晰，被誉为“神童”。

1893年（明治二十六年）7岁

因在学校出勤日数不够，重读一年级。此时遇到终生挚友笹沼源之助。

1894年（明治二十七年）8岁

因遇到震级为7级的明治东京地震，自家受灾，自此恐惧地震。

1897年（明治三十年）11岁

从小学寻常科毕业，进入高等科。

1901年（明治三十四年）15岁

家道中落，在援助下入学东京府立第一中学。

1902年（明治三十五年）16岁

因家境困难，面临退学困境，在援助下成为寄宿于北村重昌（上野精养轩店主）家的书生，并成为家庭教师。

1905年（明治三十八年）19岁

入学第一高等学校英法科。

1908 年 5 月，谷崎润一郎（左）在第一高等学校期间与校长（右）合影。

1908 年（明治四十一年）22 岁

入学东京帝国大学国文科。患上精神衰弱。

1910 年（明治四十三年）24 岁

与小山内薰、和辻哲郎等人创刊《新思潮》。

发表《刺青》《麒麟》《评〈门〉》等。

1911 年（明治四十四年）25 岁

《新思潮》停刊。

发表《彷徨》《少年》《飓风》《秘密》等作品。

作品得到永井荷风赞赏。

1912年（明治四十五年、大正元年）26岁

发表《恶魔》《朱雀日记》等。再度罹患神经衰弱。

参加征兵检查时因脂肪过多，得到不合格评价。

1913年，谷崎润一郎

1913年（大正二年）27岁

发表《续恶魔》《恐怖》《少年记忆》等。

1914年（大正三年）28岁

发表《金色之死》《春季海边》《憎念》等。

1915年（大正四年）29岁

与石川千代（时年19岁）结婚。

发表《忏悔》《创造》《花魁》《法成寺物语》等。

1916年（大正五年）30岁

发表《神童》《亡友》《美男》等。

长女鲇子出生。

1917年（大正六年）31岁

发表《晚春日记》《异端者的悲哀》《人鱼的叹息》《魔术师》等。

母亲离世。

1918年（大正七年）32岁

发表《两位幼童》《小小王国》等。

初次前往中国旅行。

1919年（大正八年）33岁

父亲离世。常与佐藤春夫交流。

发表《美食俱乐部》《富美子的脚》等。

1920年（大正九年）34岁

担任电影公司“大正活映”的剧本顾问。

发表《鲛人》等。

1921年（大正十年）35岁

考虑与千子结婚。后因反悔将妻子让给佐藤春夫，而与佐藤绝交。

1924年（大正十三年）38岁

发表《痴人之爱》。

1926年（昭和元年）40岁

再度前往中国旅行，在内山完造介绍下与郭沫若、田汉、欧阳予倩等相识。回国后与佐藤春夫和好。
发表《上海交游记》《上海见闻录》。

1927年（昭和二年）41岁

与根津松子相识。因创作小说的理念问题与芥川龙之介产生争执。
开始连载《饶舌录》。

1929年（昭和四年）43岁

考虑将妻子让给和田六郎（大坪砂男），因佐藤春夫反对而失败。

1930年（昭和五年）44岁

与千代离婚。千代再嫁，成为佐藤春夫的妻子。
发表《乱菊物语》上篇。

1931年（昭和六年）45岁

与古川丁未子结婚。一段时期因躲债住进高野山。
发表《吉野葛》《盲目物语》《武州公秘话》等。

1932年（昭和七年）46岁

搬家至武库郡鱼崎町（现神户市东滩区）。邻居是根津松子一家人，开始与松子的交往。
发表《倚松庵随笔》等。

1933年（昭和八年）47岁

与丁未子分居。
发表《春琴抄》《阴翳礼赞》。

1934年（昭和九年）48岁

正式与丁未子离婚。

谷崎润一郎和他的第三任妻子森田松子

1935年（昭和十年）49岁

与森田松子（旧姓根津）结婚。
着手翻译《源氏物语》现代语版。

1936年（昭和十一年）50岁

发表《猫与庄造与两名女人》。

谷崎润一郎和他的大女儿 1938

1939年（昭和十四年）53岁

《润一郎译源氏物语》刊行，关于皇室的部分有删节。在泉镜花的介绍下，长女鲇子与佐藤春夫的外甥竹田龙儿结婚。

1940年（昭和十五年）54岁

开始执笔写《细雪》。

1942年（昭和十七年）56岁

作《初昔》《昨日今日》。
在热海买别墅，蜗居以专注于执笔《细雪》。

1943年（昭和十八年）57岁

于《中央公论》杂志连载《细雪》，受日本军部干涉停止连载。此后私下继续创作。

1944年（昭和十九年）58岁

自费出版《细雪上卷》。因其内容“与时局大不相符”，受山形县警察上门问询，并强索检讨书。全家人被疏散至热海。

1945年（昭和二十年）59岁

因时局，疏散至冈山县津山、胜山等地。自称“此年因疏散，只写了五十张稿纸”。

1946年（昭和二十一年）60岁

作《矶田多佳女事》《疏散日记》《同窗》。
同年移居京都，将新宅命名为“潺湲亭”。

1947 年（昭和二十二年）61 岁

作《潺湲亭事及其他》，刊《细雪中卷》《细雪下卷》（下卷至 1948 年脱稿）。

因高血压，笔耕日益困难。同年参加宫中文艺座谈会，觐见昭和天皇。

1948 年（昭和二十三年）62 岁

作《越冬记》，同年《细雪》脱稿。

1949 年（昭和二十四年）63 岁

作《月与狂言师》《京洛往事》《少将滋干之母》（直到 1950 年脱稿）。

同年移居“后潺湲亭”。被政府授予文化勋章。

1950 年（昭和二十五年）64 岁

作《夫人的信》《〈芦刈〉等等》《少年时》。

在热海购置别墅“雪后庵”（因其用《细雪》收入购入，故名），主要用于避暑避寒。

1951年（昭和二十六年）65岁

作《乳野物语》、《恋上小野篁妹之事》、《新译本源氏物语》（直到1954年脱稿）、《难忘的时光的记录》等。

1952年（昭和二十七年）66岁

作《致吉井勇君》《有一天》。

高血压症状恶化，静养。

1953年（昭和二十八年）67岁

因高血压导致一时性视觉障碍，自新译本《源氏物语》之《柏木》一卷之后采用口述笔记方式翻译。

1954年（昭和二十九年）68岁

作《上山草人二三事》。

自热海别墅搬迁。名号变为“后雪后庵”。

1955年（昭和三十年）69岁

作《幼少时代》（直到1956年脱稿）、《高锰酸钾溶液的梦》。

1956年（昭和三十一年）70岁

作《钥匙》《鸭东绮谭》。

《钥匙》在国会受到质询，受国会议员世耕弘一等人批评其描写过度。

《鸭东绮谭》因原型人物对描写不满，受到电话威胁，原稿在新潮社被盗等。

同年起主要在热海生活，售出“后潺湲亭”。

1958年（昭和三十三年）72岁

作《残虐记》《四月日记》。

右手因中风发生麻痹症状。

本年因三岛由纪夫与唐纳德·金等人推荐，成为诺贝尔文学奖候选人。这是日本人首次成为该奖候选人，同年受推荐的另一位日本作家是西胁顺三郎[1]。此后，谷崎在1960年至1965年间（即离世前）均被推荐为候选人。

---

1 西胁顺三郎（1894 — 1982），日本诗人、英文学者。因作品翻译数量少、资料不足且水平未受认可，自1963年起未再受推荐。

1959 年（昭和三十四年）73 岁

作《忆高血压症》《梦浮桥》。

右手麻痹留下后遗症。本年以后执笔活动均采用口授笔记形式进行。

1960 年（昭和三十五年）74 岁

作《母亲、阿关和春雪》等。

因脑血管发生病变，以卧床为主。又因心绞痛发作，入院 2 个月。

1961 年（昭和三十六年）75 岁

作《父亲二三事》、《疯癫老人日记》（直到 1962 年脱稿）等。

1962 年（昭和三十七年）76 岁

作《四季》（直到 1963 年脱稿）、《台所太平记》（直到 1963 年脱稿）。

1963 年（昭和三十八年）77 岁

作《雪后庵夜话》（直到 1964 年脱稿）、《京羽二重》。

售出“后雪后庵”，搬至东京目白台公寓等地暂住。

在该公寓地下借两大间为资料室，又在六层借一间作为工作室使用。
当时该公寓同层住户之一是濑户内寂听[1]。

1964年（昭和三十九年）78岁

作《新・新译本源氏物语》（直到1965年脱稿）。
成为美国艺术和文学学会名誉会员。
新居“湘碧山房”落成（位于著名温泉乡神奈川县汤河原町）。身体状况进一步恶化。

1965年（昭和四十年）79岁

作《七十九岁的春天》。
因前列腺炎，入院接受手术。至春天，身体恢复后赴京都旅游。
7月30日于湘碧山房去世，享年79岁。戒名为“安乐寿院功誉文林德润居士”。
死后遗骨分为两部分，分别埋葬于京都法然院和东京慈眼寺。

---

1 濑户内寂听（1922—），日本女性小说家，天台宗尼僧。代表作有《夏之残恋》《问花》《场所》等。

焦阳

译者，自由撰稿人。现居东京。

毕业于日本一桥大学大学院，主攻日本近现代文学。

2014 年起从事文字翻译，主要译作有今敏《我的造梦之路》、伊坂幸太郎《奥杜邦的祈祷》、黑泽和子《上山的路》等。译文优美传神，深受读者好评。

全新译作《阴翳礼赞》，引领读者探索日式生活美学，感悟世间的美好与从容。

策　划｜作家榜
出　品｜

出品人｜吴怀尧
总编辑｜周公度
产品经理｜李　谨
美术编辑｜李孝红　刘　洋
封面设计｜林　青
内文插图｜林　青
产品监制｜陈　俊
特约印制｜朱　毓

官方电话｜021-60839180

作家榜抖音号
每周直播荐好书

作家榜官方微博
每周免费送好书

百态人生
尽在故事会

图书在版编目（CIP）数据

阴翳礼赞 /（日）谷崎润一郎著；焦阳译. -- 杭州：浙江文艺出版社，2021.10

（作家榜经典名著）

ISBN 978-7-5339-6624-9

Ⅰ. ①阴… Ⅱ. ①谷… ②焦… Ⅲ. ①随笔—作品集—日本—现代 Ⅳ. ①I313.65

中国版本图书馆CIP数据核字(2021)第187861号

责任编辑：陈　园

阴翳礼赞

［日］谷崎润一郎 著　焦阳 译

全案策划

大星（上海）文化传媒有限公司

出版发行

浙江文艺出版社

杭州市体育场路347号　邮编 310006

浙江省新华书店集团有限公司 经销

上海盛通时代印刷有限公司 印刷

2021年10月第1版　2021年10月第1次印刷

889毫米×1194毫米　32开本　16印张

印数：1—10000　字数：270千字

书号：ISBN 978-7-5339-6624-9

定价：69.00元